Fantasy

Herausgegeben von Wolfgang Jeschke

Aus der SAGA VON DRAY PRESCOT erschienen in der Reihe HEYNE SCIENCE FICTION & FANTASY:

1. Roman: Transit nach Scorpio · 06/3459
2. Roman: Die Sonnen von Scorpio · 06/3476
3. Roman: Der Schwertkämpfer von Scorpio · 06/3488
4. Roman: Die Armada von Scorpio · 06/3496
5. Roman: Der Prinz von Scorpio · 06/3504
6. Roman: Die Menschenjäger von Antares · 06/3512
7. Roman: In der Arena von Antares · 06/3534
8. Roman: Die Flieger von Antares · 06/3547
9. Roman: Die Waffenbrüder von Antares · 06/3567
10. Roman: Der Rächer von Antares · 06/3585
11. Roman: Die fliegenden Städte von Antares · 06/3607
12. Roman: Die Gezeiten von Kregen · 06/3634
13. Roman: Die Abtrünnigen von Kregen · 06/3661
14. Roman: Krozair von Kregen · 06/3697
15. Roman: Geheimnisvolles Scorpio · 06/3746
16. Roman: Wildes Scorpio · 06/3788
17. Roman: Dayra von Scorpio · 06/3861
18. Roman: Goldenes Scorpio · 06/4296
19. Roman: Ein Leben für Kregen · 06/4297
20. Roman: Ein Schwert für Kregen · 06/4298
21. Roman: Ein Schicksal für Kregen · 06/4357
22. Roman: Ein Sieg für Kregen · 06/4358
23. Roman: Die Bestien von Antares · 06/4359
24. Roman: Der Rebell von Antares · 06/4394
25. Roman: Die Legionen von Antares · 06/4395
26. Roman: Die Verbündeten von Antares · 06/4396
27. Roman: Die Labyrinthe von Scorpio · 06/4472
28. Roman: Delia von Vallia · 06/4510
29. Roman: Die Feuer von Scorpio · 06/4511
30. Roman: Die Klauen von Scorpio · 06/4554
31. Roman: Die Masken von Scorpio · 06/4593 (in Vorb.)
32. Roman: Seg der Bogenschütze · 06/4624 (in Vorb.)

Weitere Bände in Vorbereitung

ALAN BURT AKERS

Geheimnisvolles Scorpio

Fünfzehnter Roman
der Saga
von Dray Prescot

Fantasy

Neuausgabe

WILHELM HEYNE VERLAG
MÜNCHEN

HEYNE SCIENCE FICTION & FANTASY
Band 06/3746

Titel der amerikanischen Originalausgabe
SECRET SCORPIO
Deutsche Übersetzung von Thomas Schlück
Das Umschlagbild schuf Chris Achilleos
Die Karte zeichnete Erhard Ringer

Umschlaggestaltung mit einem Motiv
von Vicente Segrelles/Norma
durch Atelier Ingrid Schütz, München

Redaktion: Friedel Wahren

Printed in Germany 1989
Satz: Schaber, Wels
Druck und Bindung: Ebner Ulm

ISBN 3-453-03478-3

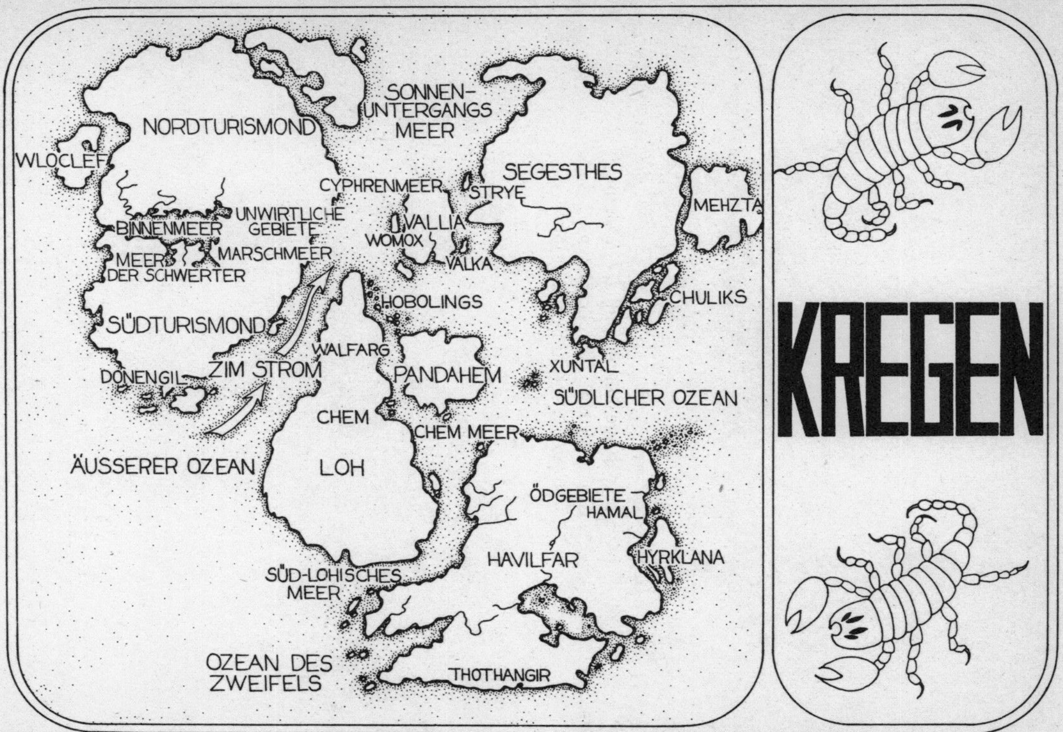
KREGEN
SONNEN-
UNTERGANGS
MEER
NORDTURISMOND
WLOCLEF
CYPHRENMEER
STRYE
SEGESTHES
MEHZTA
UNWIRTLICHE
GEBIETE
BINNENMEER
VALLIA
WOMOX
MARSCHMEER
MEER
DER SCHWERTER
VALKA
HOBOLINGS
CHULIKS
SÜDTURISMOND
WALFARG
ZIM STROM
DONENGIL
PANDAHEM
XUNTAL
SÜDLICHER OZEAN
CHEM
CHEM MEER
ÄUSSERER OZEAN
LOH
ÖDGEBIETE
HAMAL
HAVILFAR
HYRKLANA
SÜD-LOHISCHES
MEER
OZEAN DES
ZWEIFELS
THOTHANGIR

Anmerkung zum Vallianischen Zyklus

Geheimnisvolles Scorpio ist das erste Buch im Vallianischen Zyklus der Abenteuer Dray Prescots auf jenem wunderbaren und exotischen Planeten Kregen, der seine zweite Heimat geworden ist.

Dray Prescot selbst ist eine rätselhafte Gestalt. Er ist durch die unmenschlich harte Schule von Nelsons Marine gegangen und wurde später durch die Herren der Sterne und die Savanti nal Aphrasöe, die sterblichen, doch übermenschlichen Männer und Frauen der Schwingenden Stadt, oft nach Kregen gebracht. Seine atemberaubenden Abenteuer haben ein bestimmtes Ziel – dessen ist er sicher –, doch Sinn und Absicht bleiben ihm verschlossen.

Er wird als gut mittelgroß beschrieben, hat braunes Haar und gelassene braune Augen, ungewöhnlich breite Schultern und einen muskulösen Körperbau. Er legt kompromißlose Ehrlichkeit und einen unbezwingbaren Mut an den Tag und bewegt sich wie eine große Wildkatze, lautlos und gefährlich. Auf der wilden und schönen Welt Kregen ist er zu verschiedenen Zeiten und aus verschiedenen Gründen Vovedeer und Zorcander seiner Klansleute in Segesthes gewesen, Lord von Strombor, Strom von Valka, Prinz Majister von Vallia, König von Djanduin und Krozair von Zy – eine Vielfalt von Titeln, die er mit einem Achselzucken abtut, hinter dem sich aber gewiß ein tieferes Gefühl verbirgt, das wir nur erahnen können.

Jetzt wendet sich in seiner Lebensgeschichte ein neues Blatt. Die Bände, die seine Abenteuer nachzeichnen, lassen sich als abgeschlossene Erzählungen lesen. Jetzt wird er kopfüber in neue Abenteuer gestürzt unter den dahinhuschenden Monden Kregens, im vermengten Licht der Sonnen von Antares, dem Hauptstern des Systems Scorpio.

Alan Burt Akers

1

Ein Schuh scharrte in der Dunkelheit. Augenblicklich verhielten wir in der Schwärze des Durchgangs den Schritt. Vor uns war es nicht heller als in der Gasse, denn dunkle Wolken füllten den kregischen Nachthimmel und verdeckten das Schimmern der Sterne und das Strahlen der Monde.

Mit der linken Hand griff ich nach Roybins Schulter, der geduckt vor mir lauerte wie ein wilder Leem, zum Sprung bereit.

Hintereinander standen wir da, sieben Mann, zusammengeduckt, lautlos, unsichtbar. Wieder glitt der Fuß über das verdreckte Kopfsteinpflaster, Schritte entfernten sich und verrieten uns, daß uns keine Gefahr drohte. Segs Hand auf meiner Schulter krampfte sich zusammen, doch schon ging Roybin weiter. Leise folgten wir ihm. Hinter Seg trat Turko der Schildträger unruhig von einem Bein auf das andere, fühlte er sich doch von seinem angestammten Platz hinter meinem Rücken verdrängt. Hinter ihm duckte sich Inch unter den übelriechenden Vorbauten hindurch, und die Nachhut bildete der junge Oby, der gar nicht mehr so jung war, und Balass der Falke, dessen dunkle Haut mühelos mit den Schatten verschmolz.

Im Gänsemarsch verließen wir die Gasse. Ein kleiner Platz lag vor uns. Roybin führte uns. Wir waren erfahren genug, um uns auf einen Mann zu verlassen, der das Terrain kannte. Die Gasse führte hinten um den Fischmarkt der Stadt Autonne auf der Insel Veliadrin, die vor einiger Zeit noch Can-thirda geheißen hatte. Unser Ziel lag auf der anderen Seite des mit Fischschuppen übersäten Pflasters.

Niemand sagte etwas. Geräuschlos verließen wir die Enge der Gasse und betraten die Weite des Platzes. Regen nieselte.

Schrittweise bewegten wir uns voran, um einen Backsteinpfeiler herum; unsere rechten Hände glitten über abbröckelnden Mörtel. Vor uns blitzte ein Lichtfunken auf.

Wir erstarrten.

Das Licht stammte von einer kleinen Laterne vor einem Torbogen, der von einer vermodernden Lenkenholztür verschlossen war. Die Tür paßte zum heruntergekommenen Zustand dieses Teils des Fischmarkts. Inmitten schiefer Backsteinmauern, fleckig vom Alter, inmitten verfaulender und zersplitternder Fachwerkkonstruktionen und lückenhafter Dächer wirkte die Tür nicht fehl am Platze.

Doch Roybin besaß gewisse Informationen, und deshalb schlichen wir hier nun wie wilde Leem herum, in einer Nacht, in der es schnell zu einem erbitterten Kampf kommen konnte.

Ferner Donner grollte aus dem Inselinneren herüber, und in das Geräusch flüsterte Roybin: »Posten.«

Wir hatten mit einem Wächter gerechnet. Wir schauten über den dunklen Platz zur Laterne hinüber und erblickten im Licht drei Männer. Eine Schwertschneide funkelte. Die drei waren sehr ruhig, vermutlich unterhielten sie sich leise miteinander, wenig erfreut über die nächtliche Aufgabe. Trotzdem würden sie die Augen offenhalten. Roybins Äußerungen hatten mich überzeugt, daß die Leute, die wir heute bespitzeln wollten, rücksichtslos und umsichtig handelten.

Veliadrin, deren Hoher Kov ich noch immer war, eine große Insel zwischen Vallia und meiner wunderschönen Insel Valka, hatte einmal den Namen Can-thirda getragen. Der Namenswechsel hatte bestimmte Gründe. Vor langer Zeit, ehe das Vallianische Reich die Macht über alle umliegenden Inseln erlangte, war die Insel ein Königreich gewesen.

Wir wußten natürlich, warum wir hier nächtlings wie Leem durch die Gassen schlichen. Gerüchte und häßliche Spekulationen hatten mit der Zeit ein Bild entstehen lassen, das mir ganz und gar nicht gefiel. Dieses Bild verhieß schlimme Zeiten, wenn wir nicht sofort handelten. Auf Kregen gibt es viele verschiedene Glaubensrichtungen. Einige sind von hohem moralischem Wert und verdienen jede Unterstützung, andere jedoch sind düster und verstohlen und üben einen schlechten Einfluß aus.

Von der Hauptinsel Vallia aus versuchte sich eine neue Religion in Veliadrin festzusetzen, besonders an der Westküste, an der zumeist Fischer lebten, arme und leichtgläubige Menschen – der neue Glaube fiel auf fruchtbaren Boden.

Ich wußte durchaus, wer daran die Schuld trug.

Wir wußten seit einiger Zeit, daß sich in Vallia tiefgreifende Veränderungen ankündigten, daß es unterschwellige Strömungen gab, die dem Herrscher Sorgen machten. Viele Kräfte, ehrgeizige Männer und Frauen und auch Fanatiker, suchten ihn zu stürzen. Man hatte mir gesagt, daß es weitaus mehr potentielle Umstürzler gab als bei meinem letzten längeren Gespräch mit dem Herrscher, das vor meiner Verbannung auf die Erde und meinen Abenteuern am Binnenmeer, am Auge der Welt, stattgefunden hatte.

Dieser neue Glaube nun stellte eine solche unmittelbare Gefahr dar.

Wir hatten nicht die Sklavenhändler und Aragorn aus Valka vertrieben, damit sich nun solche Teufel durch die Hintertür hereinschlichen und das Erreichte zunichte machten! Dies hatte ich Seg Segutorio, dem Kov von Falinor, einem erfahrenen Lohischen Bogenschützen, vor unserer Abreise gesagt, der in seiner Provinz ähnliche Schwierigkeiten hatte, wie auch Inch in den Schwarzen Bergen, die bei der letzten Revolution gegen den Herrscher eine wichtige Rolle gespielt hatten.

Wir waren also übereingekommen, in Veliadrin frühzeitig einzugreifen.

Das brachte das Problem mit sich, für die Zeit der Abwesenheit zuverlässige Statthalter zu finden, die die eigenen Bezirke sicher verwalteten. Ich muß zu meiner Schande gestehen, daß ich womöglich der verantwortliche Herrscher auf zwei Welten bin, der am wenigsten in seinen Provinzen anzutreffen ist. Aber die Schuld hierfür liegt bei den Herren der Sterne, bei den Savanti – und sicher auch bei der verwünschten Leichtigkeit, mit der ich kregische Titel sammelte – und die Verantwortung, die sich damit eigentlich verbindet. Ich hatte bereits einen Plan, diese Probleme zu lösen, einen Plan, von dem Sie zu gegebener Zeit erfahren sollen.

»Veliadrin ist nicht Valka«, hatte ich Seg beruhigt. »Hier in Valka kümmern sich Tharu und Tom und die Ältesten um die Regierung, zusammen mit Drak. In Djanduin sorgen Kytun und Ortyg für Ordnung. In Strombor ist Gloag mein Statthalter. Und was meine Klansleute angeht, so hat Hap bisher eine glückliche Hand bewiesen. Veliadrin aber ist eine andere Sache. Hier leben Diffs und Apims in Unfrieden miteinander und bäumen sich die verdammten Qua'voils noch immer gegen ihre Niederlage auf.«

»Dafür hast du doch aber Pachaks in Veliadrin siedeln lassen.«

»Ah!« sagte ich erfreut. »In meine Veliadrin-Pachaks setze ich große Hoffnungen. Die Pachaks von Zamra haben endlich alle ihre Sklaven freigelassen, das ist ein Fortschritt.«

»Nun aber diese verdammte neue Religion. Wie nennen sich die Leute doch gleich – die Chyyanisten?«

»Ja. Roybin ist ein erstklassiger Spion und hat Berichte erhalten. In Autonne treibt sich ein Prediger oder Priester der Sekte herum. Er veranstaltet Zusammenkünfte. Eine Information aus erster Hand wäre da willkommen.«

Deshalb also waren wir hier, meine treuen Begleiter und ich, und schlichen durch die Dunkelheit. Ich fragte mich, was wir wohl entdecken würden. Der Ausgangspunkt der neuen Religion lag in Vallia, jedenfalls nahmen wir das an. Die Religion war nun von einem Priester oder Prediger hierhergetragen worden, der die einfachen Fischersleute der Gegend ›bekehren‹ und aufstacheln wollte. Als Herrscher, der so oft abwesend war, hatte ich kein Recht, meine Untertanen zu kritisieren, wenn sie sich aus verständlichem Mißmut gegen mich erhoben.

Doch so intolerant und unzugänglich ich auch sein mag, ich glaube nicht, daß ich dem Volk einen vernünftigen Grund geliefert hatte, mich zu stürzen. Vielleicht ist diese Annahme nur eine weitere Facette des Größenwahns, der mir zuweilen nachgesagt wird. Aber die Fischersleute von Autonne verdienten sich ihren Lebensunterhalt, hatten ihre Häuser und mußten nicht hungern. Ich hatte die Freilassung ihrer Sklaven angeordnet. Der opazverfluchte Chyyan-Priester wollte nun aus bösem Trotz Aufruhr stiften, aus mürrischer Ablehnung meiner Anordnungen heraus, aus einem Empfinden heraus, schlecht behandelt worden zu sein – und wenn ich solche Gefühle nicht zu verstehen vermochte, dann niemand auf Kregen oder auf der Erde. Außerdem gab es für den Chyyanismus noch andere und weitaus gewichtigere Gründe, wie Sie noch hören werden...

Keiner meiner Gefährten schien es für sonderbar zu halten, daß Roybin nicht mehr die Spitze einnahm, daß ich mich nach vorn gedrängt hatte, um die drei Wächter auszuschalten. Ich erwähne dies, um anzudeuten, daß ich praktisch ohne Nachdenken vorging. Eine schlechte Angewohnheit, die schon üble Folgen gezeitigt hatte – und das sicher nicht zum letztenmal –, eine Angewohnheit, gegen die ich schon immer vergeblich anzugehen versuchte.

Der erste Wächter erhielt mit dem Dolchgriff einen Schlag auf den Kopf und legte sich schlafen. Turko brachte einen komplizierten Griff an und ließ einen weiteren Wächter erschlaffen. Roybins Gegner sank mit durchschnittener Kehle zusammen.

Ich sah meinen Spion an. Immerhin hatte Roybin mit diesen Leuten schon zu tun gehabt und kannte sich mit ihnen wohl am besten aus. Die Wächter trugen weite Mäntel, darunter aber eine Rüstung und Waffen. Sie kamen nicht aus Autonne. Ich legte Roybin den Mund ans Ohr.

»Übers Dach?«

Er nickte.

Roybin, der mit vollem Namen Roybin Ararsnet ti Autonne hieß, hatte mir schon mehrmals in zweifelhaften Angelegenheiten gedient. Wenn es um mutige Männer geht, bin ich nicht kleinlich. Roybin war ein Spion, das rechnete ich ihm hoch an; seine Leistung war nicht zu unterschätzen.

Der Regen trommelte nun kräftiger gegen das verwitterte Mauerwerk. Die Dunkelheit war nicht mehr absolut; die wallenden Wolken ließen ab und zu einen Lichtstrahl der Jungfrau mit dem Vielfältigen Lächeln durch, die den Nachthimmel Kregens beherrscht.

Die bröckeligen Mauersteine boten guten Halt, so daß wir im Nu auf dem Dach waren. Ich hatte nicht die Absicht, einen meiner vorzüglichen Kämpfer als Ausguck unten zurückzulassen. Sollten doch andere aufpassen, wenn sie uns in den Weg kamen.

Größenwahn, üble Verblendung – ich weiß, ich weiß! Aber die neue Religion um den Chyyan erfüllte mich mit Unbehagen. An diesem Abend mußten wir Gewißheit erlangen.

Im herabpeitschenden Regen krochen wir über das Dach. Roybin führte uns zum Dachfenster. Das Eisen war neu, das zerschlissene Bronzegitter ausgetauscht.

Der junge Oby drängte sich vor und zog ein schmales Werkzeug aus der Tasche. Opaz mochte wissen, welche Teufeleien er in meiner Abwesenheit gelernt hatte, jedenfalls öffnete sich klickend das Schloß, und Turko zerrte das Eisengitter mühelos heraus. Er legte es zur Seite, als habe er eine von Delias kostbaren Tassen aus Linkiang-Porzellan in der Hand und setzte sie auf der Untertasse ab.

Ich blickte hinunter. Nach einiger Zeit gewöhnten sich meine Augen an die Dunkelheit und machten einen Hauch von Helligkeit aus, den schwachen Umriß einer Tür.

Nacheinander sprangen wir in das Erdgeschoß hinab, in dem stinkende Fischernetze ausgebreitet waren. Die Tür gab unter Obys geschickten Fingern schnell nach.

Vorsichtig drückte ich sie auf. Der orangerote Schimmer wurde heller. Ich legte ein Auge an den Spalt. Im ersten Augenblick bestand die Welt aus orangeroten Feuerwirbeln, dann sah ich, daß die Tür auf eine schmale Galerie führte, die den Zentralraum des Hauses umschloß. Hier hängten die Fischer ihre Netze auf. Leises Stimmengewirr war zu hören. Lampen warfen ihr orangerotes Licht auf die gegenüberliegenden Wände, und verzerrte Lichtstreifen fielen durch die Ritzen der ausgetretenen Dielen.

Es bestand durchaus die Möglichkeit, daß wir uns durch die Tür auf die Galerie schleichen konnten, ehe wir von unten bemerkt wurden – es reizte mich, das Risiko einzugehen.

Ich hätte natürlich auf Roybin hören können, der mir bei seinem ersten Bericht riet, eine Abteilung Wächter loszuschicken. Wir hätten das übelriechende Gebäude umstellt und alle, die hier zum Gottesdienst kamen, verhaftet. Dabei würden wir aber auch Männer und Frauen erwischen, die aus bloßer Neugier gekommen waren. Den Chyyan-Priester hätten wir auch gefangen, doch vermutlich wäre er sehr schweigsam gewesen.

Folglich schlichen wir uns hier wie Verbrecher an.

Gespenstergleich glitten wir auf die Galerie. Keine Diele quietschte, kein Stück Rüstung klapperte. Wir waren erfahrene Kämpfer, gefährlich wie Leem, tödlich wie Menschenjäger.

Jeder suchte sich einen Spalt zwischen den Dielen und beobachtete, was dort unten vor sich ging.

Meine ersten Ängste verflogen, sobald ich die Szene überschaute. Eine Menschenmenge hatte sich am Ende des Saals versammelt und richtete sich eben von einem Kniefall auf – wir hatten den richtigen Zeitpunkt erwischt. Der Priester, in schwarze Gewänder gehüllt, streckte die Arme in die Höhe und stimmte einen Gesang an, in den die Gemeinde einfiel. Das Lied erwies sich als ein bedrückendes, dümmliches Stöhnen, und die meisten Leute kannten es nicht. Aber der Priester hob die Stimme, um die Leute anzuführen. Dies alles überschaute ich mit dem berechnenden Auge des Kämpfers und versuchte die möglichen Chancen und Risiken gegeneinander abzuwägen. Die Worte des Gesangs erreichten mich nur bruchstückhaft, ich konnte sie kaum verstehen. Schließlich hob ich den Blick zur Wand hinter dem Priester. Und stieß lautlos die Luft aus, war ich doch sehr erleichtert.

Denn vor der mit kostbaren Stoffen und Goldquasten verzierten Wand stand nicht das heidnische Silberidol eines Leems.

Ruhe überkam mich. Was immer der neue Chyyan-Glauben an Bösem bringen mochte, schlimmer als der Kult des Silber-Leems konnte er nicht sein.

Vor der rückwärtigen Nische erhob sich das kühne Bild eines Vogels mit mächtigen Flügeln, eine mannsgroße Darstellung, deren gefiederte Flügel zwanzig Fuß Spannweite hatten. Tiefschwarz war dieser Vogel, bis auf die scharlachroten Augen und die scharlachroten Klauen und den ebenso gefärbten Schnabel. Vier Flügel besitzt der Chyyan wie sein ferner Cousin, der Zhyan. Die vier Flügel waren bei dieser Statue im Verhältnis zum Körper etwas klein geraten, trotzdem wirkte das Ganze recht eindrucksvoll.

Sofort gingen mir Mutmaßungen durch den Kopf. Heimische Sattelvögel waren in Vallia und Loh unbekannt; sie gab es damals im wesentlichen nur in den feindlichen Gebieten von Turismond sowie in Havilfar und den benachbarten Inseln. Der mächtige Kontinent Havilfar, der südlich des Äquators lag, war die eigentliche Heimat der Zhyan und Chyyan. Ich runzelte die Stirn. Diese Sache erforderte weitere Informationen. Die mächtigste Nation von Havilfar war das Reich von Hamal, dessen wahnsinnige Herrscherin Thyllis geschworen hatte, das Vallianische Reich zu zerstören. War die Chyyan-Religion ein Element dieses abgefeimten Plans?

Weihrauchwolken stiegen auf. Der Gesang ging zu Ende. Die Menge lauschte den Worten des Priesters. So gut ich es vermochte, beobachtete ich die Gesichter der Anwesenden – einige nahmen die zornigen Worte begeistert auf, während andere doch kritischer reagierten. Zwei Fischer mit Dreizacken in den Händen schienen dem offenen Spott nahe zu sein. Ich merkte sie mir; sie standen dicht an der Tür.

Der Priester war aus Vallia gekommen, und zweifellos war Autonne sein Ziel. Ich versuchte mir eine Meinung über ihn zu bilden und fragte mich, aus welcher Stadt, welchem Land oder Kontinent er stammte. Ein massiger Mann mit den funkelnden Augen des Fanatikers – oder Geisteskranken. Er war zweifellos eine eindrucksvolle Erscheinung. Seine schwarze Robe war geschmückt mit Motiven in Goldstickerei, zumeist Chyyans, die ihren Opfern Unsägliches antaten.

Chyyans sind im allgemeinen nicht sattelzahm. Sie leben frei und streifen unbeschränkt durch die Weiten Havilfars, ein Schrecken für kleinere Tiere und den Menschen. Der weiße Zhyan ist für seine

Unberechenbarkeit bekannt, obwohl er oft lieber eingesetzt wird als ein Fluttrell; trotzdem ist der Zhyan bei all seiner Kraft an Zügel und Trense und Fluggeschirr gewöhnt worden.

Ganz im Gegensatz zum Chyyan. Seinem schwarzen Gefieder fehlen die schimmernden Reflexe des Impiter der unwirtlichen Gebiete von Turismond. Der Chyyan ist ein Vogel, um den man einen großen Bogen machen sollte, wenn man auf einem Sattelvogel durch die Lüfte reitet oder einen kleinen Voller fliegt.

Dieser Priester also, der aus Hamal kommen mochte, um die Rache der Herrscherin Thyllis an Vallia zu unterstützen, erhob die Stimme und schalt die einfachen Fischersleute von Autonne, einer Stadt, für die ich verantwortlich bin.

»Es geht um die ferne Zukunft, wenn ihr tot seid, wenn ihr zu den Eisgletschern Sicces aufgestiegen seid! Nein, meine Kinder, im heiligen Namen des Großen Chyyan, dessen schwarze Brust jeden Pfeil auffängt, der euer Herz zu durchbohren versucht, sage ich euch, daß der Große Chyyan Hoffnung und Trost bringt, Entzücken und Freude, Wohlergehen und Reichtum für euch alle in *diesem* Leben. Wollt ihr vielleicht warten, bis ihr im Tode Freude findet! Hört auf meine Worte, denn es sind Worte von unserem Anführer, der von dem Großen Chyyan in göttlicher Allsicht erwählt worden ist, uns in die neue Dunkelheit der Schwarzen Federn zu führen, in der uns Licht über alle Maßen verheißen ist.«

Zwei der Dreizack-Männer begannen daraufhin laut zu lachen. Sie hatten für die metaphysischen Verheißungen offenbar nichts übrig. »Bei den Silberfischen der Leuchtenden Shalash, er will uns in die Dunkelheit dieses Federbalgs führen!« brüllte einer und klatschte sich vor Vernügen mit gebräunter Hand auf den Oberschenkel. »Deine Worte sind Rätsel für einen Coy, Himet der Mak!«

»Psst!« und: »Ruhig, du frecher Onker!« tönte es den beiden Männern entgegen, die ich für Brüder hielt.

Der Priester, Himet der Mak geheißen, hob eine Hand. Ich sah, daß er unter seiner Robe nach dem Griff eines Schwerts tastete, das an seiner Hüfte hing.

»Die Schandmäuler verkünden nur ihre eigene Vernichtung! Dem Wort des Anführers, Zwilling des Großen Chyyan, ist unbedingter Gehorsam zu leisten. Der Anführer ist der Geist des Einen, der zu Zweien geworden ist, Geist und Fleisch, den Menschen offenbar gewordener Geist. Unser Anführer und der Große Chyyan sind ein Duo, Zwillinge in glänzend schwarzem Federkleid, und sie werden uns ins Licht führen. Und unser Anführer sagt uns, wir müssen auf ein Zeichen warten. Er wird unter uns treten. Er wird uns sagen, wann wir die Banner der Schwarzen Federn zu heben haben. Meine Kinder, dann gehört euch alles, was ihr jetzt nicht besitzt. Wenn Makfaril, unser Anführer, das göttliche Wort ausspricht, werdet ihr alles erlangen, nicht erst, wenn ihr tot seid und unter der Erde verrottet, sondern hier und jetzt, in diesem Leben, sehr bald.«

Die Menschen begannen begeistert zu brüllen, und die beiden Fischer waren verstummt. Das Ganze war natürlich Unsinn, aber das Versprechen, die Leidenschaft, der zielstrebige Stolz – dies alles fand bei den meisten Anwesenden Gehör.

»Hört mich an, meine Kinder! Mich, Himet den Mak, der euch von dem Großen Chyyan und unserem Anführer Makfaril erzählen will. Ihr alle müßt das Notwendige tun und Lenkung erflehen, damit ihr am Schwarzen Tag verschont bleibt und die Früchte des Luxus genießen könnt, die uns dann durch den Vierflügeligen überreicht werden, Chyyan von den Schwarzen Federn. An einem herrlichen Tage werdet ihr im Hier und Jetzt Wiederauferstehung feiern. Alles wird euch gehören. Ihr braucht nur daran zu glauben. Glaubt daran und betet zu unserem Anführer, daß er sich mit seinem göttlichen Zwilling für euch einsetzt, im Geiste und im Fleisch, betet um eure Rettung durch den Großen Chyyan.«

Schrille Schreie stiegen aus der Versammlung auf. Immer wieder kam der Priester darauf zurück, wie erstrebenswert es doch sei, sich seine Herzenswünsche im Hier und Jetzt erfüllen zu können. Vom Leben nach dem Tod zeichnete er nur ein sehr vages Bild, ebenso von der Errettung, von den Wonnen des Paradieses, von dem Umstand, daß man im Kreis der Vaol-paol höher geboren würde, und von den Freuden Walhallas; er betonte immer wieder, daß es der Große Chyyan und sein Anführer Makfaril darauf anlegten, ihre Anhänger *sofort* zu belohnen.

Wenn er religiöse Argumente vorbrachte, klangen sie alle vage und dunkel, ein wortreiches, bildreiches, aber nichtssagendes Gemisch aus Elementen von vielen unbedeutenden Religionen Kregens. Ich weiß in dieser Richtung Bescheid und erkannte die seltsame Mischung als künstlich, als etwas Fremdes, bewußt

Zusammengemischtes. Der Priester war sehr geschickt. Ich fragte mich, wer ihn ausgebildet hatte.

Trotz seiner Geschicklichkeit wurden die beiden Fischer wieder unruhig, so daß Himet der Mak nicht anders konnte, als sich um sie zu kümmern.

Aus den schillernden Stoffbahnen, die die Nische hinter dem großen schwarzen Chyyan verhüllten, traten Bewaffnete. Es waren ausnahmslos Apims wie ich, und ihre Gesichter zeigten durchweg einen brutalen Ausdruck. Ob sie es nun waren oder nicht – ich jedenfalls hatte den Eindruck, als wären diese Kämpfer hart und rücksichtslos und würden durchaus ihren Spaß daran haben, Gegner niederzumachen. Sie standen aufmerksam und kampfbereit da. Auf ein Zeichen Himets würden sie zu töten beginnen und damit erst aufhören, wenn er sie zurückrief.

Die Waffen steckten in den Scheiden. Sie trugen Rapiere und Dolche, doch nach der Art und Weise, wie diese Waffen befestigt waren, wollte mir scheinen, als wären die Thraxter und die Parierstöcke ihre eigentlichen Waffen.

Die Uniformen unter den geölten Lederharnischen waren schwarz mit reichlich schwarzen Federn als Schmuck. Auf den Eisenhelmen wehten die schwarzen Federn von Chyyans. Alles in allem wirkten die Männer ziemlich abschreckend. Ich hielt sie für Masichieri-Söldner ohne den Ehrgeiz, Paktuns zu sein, die es mit der Ehre genau nahmen. Es waren insgesamt zwanzig Mann, und sie standen unter dem Kommando eines Hikdars.

Unwillkürlich mußte ich an mein Krozair-Langschwert denken, das ich jetzt gern bei mir gehabt hätte.

Die beiden Fischer mit den Dreizacken musterten die dunklen Gestalten voller Unbehagen. Sie waren zwar kräftig gebaut, hatten aber nur ihre Dreizacke bei sich, sowie Fischermesser am Gürtel. Sie trugen weite Hosen mit ausgefransten Rändern, die nicht einmal zusammengebunden waren, und Wamse aus rauhem Stoff, und sie waren barfuß.

Balass der Falke regte sich an seinem Spalt und griff nach dem Schwert. Ich drehte den Kopf in seine Richtung, und er erstarrte. Stumm zog Oby seinen Dolch. Seg hatte bereits einen Pfeil aufgelegt und lautlos und geschickt den Bogen halb gespannt. Inchs Axt schimmerte in einem Spalt des orangeroten Lichts. Wir waren für einen Nahkampf gerüstet, sollte es hart auf hart gehen.

Aber ich wollte keinen Kampf.

Ich wollte beobachten, wollte ergründen, was sich hinter diesem Chyyanismus verbarg, wollte mich dann zurückziehen und in aller Ruhe darüber nachdenken, was zu tun war.

Mit einer unmerklichen Geste meiner Linken bedeutete ich Roybin, daß er sich zurückziehen sollte und wir ihm nacheinander folgen würden. Niemand stellte mein Recht in Frage, den Saal als letzter zu verlassen.

Himet der Mak hatte die Stimme zornig erhoben, und ich spürte eine nervöse Heiserkeit darin, die mich angesichts der Umstände und der großen Macht, die er über die Gläubigen ausübte, doch sehr verwunderte.

»Ich spreche zu euch und sage euch die großen Worte Makfarils, des Anführers, die direkt vom Großen Chyyan kommen. Dennoch versucht ihr mich zu verspotten, wollt ihr die großen Worte ablehnen. Ersehnt ihr keine Errettung und keinen Reichtum im Hier und Jetzt?«

Seine Stimme nahm einen schärferen Ton an und zeigte nun offene Verachtung und Zorn – und einen Anflug von Angst? Meine Gefährten verließen die wackelige Galerie, ich aber blieb lauschend zurück.

»Ihr beiden Fischer, Brüder, seid angerührt von der Falschheit, die auf der Insel herrscht. Ihr wißt, eure Insel heißt Can-thirda. Wie immer sie auch in der alten Zeit des Königreichs geheißen haben mag, seitdem sie zu Vallia gehört, heißt sie Can-thirda. Doch jetzt müßt ihr sie Veliadrin nennen. Warum?«

Ein Grollen stieg aus der Menge auf. Ein Wolfslächeln trat auf die Lippen des Predigers.

»Aye! Ich will euch den Grund nennen! Weil der machthungrige Eindringling, Prinz Majister von Vallia, es so will! *Das* ist der Grund! Ein unbekannter Herr aus dem Nirgendwo schreibt euch euer Schicksal vor. Er hält eure Zukunft in der Hand. Hat er euch besucht? Habt ihr ihn je gesehen? Nein, und auch nicht seine elende Frau, die Prinzessin Majestrix!«

Meine Muskeln zuckten. Ich atmete tief ein. Trotzdem rührte ich mich nicht, sondern beobachtete und lauschte weiter. Ja! Es mag Sie erstaunen, wenn Sie meinem bisherigen Bericht gefolgt sind. Ich blieb ruhig, sprang *nicht* über die Brüstung und haute diesem Kerl *nicht* in die Fresse, um ihm ein wenig Respekt vor der vollkommensten Frau auf zwei Welten einzubläuen. Und, ich muß es gestehen, ich wunderte mich nicht nur selbst über meine eiserne Selbstbeherrschung, ich genoß sie sogar, als Zeichen für meine Reife und Weisheit.

»Die beiden hatten ein Kind, eine Frucht ihrer bösen Vereinigung: Prinzessin Velia, die in irgendeinem fremden Land vergessen und verkommen ist. Wer weiß schon, wo sie gestorben ist? Wem macht es etwas aus? Warum soll eure Insel nach dieser Schlampe benannt werden?«

Meine Fäuste ballten sich, und meine Muskeln bebten wie die Flanken eines Leem vor dem Sprung. Trotz allem blieb ich aber an Ort und Stelle.

Durch die Verwirrung in meinem Kopf erkannte ich, daß meine Privatprobleme, mein Stolz die Interessen meines Volks nicht stören oder beeinträchtigen durften, ebensowenig wie ihre Ländereien oder die unsichtbare Verpflichtung, die ich gegenüber allen verspüre, die sich hilfesuchend an mich wenden. Wenn dies Stolz ist, so möge es denn sein; wenn es Pflichtgefühl ist, will ich auch nichts dagegen sagen. Für mich, einen einfachen Seemann und Kämpfer, war und ist dies eine Sache des Anstands.

So hielt ich meinen Zorn im Zaum und zwang mich, dem Burschen zuzuhören. Schließlich lag in seinem Aufbegehren mehr als ein Korn Wahrheit...

Ich mußte mich zwingen, ruhig zu bleiben, um nicht den Vorteil zu verlieren, weitere geheime Informationen zu erhalten.

»Seht euch auf eurer Insel Can-thirda um! Wo sind die Sklaven, die euch einmal aufs Wort gehorchten, die für euch arbeiteten und den Tag hell machten? Sie alle sind fort. Und warum? Weil euer neuer Hoher Kov, der mächtige Prinz Majister von Vallia, der Strom von Valka, der Kov von Zamra, bestimmt hat, ihr dürft keine Sklaven mehr unterhalten. Ist das richtig? Ist das Gerechtigkeit? Im Gegenteil! Uralte Rechte wurden willkürlich abgeschafft. Warum sollte ein Mensch Schwerarbeit erledigen, wenn er es nicht nötig hat? Warum soll eine Frau sich in der Küche plagen, wenn sie dafür einen Sklaven kaufen kann? Sagt mir, Gläubige des Großen Chyyan, wenn dies typisch dafür ist, wie der mächtige Dray Prescot euch ausnutzt, wollt ihr euch das gefallen lassen? Wollt ihr euch vor diesem hergelaufenen Tyrannen bis auf den Boden verneigen? Wollt ihr selbst Sklaven sein?«

Die Menge brüllte: »Nein! Nein, wir beugen uns Dray Prescot nicht!«

Ich schäumte innerlich vor Wut. Ich wollte nicht, daß sich die Famblys vor mir beugten. Mit solchem Unsinn hatte ich in Valka längst Schluß gemacht. Andererseits wollte ich auch nicht, daß die Leute Sklaven kauften und verkauften und auspeitschten. Das alte Dilemma.

Die Stimmung in der kleinen Versammlung war aufrührerisch. Die Menschen wurden aufgesaugt. Sie sahen vor sich eine Hoffnung, die ihnen nicht nur die Sklavenhalterei der Vergangenheit zurückbringen konnte, sondern auch die Möglichkeit, die Göttin des Glücks auf der Stelle in den Griff zu kriegen.

Ich konnte diese Leute nicht verurteilen. Wäre ich öfter in Canthirda gewesen, hätte ich mit einigen Leuten über den Namenswechsel gesprochen, dann hätten die Leute klarer gesehen, anstatt über ihren Hohen Kov nur vom Hörensagen zu erfahren – dann hätte ich dies alles vielleicht verhindern, hätte ich die kommenden Schrecken vielleicht unterdrücken können.

»Wenn er jetzt hier wäre! Wenn der berüchtigte Dray Prescot, Prinz Majister aus Vallia, vor euch stünde, was würdet ihr tun?«

Das Antwortgeschrei hallte in häßlichen Echos bis in den großen Netz-Trockenraum unter dem Dach.

»Stecht den Cramph nieder!« »Schlagt ihm den Kopf ab!« »Federt den Tapo!« Und: »Macht ihn zum Sklaven und laßt ihn zum Wohle von uns allen arbeiten!«

Während meiner Abwesenheit waren die Dinge in Veliadrin wirklich nicht nach Plan gelaufen. Die Menge hob drohend die Fäuste, und viele hatten die Fischermesser und ihre Dreizacke gezogen. Die ledergekleideten Männer in ihrem schwarzen Federschmuck starrten wachsam in die Runde.

Himet der Mak bewegte die Arme, um sein Publikum wieder zum Schweigen zu bringen.

»O nein! Der Führer, Makfaril persönlich, hat ausdrücklich angeordnet, daß Dray Prescot nur in höchster Not getötet werden darf. Ihn zu versklaven wäre ebenfalls nicht ratsam. Liefert ihn mir aus, damit ich ihn zu Makfaril bringen kann. Ja, meine Kinder, überlaßt mir die Entscheidung über das Schicksal des wilden Leem. Meine Wächter, meine mutigen Masichieri, werden ihn zum Anführer bringen.«

Einer der beiden Fischer an der Tür rief in das Gebrüll: »Dray Prescot steht im Ruf, ein gefährlicher Kämpf...«

Himet fiel ihm ins Wort: »Ein gefährlicher Kämpfer? In der Tat. Einen schrecklichen Ruf hat er, beim Großen Chyyan.«

Und damit hatte er recht, bei Vox!

Geheul brandete empor, Verwünschungen des Namens Dray Prescot, unsägliche Versprechungen, was ihm widerfahren würde, sollte er so dumm sein, ihnen in die Hände zu fallen.

»Ihr tätet gut daran«, rief Himet der Mak, »ihn dem Urteil Makfarils auszuliefern! Hört mich an! Die Qualen, die Prescot dann erdulden müßte, übersteigen das Begreifen eines normalen Sterblichen.«

Meinen Ruf als Kämpfer ins Negative abzufälschen, mich zu einem Verbrecher zu stempeln, das hatte keine Mühe gemacht. Die Menge ging mit. Gewiß, ich bin ein Bösewicht. Doch nur in bestimmten Dingen.

Hier gab es nur noch wenig zu erfahren. Wir würden darüber nachdenken müssen, wie dem neuen Chyyanismus am besten zu begegnen war. Das Problem und die Methoden der Eindringlinge waren uns nun bekannt.

Bedauernd blickte ich auf die beiden Fischer, die in der Nähe der Tür standen. Obwohl ihnen unbehaglich war, schienen sie sich durch Worte nicht einschüchtern zu lassen. Doch ihre Blicke auf die Wächter, die Masichieri, waren vielsagend genug. Ein Bruder rief durch den Lärm: »Wenn der Prinz Majister jetzt unter uns wäre, wer würde ihn erkennen?«

»Ich!« brüllte sein Bruder mit gerötetem Gesicht.

Himet brachte die Antwortrufe zum Verstummen und setzte ein böses Lächeln auf.

»Ich habe eine Darstellung von ihm gesehen. Ich würde es wissen. Ich würde den bösen Cramph unter tausend erkennen!«

Seine Worte interessierten mich, aber es war Zeit zu gehen. Den beiden Brüdern würde vermutlich nichts Schlimmes passieren. Mir kam der Gedanke, daß Himet sie vielleicht absichtlich dort postiert hatte, damit sie ihm Argumente lieferten, aus denen er rednerisches Kapital schlagen konnte. Wenn das stimmte, waren sie vorzügliche Schauspieler.

»Zum Großen Chyyan mit Dray Prescot!«

Der Gesang nahm wieder an Lautstärke zu. Ich achtete nicht weiter darauf. Was diese Leute mit mir anstellen wollten, hörte sich ausgesprochen unangenehm an. Was ich mit ihnen anzustellen beabsichtigte, hörte sich auf den ersten Blick auch sehr unangenehm an; hinterher würden sie aber klarer sehen. Zumindest hatte mir der neue Glaube die Unruhe in Veliadrin zu Bewußtsein gebracht, eine Unruhe, gegen die ich fair angehen wollte, Fehler berichtigend, damit das Volk von Veliadrin so glücklich leben konnte wie die Valkanier, wie es sein Recht war.

Ich war wohl noch immer verwirrter, als mir klar war. Meinen Zorn unterdrückend, die Worte verdrängend, die über Delia und unsere tote Tochter gefallen waren, hob ich den Blick von dem Spalt zwischen den Dielen und machte Anstalten, zur Tür zurückzuschleichen. Seg hatte eine Zeitlang an der Tür gewartet, dann aber seinen Posten verlassen. Die Dielen unter mir ächzten. Staub rieselte. Ich erstarrte. Die ganze Galerie bewegte sich!

Unten wurde noch immer gebrüllt, was man mit Dray Prescot tun wollte; die übelsten Verwünschungen wurden ausgestoßen. Vielleicht wurde dabei das Quietschen des alten Holzes überhört.

Die morschen Bretter unter mir sackten durch. Bis heute weiß ich nicht, ob das Emporwallen zorniger Zufriedenheit in mir mich bestätigte oder verdammte.

Die ganze Holzkonstruktion knirschte, rostige Nägel brachen, Dielen lösten sich, verrottete Verstrebungen verbogen sich und rissen. Verfaultes Holz zerfiel zu Staub. Ein unangenehmer Geruch nach totem Fisch stieg mir in die Nase. Ich stürzte.

Das Haßgeschrei auf Dray Prescot wurde von Entsetzensschreien abgelöst. Die Holzgalerie brach in einem Chaos aus Staub und Splittern und stürzenden Dielenbrettern über dem Mob zusammen.

Hals über Kopf stürzte ich, Dray Prescot, auf die Köpfe des aufgehetzten Pöbels.

2

Einen Augenblick lang lag ich inmitten der Bruchstücke der Galerie am Boden. Ein dicker Balken drückte mir gegen den Rücken. Das Volk strömte schreiend ringsum zurück, versuchte den herabstürzenden Bruchstücken auszuweichen. Der Lärm und das Durcheinander, der aufwogende Staub, das Drängen und Schieben von Männern und Frauen – dieses Chaos bot einen prächtigen Anblick.

Doch ich hatte nur ein Auge für schwarze Federn und die Lederrüstung der Masichieri. Sie würden sich schneller als die anderen vom Schock der Überraschung erholen.

Ich sprang auf, ohne meine Waffe zu ziehen.

Leute drehten sich um und starrten mich an. Durchgebrochene Dielen wackelten unter unseren Füßen, und der Staub reizte uns zum Husten. Staub und Dreck hingen mir an Haar und Schultern, und mein Gesicht offenbarte wohl den Kampf zwischen Lachen und entrüsteter Wut, die in mir empordrängte. Auf diese Weise in einen Mob geworfen zu werden, der nach meinem Kopf schreit – nun, das war wohl eher lustig.

Himet stand mit erhobenen Armen und aufgesperrtem Mund da und starrte mich an, als wäre ihm auf wunderbare Weise ein Dämon aus Cottmers Höhlen erschienen.

O ja, der Cramph erkannte mich!

Wer immer der Anführer Makfaril war, er würde mit seinem Priester nicht zufrieden sein. Denn der Mann vergaß, was er dem Volk eben noch gepredigt hatte. Er deutete mit starrem Zeigefinger auf mich. »Dray Prescot! Der Teufel persönlich!«

Nachdem die herabdonnernde Galerie zur Ruhe gekommen war, gab es einen Augenblick der Stille. Himets Stimme war wie ein Schock. Die Fischer verstanden, was der Priester des Großen Chyyan da gesagt hatte, und zogen die richtigen Schlüsse.

»Dray Prescot!«

Sie wiederholten den Namen. Ein hastiges Murmeln lief durch die Menge. Alle starrten mich an. Wie eine mächtige Gezeitenwoge, die in der Weite des Meeres entsteht und dann anwachsend landwärts strömt, wie ein Tsunami, der von Kontinent zu Kontinent tobt, brach der Haß empor. Im nächsten Augenblick stürzte sich ein kreischender Mob auf mich.

Mit einem schnellen Sprung verließ ich die Trümmerstücke. Irgendwie hatte ich plötzlich Rapier und Dolch in der Hand. Ich schlug einen vorzuckenden Dreizack zur Seite. Ein Messer pfiff an meinem Ohr vorbei und bohrte sich dumpf in einen abgebrochenen Stützpfeiler. Diesen Leuten ging es um Blut. Die Fischer vergaßen in ihrer Verwirrung, wovor Himet sie gewarnt hatte, und wollten mich niederstechen, wollten mich töten.

»Bringt ihn nicht um!« schrie Himet der Mak. Ein sinnloser Versuch.

Mit einem Wutschrei drehte sich Himet um und machte eine energische Geste – ein heftiger, nicht mißzuverstehender Befehl. Sofort sprangen seine Wächter, seine mutigen Masichieri, mit funkelnden Waffen ins Gedränge.

Nun begann ein denkbar verrückter Kampf. Ich hatte keine Lust, die einfachen und irregeleiteten Fischer zu töten, die andererseits aber auf meine Haut aus waren. Mir war es wiederum gleichgültig, ob einige Masichieri daran glauben mußten, während die Wächter Befehl hatten, mein Leben zu schützen. Und die Fischer wandten sich nicht gegen die Wächter des Priesters, während diese ihrerseits keine Zurückhaltung an den Tag legten und die Fischer niedermachten, wenn es nicht anders ging. Es war eine unvorstellbare dreiseitige Auseinandersetzung: Jede Seite war bereit, eine der anderen Parteien zu töten, doch nicht die dritte, und wurde deshalb tödlich angegriffen, ohne darauf richtig reagieren zu können. Ich sah, wie ein Wächter mit seinem Thraxter einen stämmigen Fischer durchbohrte, der eben seinen Dreizack in meine Richtung schleudern wollte. So hatte die Bewahrung meines Lebens für die künftigen bösen Absichten Makfarils bereits einen Fischer von Veliadrin das Leben gekostet – ein Preis, der sich noch erhöhen konnte, wenn ich nichts unternahm, um diesem Irrsinn Einhalt zu gebieten.

Ich stieß einen Schrei aus und erhob die Stimme über das Durcheinander, wie ich es oft bei Sturm an Bord eines Schiffes getan hatte.

»Ja! Ich bin Dray Prescot! Ich bin euer rechtmäßiger Hoher Kov. Ich werde euch nichts tun! Ich habe mir eure Klagen angehört. Auf gerechte Weise soll Abhilfe geschaffen werden. Darauf habt ihr mein Wort als Prinz von Vallia.«

Den Atem hätte ich mir sparen können.

Meine Worte lösten nur die schrille Antwort aus: »Er hat uns bespitzelt! Tötet den Rast! Tötet Dray Prescot!«

»Nein! Nein!« brüllte Himet. »Er muß vor unseren Anführer gebracht werden. Makfaril verlangt nach ihm, um ihm seine Strafe angedeihen zu lassen.«

Es gab genügend Leute im Saal, die von Himets Äußerungen und Versprechungen noch nicht so weit überzeugt gewesen waren, daß sie dem Priester des neuen Glaubens nun blindlings gehorchten. In ihnen war das Gefühl geweckt worden, ungerecht behandelt worden zu sein. Sie glaubten, ihr neuer Hoher Kov habe sie um ihr Recht betrogen, und da stand er nun allein vor ihnen, der rauhen kregischen Art schutzlos ausgesetzt, ihnen preisgegeben, um niedergestochen zu werden, was die Rechtmäßigkeit ihres Standpunktes nur bestätigt hätte.

Es folgte ein chaotischer Kampf. Ich wurde gegen eine Wand gedrängt, schlug die primitiven Waffen der Fischer zur Seite und hieb zwischendurch nach dem einen oder anderen schwarzgekleideten Wächter. Sich zu verteidigen und die Angreifer dabei nicht zu töten – ja, das erfordert eine Menge Geschicklichkeit. Im Gedränge war das nicht leicht. Ein stämmiger Bursche torkelte zurück, während ihm Blut über die Wange quoll, eine Spur meiner Main-gauche. Waffen zuckten vor meinen Augen. Die Wächter hatten Mühe, sich durch die Fischer zu drängen, um an mich heranzukommen, und wenn sie ihr Ziel erreicht hatten, starben sie. Die Masichieri drängten die Fischer zu Seite und näherten sich, um der unwillkommenen Pflicht zu genügen.

Sie bedienten ihre Stäbe mit großem Geschick. Was die Thraxter anging – dieses Schwert ist eine havilfarische Waffe, eine gerade Hieb- und Stoß-Waffe, und die Masichieri zogen sie bei einem solchen Scharmützel dem Rapier vor.

Die Wand in meinem Rücken war nicht nur ein Vorteil. Niemand konnte sich von hinten anschleichen und mir die Sehnen in den Kniekehlen zerschneiden, doch ich konnte auch nicht mit der Beweglichkeit parieren und ausholen, die ich bei solchem Nahkampf gern hatte. Ich versuchte zur Seite auszubrechen, und ein Dreizack zuckte gefährlich nahe unter meinem linken Arm hindurch, als ich mich abwandte, um einen sauberen Rapierstreich zu führen, der einem dicken Fischer den Hosengurt öffnete. Die Hosen rutschten ihm herab. Er stieß einen Wutschrei aus und versuchte mich mit einem Messer auszunehmen, das genau für diesen Zweck – allerdings bei Fischen – gedacht war. Doch er stolperte über die Hose und erreichte mich mit seinen Streichen nicht, während sich sein Gesicht vor Wut rötete. Ich lachte nicht. Um bei der Wahrheit zu bleiben, der ganze Kampf hatte etwas Widersinniges, und ich war nicht in der Stimmung für leichtsinnige Aktionen.

Ich sprang zur Seite, und ein Masichieri versuchte es besonders schlau anzustellen und sich seinen Lohn zu verdienen. Er schwang den Thraxter in flachem Bogen, ein Hieb, der mich betäuben sollte.

Ich unterlief die Bewegung und gab ihm den Griff meines Rapiers zu schmecken. Sofort mußte ich dem kräftigen Stockhieb eines anderen Masichieri ausweichen und hätte mich durch diese Bewegung beinahe in die Reichweite eines zustechenden Dreizacks begeben.

»Beim Schwarzen Chunkrah!« brüllte ich in die Runde. »Muß ich euch denn allen die Köpfe einschlagen, ehe ihr vernünftig werdet?«

Fauchend und brüllend gingen die Burschen wieder zum Angriff über.

»Du bist auf Can-thirda nicht erwünscht!« »Geh nach Hause, Dray Prescot!« »Kehr in deinen Palast zu deiner elenden Frau zurück!«

Der Bursche, der die letzten Worte gesprochen hatte, machte plötzlich einen Salto rückwärts. Meine Faust, die sich um den Rapiergriff krampfte, kribbelte von dem Schlag.

»Tötet ihn!«

Ich bewegte mich in einem Gewirr von Klingen und Stäben und trieb meine Gegner zurück, spürte ich doch allmählich die Auswirkungen meines Zorns. Bald würden es die Wächter satt haben, mich lebendig gefangennehmen zu wollen. Dann begann der Kampf ernsthaft.

»Tötet den Tapo!« rief ein ausgemergelter Fischer und schleuderte seinen Dreizack. Ich riß mein Rapier hoch und schlug das Ding zur Seite. Die Zacken aber verhakten sich an meiner Klinge. Ich ließ das Rapier nicht los, doch es wurde hochgerissen und deutete nutzlos zur spinnwebenverhangenen Decke, an der qualmende Lampen hingen.

Ein dicker, schwitzender Mann, der prachtvollere Kleider trug als die anderen, aber offenbar auch nur ein Fischer war, fluchte erfreut und richtete seinen Dreizack auf meinen Unterleib. Ich warf mich im letzten Augenblick zur Seite, hieb mit der Main-gauche nach einem Wächter und zog die kleine Klinge zurück, um dem nächsten Angriff des Dreizackschwingers zu begegnen.

Aber dazu kam es nicht mehr. Einer der beiden Brüder, die offen über Himet den Mak gespöttelt hatten, trat hinzu und legte dem Dicken einen kräftigen Arm um die Kehle. Mit unterdrücktem Aufkreischen wurde er zurückgezogen.

Es blieb mir keine Zeit, dem Mann meinen Dank auszusprechen, denn fauchend sauste mein Rapier herab und traf den Wächter, der nun offenbar den Entschluß gefaßt hatte, mir endgültig den Garaus zu machen, über dem Rand der Lederrüstung am Hals.

»Ergreift ihn, ihr Dummköpfe!« brüllte Himet der Mak und tanzte ein gutes Stück hinter seinen Kämpfern auf und ab. Seine fanatische Ergebenheit gegenüber dem Befehl, den Makfaril ihm gegeben hatte, verleitete ihn nicht dazu, sich selbst in den Kampf zu stürzen. Stahl kreischte, Männer brüllten, Verletzte sanken zu Boden.

Die Fischer versuchten immer noch brüllend an mich heranzukommen, und die Masichieri stießen sie immer wieder zurück und schützten auf diese Weise meine elende Haut. Mit Rapier und Main-gauche hackte ich um mich und schaffte mir auf diese Weise Luft. Ein Wächter wurde durch die zuckende Klinge abgelenkt und sank getroffen zu Boden. Im gleichen Augenblick traf mein Dolch einen zweiten.

Ich hatte es nun geschafft, daß die Masichieri mit der Spielerei aufhörten – jetzt ging es ihnen um meinen Kopf.

Ein Masichieri stürmte auf mich zu, eine stämmige Gestalt in quietschender Lederrüstung, den Thraxter in geübtem Griff erhoben, den Parierstab schräg vorgestreckt. Er stieß zu – hielt jedoch mitten in der Bewegung inne.

Das struppige Haar unter dem Eisenhelm flatterte, als sein Kopf zur Seite ruckte. Blut quoll aus seinem Mundwinkel. Er stürzte, wobei er einen Fischer zu Boden riß. Als der Wächter niedersank, sah ich einen langen lohischen Pfeil aus seinem Rücken ragen. Mehr brauchte ich nicht zu wissen.

Ein zweiter Pfeil schwirrte und bohrte sich dem nächsten Wächter in den Hals.

O ja, wenn Sie meine Berichte über Kregen, jene wunderschöne und schreckliche Welt, gelesen haben, eine Welt, die vierhundert Lichtjahre von dem Planeten, auf dem ich geboren wurde, entfernt ist, dann wissen Sie, was hier vorging. Seg Segutorio, der großartige Bogenschütze aus Loh, hatte in der Vergangenheit schon mehr als einmal dicht an mir vorbeigeschossen, um mich mit seinem hervorragenden Können vor dem sicheren Tod zu bewahren.

Das Gebrüll der Wächter veränderte sich. Mein Widerstand hatte sie endgültig aus der Reserve gelockt. Nun kam ihre Killernatur zum Durchbruch. Nun drangen sie auf mich ein, um mich zu töten.

Im hinteren Teil des Gedränges stieg ein Fischer in die Höhe –

er wirbelte Hals über Kopf durch die Luft und landete auf den Köpfen der Gruppe meiner Gegner, die an mich heranzukommen versuchten. Sie purzelten wie Kegel. Ich sah, wie Turko nach einem weiteren unseligen Wicht griff und ihn wie einen Sack Bohnen ins Getümmel schleuderte. Turko, der berühmte Khamster, ein hoher Kham, ein Mann, der sich die Syples der Khamorros in hohem Maße zu eigen gemacht hatte und scharfe und spitze Waffen verachtete. Hier nun drängte er sich wie ein Schneepflug durch die Menge.

Inchs lange Streitaxt kostete einen Masichieri den Kopf. Niemand, der sich seine Gesundheit bewahren will, sollte sich im Einzugsbereich von Inchs riesiger Axt aufhalten. Die Lederkappe saß ihm etwas schief auf dem Kopf, und sein langer Zopf aus hellblondem Haar schwang beim Kämpfen hin und her.

Balass der Falke, der hier ohne das gewohnte Schild gegen Thraxter und Parierstock angehen mußte, ließ nicht erkennen, daß er im Nachteil war. Er packte den Stab seines Gegners, zog energisch daran, und zugleich zuckte sein valkanisches Schwert vor. Himet hatte einen weiteren Wächter verloren.

Und des jungen Oby Langmesser spielte einem Wächter übel mit, der sich Chancen gegen den Jungen ausgerechnet hatte.

Keuchend wichen die Fischer zurück.

Himet der Mak... Ich fuhr herum, war ich doch zum erstenmal ohne direkten Gegner. Der Priester war nicht mehr zu sehen. Er war geflohen. Nun, das war vernünftig. Es paßte zu dem Mann, zu der künstlichen Religion, die er auf Veliadrin einführen wollte, und zu der merkwürdigen Widersinnigkeit der Situation.

»Himet der Mak!« brüllte ich zu Seg empor, der in der Türöffnung der zusammengebrochenen Galerie stand. Er hatte den Bogen gespannt und hielt einen Pfeil schußbereit auf der Sehne.

Gelassen sagte Seg, ohne die Stimme zu erheben: »Nach den ersten Schüssen ist er zwischen den Vorhängen hinter diesem Vögelchen verschwunden.«

Ich brauchte nicht erst zu fragen, warum Seg ihn nicht getötet hatte. Seg hatte sich auf die Wächter konzentriert, die mich bedrängten – sein wichtigstes Ziel. In diesen Dingen ist mit Seg Segutorio eine Diskussion sinnlos. Und mit mir auch, denn ich hätte im umgekehrten Falle genauso gehandelt.

»Wir werden ihn verfolgen«, sagte Inch. »Er ist dafür verantwortlich, daß ich ein Tabu gebrochen habe, was mich nun zwingt, unschöne Dinge zu tun.«

Oby lief sofort los.

Ich knöpfte mir einen der Wächter vor. »Erzähl mir von Himet dem Mak, Freundchen«, sagte ich leutselig zu ihm. Der Mann erbleichte und rollte mit den Augen. Offensichtlich glaubte er, sein letztes Stündchen wäre gekommen. »Wohin ist dieser Erzbösewicht verschwunden? Sag es mir, dann überlebst du diese Sache vielleicht, Dom!«

Ob er mir glaubte oder nicht, weiß ich nicht. Er öffnete den Mund und zeigte mir den Stumpf seiner Zunge. Ich schob ihn angewidert fort. Hatte Himet das getan? Setzte er nur stumme Wächter ein? Aber einige hatten beim Kampf Rufe ausgestoßen.

»Kannst du schreiben?« fragte Roybin.

Ein unsicheres Kopfschütteln.

Kein Wunder. Analphabeten hatten kaum eine Chance, sich aus den untersten Schichten ihres jeweiligen Berufes zu lösen. So kam ich nicht weiter.

Balass säuberte sein Schwert und sagte: »Sie haben Thraxter und Parierstäbe benutzt. Vallianisch ist das nicht.«

»Rapiere und Dolche haben sie getragen«, fügte Roybin hinzu, »aber die Waffen blieben in der Scheide. Das deutet mir alles auf Hamal hin.«

Seg war zu uns herabgesprungen, und wir berieten uns, ohne weiter auf die Fischer zu achten. Die Veliadriner sollten die Szene ungezwungen beobachten und ihre eigenen Rückschlüsse ziehen können. »Meinst du wirklich Hamal?« Segs Bogen schimmerte im orangeroten Licht. »Dort werden Schilde eingesetzt. Eher denke ich an die Länder der Dämmerung von Havilfar, oder weiter westlich...«

»Woher sie und Himet der Mak auch kommen«, sagte ich, »ihr Ziel ist Veliadrin. Also schön. Sagt mir, wie tief sind sie in Vallia schon eingedrungen, daß sie schon hier auftauchen?«

Die Frage lag auf der Hand. Warum kümmerte sich der Kult um eine Insel vor der Ostküste Vallias, eine Insel, die darüber hinaus noch in verschiedene Provinzen unterteilt war, wenn die Hauptinsel unberücksichtigt blieb?

Roybin sah mich beunruhigt an. »Meinst du damit, mein Prinz, daß sie ihr übles Werk in Vallia bereits getan haben?«

Bei diesen Worten ging mir auf, daß ich es *so* nicht meinte... jedenfalls nicht ganz so.

Vielleicht bezog ich zuviel auf mich – doch ich hatte das Gefühl gehabt, daß es Himet der Mak auf mich persönlich abgesehen hatte. Seine großspurigen Worte, daß ich als Gefangener vor den hohen Anführer gebracht und dort gefoltert werden sollte, waren lächerlich. Zunächst hatte ich angenommen, daß vielleicht die Herren der Sterne oder die Savanti wieder Interesse an mir zeigten. Doch ein solcher Kampf war nicht ihr Stil, jedenfalls bisher. Wenn sie mich haben wollten, brauchten sie nur zuzugreifen und konnten mich von jedem beliebigen Ort auf Kregen entführen und an jeder gewünschten anderen Stelle absetzen. Aye, und sie konnten mich über vierhundert Lichtjahre durch das Weltall zur Erde zurückverfrachten.

Wie Ihnen bekannt ist, haben mir die Herren der Sterne und die Savanti schon großen Kummer bereitet. Aber ich war nicht mehr die alte blinde, unwissende Marionette, als die ich früher durchs Leben gestolpert war. Trotzdem war ich mir auf schmerzhafte Weise bewußt, daß ich der Laune von Kräften ausgesetzt war, die ich nicht begriff, und den Vorschriften von übermenschlichen Wesen – diese Kräfte konnten mich willkürlich in Kämpfe und Abenteuer stürzen, in Gefahren und unwillkommene Ablenkungen.

Nie wieder würde ich gegen die Herren der Sterne auf meine naive Art aufbegehren, wie ich es getan hatte, als sie mich riefen und ich mich weigerte, ihnen zu dienen, weil Delia und meine Freunde in Gefahr waren. Daraufhin hatten sie mich einundzwanzig elende Jahre lang auf der Erde festgehalten. Nein. Dies war nicht das Werk der Herren der Sterne, die auf mir unbegreifliche Weise ein neues Ziel für Kregen suchten.

Die Fischer wurden unruhig. Wir waren ein wilder Haufen von Kämpfern. Nachdem wir die schwarzgefiederten Masichieri besiegt hatten, standen wir allerdings nur herum und stritten miteinander, als gebe es das Fischervolk von Autonne gar nicht. Was sollten sich die guten Leute für einen Reim darauf machen?

Sie hatten von Dray Prescot gehört, ihrem neuen Hohen Kov, und sie mochten ihn nicht, ebensowenig wie die rücksichtslose Art, mit der er ihre Insel umbenannte oder ihre Sklaven befreite. So betasteten sie jetzt nervös ihre Dreizacke und rückten schrittweise näher.

Aus den Gesichtern wich der Schock, dafür zeigte sich Entschlossenheit. Sie bildeten einen Halbkreis um uns, während sich die Frauen im Hintergrund hielten.

Die Art und Weise, wie sich das Licht auf den scharfen Spitzen der Dreizacke spiegelte, erinnerte uns daran, daß der Kampf vielleicht noch gar nicht beendet war.

Seg sagte gerade: »Wir hätten aus Vallia mehr Nachrichten über sie, wenn der Chyyanismus wirklich eine bedeutende Religion geworden wäre. In Falinur haben wir aber nur Gerüchte gehört, nichts Positives. So tief wie heute sind wir noch nicht in die Geheimnisse...«

»Sie verstehen sich auf Geheimhaltung«, warf Inch ein, der zur Gruppe zurückgekehrt war, nachdem er Oby zurückzuholen versucht hatte.

Gelassen drehte sich Seg Segutorio um. Seine mächtigen Muskeln wölbten sich, und die Bogensehne wurde zurückgezogen. Der Pfeil traf sicher ins Ziel. Die scharfe Metallspitze bohrte sich wenige Zentimeter vor dem heranrückenden Halbkreis aus Fischersleuten tief in den Dielenboden. Die hellblauen Leitfedern zitterten.

Seg wandte sich um und antwortete Inch: »Wir hätten bestimmt etwas erfahren.«

Das Schlurfen der vorrückenden Fischer verstummte, als wären sie plötzlich gelähmt.

»Es ist eigentlich sinnlos, hinter Himet herzulaufen. Obys Bemühungen sind vergeblich. Er wird zu uns kommen, wenn die Zeit reif ist. Er wird zu uns kommen, dessen bin ich sicher.«

Wie auf ein Stichwort kehrte Oby in den Saal zurück. Er schien enttäuscht zu sein. Er schüttelte Regentropfen von seinem Umhang.

»Er ist mit einem Flugboot weggeflogen, und ich kann dir versichern, mein Prinz, der Voller war von vorzüglicher Qualität. In Hamal hergestellt für einen verdammten Hamaler!«

Wenn sich überhaupt jemand mit Flugbooten auskannte, dann Oby.

Während Oby das sagte, beschäftigte ich mich mit meiner Antwort an Roybin und fragte mich, woher ich die Überzeugung hatte, daß Himet mich aufsuchen würde. Hatte ich wie ein Größenwahnsinniger gesprochen? Sah ich schon überall Verschwörungen, die mich vernichten sollten? Ich wußte es nicht.

»Ich glaube, Himet der Mak wird sich wieder bei uns melden. Das Ganze ist nicht nur eine neue Religion. Weshalb sollte sie ihre

Herkunft verschleiern? Wenn Hamal dahintersteht, und so sieht es jedenfalls aus, so wissen wir, daß Hamal auf dem Wege der Aggression nicht endgültig gestoppt worden ist. Es wäre also nur logisch, wenn er auf diese neue Weise gegen uns vorzugehen versuchte. Wenn Himet wieder auftaucht, werden wir uns um ihn kümmern. Und was ich über Vallia gesagt habe, Roybin, war nicht gerade hundertprozentig so gemeint...«

Ich übersah das milde Lächeln meiner Waffengefährten Seg, Inch und Turko und wandte mich zu den beiden Brüdern um, die in der erstarrten Menge der Fischer zu sehen waren.

»Ihr beide. Tretet vor.«

Unsicher lösten sie sich aus der Menge.

»Ihr beiden Brüder. Wie heißt ihr?«

Sie schluckten. »Bitte, Euer Ehren, ich bin Tarbil der Braune.«

»Und ich Tarbil der Graue.«

»Seid gegrüßt, ihr beiden Tarbils«, sagte ich. »Ich habe euch gesehen und gehört. Was führte euch heute abend in die Versammlung?«

Beide antworteten gleichzeitig, dann schwieg Tarbil der Braune, um Tarbil dem Grauen das Reden zu überlassen. »Wir führen hier ein wenig abwechslungsreiches Leben, Euer Ehren. Wir dachten, es gäbe vielleicht ein bißchen... Spaß zu erleben.«

»Ich möchte gern wissen, warum ihr nicht vor Chyyan mit den übrigen gebrüllt habt?«

»Diese Leute würden gern die Sklaverei zurückhaben.«

»Ah!« sagte ich und verstand endlich, was los war. Ich blickte auf die Menge. »Und der schwitzende Bursche, den ihr zurückgezerrt habt? Er war früher euer Herr?«

»Ja. Wir waren von Kind auf Sklaven, bis der Hohe Kov anordnete, daß alle Sklaven freizulassen seien.«

Mit geneigtem Kopf sah mich der muskulöse Fischer unter gesenkten Brauen hervor an. »Und du bist wirklich der neue Hohe Kov, Dray Prescot?«

»Ja.«

Die Brüder wollten sich vor mir auf den Boden werfen, doch ich hinderte sie daran, forderte sie nur auf, wie Männer stehen zu bleiben.

»Wo die Menschen zu mir aufblicken, gibt es keine Sklaverei«, sagte ich und versuchte die Worte nicht selbstgefällig klingen zu lassen. »Die ehemaligen Sklaven sind jetzt frei. Das ist ihr Recht. Und ich möchte euch für eure Hilfe danken.«

Im Hinblick auf die bösen Blicke, die den beiden Tarbils zugeworfen wurden, ließ ich es dabei bewenden. Belohnen konnte ich die beiden jungen Männer später noch. Außerdem sagte ich mir, daß sie mir bei der Befreiung aller Sklaven in Vallia noch nützlich sein konnten.

Die Tarbils verbeugten sich und traten zurück. Man machte ihnen Platz. Mit fragendem Blick wandte ich mich an Roybin.

»Es wird ihnen nichts passieren, mein Prinz. Ich glaube, du hast diese Leute dermaßen erschreckt, daß sie sich eine Zeitlang ruhig verhalten werden, zum Ruhme Opaz' und der Unsichtbaren Zwillinge.«

Oby und Balass waren damit beschäftigt, die Waffen der schwarzgefiederten Masichieri einzusammeln. Sie wußten, worauf es mir ankam.

Ich erhob die Stimme, damit mich alle hören konnten.

»Wir haben noch mehr Arbeit vor uns«, wandte ich mich an die Fischer von Autonne. »Kehrt in eure Häuser zurück. Überlegt, was ihr hier gesehen habt. Bedenkt, daß der Geist der Unsichtbaren Zwillinge, am Himmel manifestiert, ein wohltätiger Geist ist; aber vergeßt nicht, daß Opaz jeden niederstrecken wird, der schlecht handelt. Schlagt euch den Glauben an Chyyan aus dem Kopf. Es ist Wahnsinn, davon zu träumen, jeder von uns könnte genau das verwirklichen, was er sich wünscht, und das alles gleichzeitig und ohne Mühe. Ihr müßt dafür arbeiten. Ihr werdet sagen, ich bin euer Hoher Kov, und das stimmt. Die Last, die mich bedrückt, ist anders als die, die ihr zu tragen habt, doch sie ist nicht weniger mühsam. Aber wenn einer von euch die Aufgabe übernehmen möchte und sich im Gesetz wie auch anderswo auskennt, muß ich ihn warnen, er würde ernsthaft Kummer damit haben.«

Na schön. Ich weiß, daß das nicht wirklich ehrlich gemeint war. Aber theoretisch ist so etwas möglich. Rechtlich war ich der Hohe Kov von Veliadrin. Ich konnte den Titel nach Belieben weitergeben, sofern ich das Einverständnis des Herrschers hatte. Jeder konnte mich wegen des Titels herausfordern und, wenn er siegte, seinen Erfolg vom Herrscher ratifizieren lassen. Aber dieses Bemühen versprach schwerer zu werden als der eigentliche Kampf. Auf Kregen gründet sich Macht und Titel viel seltener auf Ererbtes als auf der

Erde; sie hängen weitgehend von dem ab, was der einzelne ist und tut.

Die Fischer verließen nach und nach den Saal, noch immer verwirrt und einige bestimmt auch noch gegen mich eingestellt. So blieben wir Kämpfer allein zurück, allein mit der zerbrochenen Galerie, dem Fischgestank und der vierflügeligen schwarzen Chyyan-Darstellung.

Roybin hustete und sagte: »Ich sorge dafür, daß hier aufgeräumt wird.« Im gleichen Augenblick stieß Oby einen erstickten Schrei aus, der uns alle herumfahren ließ.

»Dray! Mein Prinz, *sieh doch!*«

Wir alle starrten in die Richtung, in die sein Finger wies.

Die schwarze Vogelgestalt vor den kostbaren Stoffen hockte düster über uns, die vier schwarzen Flügel ausgebreitet, daß sie fast den ganzen Raum zu umschließen schienen. Und die Augen der Figur glühten! Ein doppeltes rubinrotes Feuer. Sie musterten uns mit unheimlichem, böse flammendem Blick.

3

Schwer zu beurteilen, wer von uns sich als erster bewegte. Wie ein Mann hasteten wir auf die Statue in ihrer Nische zu.

Was wir brüllten, weiß ich nicht mehr. Ich glaube, jeder von uns wollte dieses Vogelwesen packen und an dem maskierten Gesicht zerren, um festzustellen, welcher Trick uns hier vorgespielt wurde. Das rote Feuer glühte auf, wurde zu einem grellen grünen Schein – und dann verschwand es. Als wir die Statue erreichten, waren nur noch matte gläserne Augäpfel zu sehen, die leblos auf uns herabblickten.

»Das ist Arbeit für Khe-Hi und den alten Evold.«

Wir gingen um die Statue herum, klopften versuchsweise mit den Schwertgriffen dagegen. Die Figur klang fest, nur nicht in der Mitte des Rückens, wo sich ein Hohlraum zu befinden schien.

»Die Zauberer sollen sich darum kümmern«, sagte ich. »Sicher hat man irgendeine Sicherung eingebaut, die ein Öffnen verhindern soll.«

Die anderen murrten, doch sie erkannten, daß meine Worte vernünftig waren. Wir alle wußten, was die Zauberer von Loh zu erreichen vermochten, wenn sie auch für einfache Menschen kaum zu verstehen waren. Sie konnten uns in diesem Falle hoffentlich weiterhelfen. Ein Axthieb hätte wohl genügt, um das Gottesbild zu öffnen, doch wir hätten wohl keine Freude an den Dingen gehabt, die dann aus dem Loch emporgestiegen wären.

Erst später ging mir auf, daß das entsetzliche Aufleuchten der Augen uns nicht vor Angst hatte erstarren lassen, wie es zweifellos beabsichtigt gewesen war. Wir hatten einfach losgebrüllt und waren unverzüglich nach vorn gestürmt. Vermutlich waren die Bediener des Gottesbildes ein solches Verhalten nicht gewöhnt.

Ich will die Wahrheit sagen – die ganze Affäre mit dem Großen Chyyan war eine üble Sache, doch immer wieder gab es Augenblicke, die zum Lächeln reizten. Zunächst war ich mitten in die Geheimversammlung gepurzelt. Dann hatten die Glasaugen des Gottesbildes ein schreckliches Licht ausgestrahlt, doch anstatt zu fliehen, hatten wir sofort angegriffen. Wenn man sich in schlechte Gesellschaft begibt, färbt das unweigerlich ab. So mußten wir Oby nachdrücklich davon abhalten, die Augen des Chyyan mit seinem langen Messer herauszubrechen.

»Wenn sich in der Figur Dämonen oder giftige Insekten befinden, junger Oby, würdest du die doch herauslassen, wenn du die Augäpfel löst, oder?«

»Ich wollte schon immer die berühmten Edelsteine aus den Augen eines heidnischen Götzen besitzen!«

»Du kannst ja den Zauberern helfen, wenn sie das Ding auseinandernehmen«, sagte ich.

Stirnrunzelnd fingerte er an seinem Messer herum und zog sich zurück.

Wie daraus zu ersehen ist, reagierten meine Gefährten nicht gerade voller Ernst auf den neuen Glauben an den Großen Chyyan. Überflüssig anzumerken, daß sie damit einen schweren Fehler begingen.

Es würde sicher große Mühe machen, überlegte ich, den Chyyanismus auszutilgen. Ich war fest dazu entschlossen, denn er stellte eine Gefahr dar für Vallia, meine kregische Heimat. Hätte es sich um eine echte Glaubensbewegung gehandelt, wäre ich nicht eingeschritten. Religionen erscheinen, schlagen Wurzeln und blühen auf, wenn sie gebraucht werden. Solche religiösen Umbrüche gibt es, wenn die Zeit nach neuen Gefäßen für alten Wein verlangt. Aber der Chyyanismus war künstlich, ein Gemisch, ein bewußtes Zusammenfügen von Gedanken aus den tiefsten Sehnsuchtswinkeln des menschlichen Geistes. Der Chyyanismus war als Waffe geschmiedet worden, und dahinter stand eine Absicht, die viel weiter ging als das Bestreben, lediglich unzufriedene gläubige Männer und Frauen aufzustacheln, die sich darüber ärgerten, daß ihnen ihre teuer gekauften Sklaven genommen worden waren.

Bei meinen Überlegungen versuchte ich nicht zu vergessen, daß ich selbst als Rebell aus der Ecke der Rebellen stammte. Ich verabscheute brutale Autorität, die üble Ziele verfolgt. Trotz meiner engen Freunde bin ich im Grunde ein Einzelgänger. Mein ganzes Leben lang habe ich mich gegen Macht aufgelehnt, oft zu meinem Nachteil. Nachdem ich nun eine gewisse Verantwortung zu tragen hatte, verstand ich auch den anderen Standpunkt, wußte aber auch so, daß der Chyyanismus die Ablehnung der Macht lediglich als Waffe benutzte, daß die aalglatten Versprechungen, die Luxus und ein paradiesisches Leben verhießen, hohl und leer waren und nur zum Ruin aller führen konnten.

»Gut, Roybin, du sorgst also für Ordnung. Ehe ich nach Valka zurückkehre, sollst du belohnt werden. Wir schulden dir viel.«

»Ich danke dir, mein Prinz.«

So verließen wir Roybin, um in die abgelegene Schänke zurückzukehren, in der wir anonym eingekehrt waren; der Wirt war Roybins Cousin. Trotzdem mußten wir jetzt schnell packen, denn bis zum Morgen mußte sich in ganz Autonne die Nachricht verbreiten, daß der Hohe Kov von Veliadrin im Lande war.

Wir hatten gewisse Dinge über den Chyyanismus erfahren. Unsere Agenten würden sich nun um weitere Informationen bemühen. Wir hatten das große schwarze Götzenbild. Und ich war immer noch davon überzeugt, daß Makfaril, der Anführer der Chyyanisten, von meinem Interesse wußte und Schritte einleiten würde, um die Gefahr abzuwenden.

Dies alles würde mein Leben interessant gestalten – als könnte das Leben auf Kregen überhaupt anders als faszinierend sein!

Wir waren in kleinen, unauffälligen Flugbooten eingetroffen und wollten uns nun beim Rückflug gleich trennen: Seg kehrte in seine Provinz Falinur zurück, während Inch sich die Schwarzen Berge zum Ziel nahm, beide in Vallia. Ihre Richtung war Westen und Norden, während ich nach Osten halten mußte.

Die Zwillingssonne hob sich eben über den östlichen Horizont, als unsere Flugboote aufstiegen und die letzten Remberees verhallten. Die Reise nach Valka verlief ereignislos, wenn wir auch einmal einen Voller entdeckten, der eine Zeitlang auf gleichem Kurs mit uns blieb und dann hinter Wolken verschwand. Oby, der an den Kontrollen saß, blickte mich fragend an. Doch ich schüttelte den Kopf.

»Der Bursche mag mit den Chyyanisten zu tun haben oder auch nicht. Wir haben die Aufgabe, nach Hause zurückzukehren und das Götzenbild durch die Zauberer untersuchen zu lassen.« Obys Gesicht zeigte Enttäuschung. »Nun reg dich nicht auf. Bei Vox! Makfaril und Himet und ihre Anhänger werden uns noch mehr Ärger machen als dir lieb ist, du blutrünstiger Leem.«

Noch vor wenigen Jahren wäre ich blindlings hinter dem anderen Flugboot hergestürmt und hätte mich auf diese Weise kopfüber in neue Abenteuer gestürzt. Sollte ich tatsächlich reifer geworden sein? Ich glaube nicht. Ich wollte den Kerl verfolgen. Aber das Geheimnis des Götzenbildes interessierte mich mehr.

So flogen wir geradeaus weiter. Unser Ziel war Valkanium, die Hauptstadt Valkas, und dort die Festung Esser Rarioch.

Seit meiner Rückkehr von der Erde und den Abenteuern am Auge der Welt hatte ich Mühe gehabt, mit den Ereignissen zu Hause Schritt zu halten. Mein Sohn Drak, Prinz von Vallia, leitete die Regierungsgeschäfte in Valka – und durchaus in meinem Sinne. Er wurde der junge Strom genannt, während man mich – auch in meinem Beisein – als den alten Strom bezeichnete. Daran mußte ich mich erst gewöhnen, denn alt fühlte ich mich keineswegs.

Valka war meine Heimat auf Kregen. Gewiß, ich hatte andere Heimstätten gefunden, Strombor und Djanduin und die weiten Ebenen von Segesthes, sogar das Paline-Tal im feindlichen Hamal. Aber Valka ... nun, als Oby das Flugboot landen ließ, unterdrückte ich ein lächerliches Seufzen und sprang über die Reling, wobei ich laut nach Wächtern und Dienstboten brüllte.

Die Begrüßung zog sich eine Weile hin, dann erschien Delia, woraufhin die übrigen sich respektvoll zurückzogen und wir uns an den Händen berührten. Ich blickte ihr in die Augen und sah wie immer darin das amüsierte Staunen über solche Vorgänge und die tiefe Liebe zwischen uns.

Wir gingen in den Palast, wo sich jeder über meine Rückkehr zu freuen schien. Nach kurzer Zeit servierte man uns in einem kleinen

Privatzimmer ein opulentes Mahl. Melow die Geschmeidige, die ihr Leben der Sorge um Delia gewidmet hatte, so wie sich ihre beiden Kinder um meine ältesten Zwillinge kümmerten, schlenderte in das Zimmer und verzog ihr furchteinflößendes Maul zu einem Willkommenslächeln.

Wir tranken Tee und aßen Miscils und andere Nachspeisen und Früchte aller Art, auch die allgegenwärtigen Palines.

»Und dieser neue Glaube soll eine ernste Gefahr darstellen?«

»Ich würde sagen, eine sehr ernste Gefahr. Einfachen Leuten einzureden, daß sie alles haben können, sofort und auf der Stelle, das ist Torheit! Bei Zair! Könnte ich mir auf der Stelle alle Wünsche erfüllen...« Ich hielt inne. Ich besaß doch bereits so viel. War ich gierig geworden?

Delia hatte mir die Neuigkeiten über unsere Kinder mitgeteilt. Sie alle waren irgendwo auf dem weiten Kregen unterwegs. Meine drei Söhne hatte ich im Kampf erlebt, und der Gedanke an sie vermittelte mir Zufriedenheit vermengt mit Sorge. Drak kümmerte sich als Ältester um meine Angelegenheiten. Zeg war ein berühmter Krozair am Binnenmeer, König von Zandikar. Jaidur war am Binnenmeer geblieben, um seine Aufnahme bei den Krozairs von Zy abzuschließen. Meine Mitgliedschaft in diesem Orden gehört zu den Dingen, die ich auf Kregen am meisten schätze. Ich hatte Pläne, die mystischen Disziplinen und Lehren der Krozairs im weiteren Sinne zu nutzen. Und die Mädchen...? Velia lebte nicht mehr, die älteste. Wir hatten noch eine jüngere Tochter, die ebenfalls Velia hieß und deren Heranwachsen ich mit ängstlicher Freude verfolgte. Lela, Draks Zwilling, und Dayra, Jaiduris Zwillingsschwester, weilten, wie Delia mir berichtet hatte, bei den Schwestern der Rose.

»Aber sie bereiten eine Reise nach Valkanium vor, damit sie ihren Vater zu sehen bekommen. Dazu müssen sie vorher in Vondium Station machen.«

Ich nickte und fragte mich, warum ich trotz meines Familienglücks innerlich unzufrieden war. Vielleicht bekümmerte mich der Gedanke an die Gefahren, die Kregen drohten.

»Sobald die Chyyan-Statue hier ist, müssen sich die Sans eingehend mit ihr beschäftigen«, sagte ich. »Diese Glaubensbewegung könnte ein neuer Angriff Hamals sein.« Und ich teilte Delia einige meiner Vermutungen mit. »Irgendwann muß ich wieder dorthin. Diese Teufel verkaufen uns noch immer minderwertige Flugboote.«

»Oh, so oft wie früher stürzen sie nicht mehr ab. Aber die Silberkästen werden schwarz und versagen viel schneller den Dienst. Und man stellt uns überzogene Preise in Rechnung. Und...«

»Wenn sich nichts anderes ergibt, reise ich nach Hamal und schaffe Klarheit, und wenn ich das Geheimnis diesmal den Kehlen der Neun Gesichtslosen persönlich entreißen müßte.«

Delia enthielt sich eines Kommentars, doch ich bemerkte ihren Gesichtsausdruck und kam mir sofort wie ein Idiot vor, wie ein hirnloser Onker. Es war grausam, so kurz nach einer langen Abwesenheit über eine neue ausgedehnte Reise zu sprechen. Ich hob die Hand und berührte sie am Arm.

»Zuerst wollen wir die Statue öffnen und sehen, was wir finden. Dann können wir weitere Schritte besprechen.«

Sie nahm die Worte als Entschuldigung. Und dann sagte sie: »Diesmal komme ich aber mit.«

Ich lachte, und wir tranken frischen Tee. Dann meldete uns Panshi, der Große Kammerherr, daß das schwarze Götzenbild eingetroffen sei. So gingen wir durch die Kolonnaden und Gänge und durch den großen Saal der Statuen in Evold Scavanders Laboratorium. Die schwarze Statue stand vor der Wand, die den Fenstern gegenüberlag, und beherrschte den Raum mit einer bösen Aura. Das Geschöpf wirkte hier genauso eindrucksvoll und böse wie in dem primitiven Tempel der Fischer.

Der alte Evold schniefte und zupfte an seinem Gewand und umsorgte die Prinzessin, der er einen Stuhl und Erfrischungen holen ließ. Delia glättete die weiten Röcke und setzte sich gelassen.

Turko schlenderte wie eine Wildkatze herein und setzte sich leise und wachsam neben die Tür. Mein Blick fiel auf den Parierstock, den er in seinen Gürtel gesteckt hatte – ein Beutestück aus Autonne.

Evold Scavander, der den Ehrentitel San führte – das heißt Weiser, Meister der Wissenschaften und Zauberkünste – war der klügste der weisen Männer von Valka. Sein Zauber betraf andere Gebiete als die der berühmten Zauberer von Loh, die wirkliche Magier sind, wie ich gestehen muß, denn wenn sie nicht echt wären, müßte man sie als die geschicktesten Trickbetrüger auf zwei Welten bezeichnen. Von den Zauberern von Loh gab es noch viel zu lernen. Ich stand in einem lang andauernden Kampf mit dem Meisterzauberer Phu-Si-Yantong, ein Mann, der viel Böses in sich vereinigte, aber deshalb längst noch kein absoluter Bösewicht war, sondern eine schillernde Persönlichkeit, die auch menschliche Züge trug. Yantong hatte mich am Binnenmeer in Ruhe gelassen, doch sobald er erfuhr, daß ich nach Valka zurückgekehrt war, würde er mich sicher besuchen, als gespenstische Erscheinung, die mich zu bespitzeln versuchte. Ein anderer Zauberer aus Loh namens Khe-Hi-Bjanching, den ich aus einer gefährlichen Situation gerettet und in Esser Rarioch in eine hohe Position gebracht hatte, war dafür zuständig, solche Angriffe Yantongs abzuwehren. Ich wußte, daß er bald auf die Probe gestellt werden würde.

Evold wanderte schniefend und schnüffelnd vor dem Götzenbild hin und her und beklopfte und betrachtete es.

Früher hätte er sich sofort an die Arbeit gemacht. Aber trotz ihrer vielen Auseinandersetzungen hatten sich Evold und Bjanching zu einigen Gemeinsamkeiten durchgerungen.

Als Khe-Hi-Bjanching schließlich eintraf, sah ich die Blicke, die die beiden wechselten.

»Du hast nichts berührt, San?«

»Nichts, San.«

Die beiden Zauberer wanderten um den schwarzen Chyyan herum, legten die Köpfe in den Nacken, starrten in die boshaften Augen und verzogen nachdenklich das Gesicht. Kurz, sie benahmen sich wie Ärzte, die einen schwierigen Fall zu beurteilen haben.

Schließlich sagte Khe-Hi: »Der Götze ist auf jeden Fall durch Zauberei versiegelt.«

Wir verstanden seine Reaktion. Ein Zauberer aus Loh, der sein ganzes Leben mit der Magie zu tun hat, weiß, wenn Zauberkräfte am Werke sind – oder zumindest in den meisten Fällen.

»Mein Prinz, du sagst, die Augäpfel hätten smaragdgrün geleuchtet?«

»Ja, erst rot, dann grün.«

»Dabei handelt es sich um einfaches Glas mit gelblicher Färbung.« Khe-Hi machte eine Geste, und Ornol, Evolds Assistent, holte eine Leiter, die gegen die Statue gelehnt wurde. Khe-Hi raffte seine weiße Robe, die durch eine rote Schnur zusammengehalten wurde, und stieg empor, um sich die Augen aus der Nähe anzusehen. Ich fragte mich, was geschehen würde, wenn sie ihre unglaublich starke grüne Strahlung direkt in sein Gesicht abgaben.

Viele Männer vom Kontinent Loh haben rotes Haar. Nicht alle. Loh ist ein Land voller Rätsel und Schrecknisse, ein weitgehend unzugänglicher Bereich, der sich nach dem Zusammenbruch des berühmten Reiches jeder näheren Erkundung entzog. Khe-His rotes Haar schimmerte dunkel vor dem Schwarz der Statue. Er blickte hierhin und dorthin. Dann kletterte er wieder herunter und blickte nachdenklich auf den Rücken des Götzenbildes, wo ein leichtes Klopfen ein hohles Geräusch ergab.

»Ich muß mich vorbereiten«, sagte er schließlich. »San, deine Hilfe wäre mir willkommen.« Evold nickte, ohne zu sprechen.

»Dauert es länger?« fragte ich gelassen.

»Drei Burs nur, mein Prinz.«

Eine Bur entspricht etwa vierzig irdischen Minuten. Ich nickte. »Dann überlasse ich die Statue eurer Fürsorge.«

4

Es gab für mich noch soviel über die Ereignisse zu lernen, die sich während meiner Abwesenheit auf Kregen ereignet hatten, daß Delia jeden freien Augenblick damit beschäftigt war, in ihren Erinnerungen nach weiteren Informationen zu forschen. Natürlich hatten wir Zugang zu den valkanischen Dokumenten, die von den Schreibern von Esser Rarioch in Ordnung gehalten wurden. Wie der Strom neuer Tatsachen und Zusammenhänge mein Leben beeinflussen würde, mußte sich noch herausstellen. Am besten gebe ich erforderliche Erklärungen im Laufe meines Berichts jeweils an der Stelle, wo sie nötig sind.

Wir setzten uns und genossen Voskkuchen und Momolams, und ich hörte mir an, was Jiktar Larghos Glendile zu sagen hatte, der vor kurzem aus der vallianischen Hauptstadt Vondium zurückgekehrt war. Er schilderte mir die neuesten Erlasse des Presidios. Das Presidio regiert das Land, obgleich der Herrscher nominell den Titel besitzt und auch genügend realen Einfluß hat, um das notwendige Gegengewicht zu bilden. Es kam darauf an, eine Machtgruppe gegen die andere abzuwägen, auf Ratschläge einzugehen und Gesetze zu erlassen, die sich auf lange Sicht durchsetzen würden.

»Aber die Racter, mein Prinz! Ihre Zahl hat abgenommen, doch mit Hilfe von Männern, die an geschickt gewählte Positionen vorgestoßen sind, ist ihr Einfluß eher gestiegen.«

Die Racter, die mächtigste Partei in Vallia, die das Schwarzweiß zu ihren Farben erklärt hatte, sicherte ihren Reichtum und ihre Position durch Handel und Landbesitz, durch die Sklaverei und den Bergbau. Es gab andere Parteien, in erster Linie die Panvals, die gegen die Racter auftraten. Sie alle, das wußte ich wohl, hatten ihre eigenen Anwärter auf den Thron des Herrschers.

»Die manipulieren den Herrscher, bis er allein dasteht. Dann können sie seine Macht beschneiden.«

»Weißt du, wer neuerdings der aussichtsreichste Nachfolgerkandidat ist?«

»Nein, mein Prinz. Mit solchen Äußerungen hält man sich zurück.«

Jiktar Larghos Glendile bot einen großartigen Anblick. Er war ein Pachak, eine Rasse, die zwei linke Arme hat und nicht zuletzt aus diesem Grunde die berüchtigtsten Kämpfer des Planeten stellt. Zusätzlich hat ein Pachak eine Hand an seinem langen peitschenähnlichen Schwanz. Loyal waren die Pachaks, erstklassige Söldner. Ich hatte sowohl in Valka als auch in Zamra Pachaksiedlungen gegründet, die keinen militärischen, sondern einen zivilen Charakter hatten. Gleichwohl gab es in Zamra starke Pachakstreitkräfte; besonders stolz war ich auf drei neue Pachakregimenter, die mit Flutduins als Sattelvögel ausgerüstet waren.

Zamra, die große Insel nördlich von Valka, sollte sich in den folgenden Jahren als ausgesprochen wertvoller Verbündeter erweisen.

Ich verabscheute die Notwendigkeit, eine Streitmacht zu unterhalten. Aber es führte kein Weg darum herum. Es gibt auf Kregen viele Feinde, die über den Horizont heraufsegeln oder vom Himmel fallen und sich aller beweglichen Habe bemächtigen möchten. Meine Pflicht als Prinz bestand darin, mein Volk zu schützen. Daraus folgerte die Pflicht des Volkes, mir dabei zu helfen. Aber natürlich sind die Dinge nicht so einfach. Als Glendile gegangen war, wandte ich mich an Delia: »Es gibt ja soviel zu erfahren! Bei Zair! Seit meiner Abwesenheit hat sich auf Kregen viel getan!«*

---

* Eine Durchsicht der neuen Kassetten deutet leider darauf hin, daß uns ein Abschnitt in Dray Prescots Erlebnissen fehlt. *Krozair von Kregen* endete mit der Wiedervereinigung Drays und Delias am Auge der Welt. Danach müssen sie Didi, die Tochter Gefards und Velias, vor den Grodnim gerettet haben. Es gibt Hinweise darauf, daß es sich um eine äußerst schwierige Aktion handelte, aber das entsprechende Band fehlt, oder Dray hat diese Begebenheiten nicht geschildert. A. B. A.

Während Delia lachte, stand ich auf. »Laßt uns sehen, was die Sans mit dem schwarzen Götzenbild erreicht haben.«

Ich wandte mich zu Delia um. Schon oft hatte ich Worte zu finden versucht, um die Schönheit Delias auch nur annähernd zu beschreiben. Eine unmögliche Aufgabe! Sie trug ein elfenbeinfarbenes Gewand, das nur durch eine kleine Brosche mit roten Brillanten geschmückt war. Ihr schimmerndes rotbraunes Haar umgab den Kopf wie ein Heiligenschein – ja, ich spürte, wie mein Herz einen Sprung machte und das Blut mir durch die Adern pulsierte. Bei Zair!

Liebevoll und ein wenig spöttisch blickte sie mich an, wußte sie doch, was für Gedanken mir durch den Kopf gingen.

»Du wirst schon Zeit haben, dich wieder anzupassen, Liebling«, sagte die Prinzessin Majestrix von Vallia.

Wir schlenderten gerade durch den Saal der Statuen, als wir die Explosion hörten. Im ersten Augenblick des Entsetzens dachte ich, ein Funke wäre ins Pulver geraten. Aber Schwarzpulver war auf Kregen nicht bekannt. Augenblicklich erwachten alle meine Instinkte, die mir auf einem Kriegsschiff der britischen Marine eingebleut worden und in Fleisch und Blut übergegangen waren, Vorschriften über Filzschuhe und Funkenschutzvorhänge, bereitstehende Wassereimer und bereitliegende Schläuche. Lebenswichtig auf einem Schiff aus Holz.

Fluchend sprang ich zur Seite, duckte mich vor der riesigen schwarzen Rauchwolke, die um die Ecke wallte. Der schwarze Rauch hüllte mich ein. Ich fuhr herum, griff nach Delia, wartete darauf, daß die Detonationswoge uns erreichte. Die Explosion hallte mir noch schmerzhaft in den Ohren.

Der Rauch wallte. Ich stieß gegen Strom Fagans Büste – die Größe seiner Nase ließ keinen Zweifel daran, wer er war –, und das Marmorgebilde fiel krachend um. Delia klammerte sich an mir fest, ohne etwas zu sagen. Die Augen tränten mir von dem Gestank. Dies war kein gewöhnlicher Rauch – ein seltsam beißender Geruch ging davon aus, ein Fäulnisgeruch, der sich auf die Zunge legte und in der Kehle kratzte.

Weitere Explosionen waren nicht zu hören.

Der Rauch verflog. Keuchend schnappte ich nach Luft. Wir bewegten die Hände hin und her und versuchten den Rauch zu vertreiben.

Delias weißes Kleid war mit schwarzen Flecken übersät, wie

Schimmel auf altem Käse. In meine Augen schien Sand gekommen zu sein.

»Bei den übelriechenden Eingeweiden Makki-Grodnos!« brüllte ich. »Das verflixte Götzenbild!« Ich schob Delia zur Seite. »Geh zurück!«

Dann lief ich auf das Labor zu.

Delia blieb an meiner Seite.

»Zurück! Wer weiß, was uns erwartet!«

»Das will ich ja herausfinden. Warum gehst *du* nicht zurück?«

Ich sparte mir den Atem.

Im Laufen verwünschte ich mich, weil ich so dumm gewesen war, die verdammte Statue in den Palast bringen zu lassen. Ein blinder Idiot war ich! Welche Zauberkräfte hatte ich damit auf Esser Rarioch losgelassen?

Eine Gestalt torkelte gegen mich; ich packte den alten Evold an den Armen und schüttelte ihn.

»Sag mir alles, Evold!«

»Mein Prinz...«, antwortete er zitternd. »Die Augen haben wieder geleuchtet, wie du gesagt hast!« Er hustete und würgte, und ich ließ ihn los, damit er sich die tränenden Augen wischen konnte. »San Khe-Hi, er war mit seinen Vorbereitungen beinahe fertig. Aber dann war es, als hätte der Blitz eingeschlagen. Das Götzenbild brüllte los! Es gab Rauch und Flammen und ein blaugrünes Feuer, und...«

Er brauchte nicht weiterzusprechen. Aus der zerstörten Tür des Laboratoriums torkelte Khe-Hi-Bjanching und schlug wild auf die ihn umschwirrenden schwarzen Erscheinungen ein. Sie stürzten sich aus der Luft herab, flatterten mit tiefschwarzen Flügeln, und ihr schrilles Keckern füllte den Saal mit raschelndem Geflüster.

Chyyans! Dutzende von winzigen Chyyans mit einer Flügelspannweite von nicht mehr als zwei Fuß wirbelten herum, stießen herab, versuchten ihre Krallen einzusetzen. Ich sah die zornigen roten Augen, die herumzuckenden Spitzen der roten Krallen. Die Schnäbel waren weit aufgesperrt. Khe-Hi stolperte und stürzte zu Boden. Ich sprang vor und zog dabei Main-gauche und Rapier. So stand ich breitbeinig über ihm und streckte mit wirbelnden, blitzenden Klingen die flatternden Scheusale nieder.

Sie wirkten beinahe wie Vampire, die es darauf anlegten, ihre Reißzähne in meinen Hals zu bohren und mich auszusaugen.

Jeder schwarze Chyyan hatte vier Flügel, bedeckt mit zerzausten schwarzen Federn. Die Angriffe wurden immer heftiger, und ich spürte Stiche auf Stirn und Armen; die Wesen drängten sich um mich und bohrten mir die Krallen ins Fleisch.

»Magier!« brüllte ich, während ich wie rasend um mich hieb. »Sprich einen Zauber! Vertreibe sie!«

»Sie sind bereits verzaubert!« antwortete der Magier keuchend. Er versuchte zwischen meinen Knien hervorzukriechen, doch ein winziger Chyyan griff ihn an, und er zog sich aufheulend wieder zurück.

»Na, bei Mutter Diocaster! Dann verzaubere sie eben noch einmal!«

Ich hörte Wutgeschrei im Saal und sah Turko näherkommen, der mit seinem Parierstab um sich hieb. Delia, die selbst in ihrem zerrissenen weißen Kleid und ihrer zerzausten Frisur wunderbar aussah, hieb mit ihrem juwelenbesetzten Dolch um sich, den sie meisterhaft zu führen versteht.

»San!« brüllte ich. »Du mußt fliehen!«

Ich nahm den Dolch zwischen die Zähne, griff mit der linken Hand hinab und zerrte Khe-Hi am Kragen hoch. Mit der rechten schwang ich das Rapier, und ganze Wolken schwarzer Federn stoben davon.

Ich versetzte Khe-Hi einen kräftigen Tritt in den Hintern, der ihn durch den halben Saal beförderte. Dann erreichte ich meine Delia, und mit drei Klingen vermochten wir das tödliche Netz aus Stahl zu schließen. Sie lächelte mir flüchtig zu.

Kurze Zeit später erschien Jiktar Larghos Glendile und stürzte sich mit einem Rapier und zwei Dolchen in den Kampf; und mit der Schwanzhand führte er eine weitere Klinge. Bei einem solchen Kampf war er zwei Kämpfer wert. Andere Helfer trafen ein, und nach kurzer Zeit konnte man die Zahl der verbleibenden Chyyans schon an den Fingern abzählen.

»Tötet nicht alle!« rief ich. »Laßt einen am Leben!«

Es folgte eine wilde Jagd durch die Gänge und Korridore, als die Vögel zu entkommen versuchten, sie wurden aber von meinen Männern verfolgt, die mit Netzen und Säcken und anderen eilig ergriffenen Hilfsmitteln aktiv wurden. Schließlich fingen wir drei Exemplare, die wir in Säcken sicher verstauten.

»Khe-Hi!« sagte ich streng. Er hob den Kopf. Sein zerrissener

Prachtanzug sah ziemlich mitgenommen aus, doch von seiner Würde als Zauberer von Loh hatte er nichts eingebüßt.

Wir kehrten zum Laboratorium zurück, und Khe-Hi deutete auf die Überreste des Götzenbildes. Überall im Raum waren schwarze Steinstücke verstreut. Die Fenster waren zerstört, die Tische umgestürzt. Das Labor war ein einziges Chaos.

»Khe-Hi!« jammerte San Evold. »Du hast mein Arbeitszimmer zerstört!«

»Ich nicht, guter Mann. Das mußt du Makfaril anlasten, von dem der Prinz berichtet hat.«

»Ich werde mehr als nur über ihn berichten«, sagte ich aufgebracht. »Du sagst, du hättest die Wesen schon verzaubert.«

»Richtig, mein Prinz.« Khe-Hi richtete sich auf. »Hätte ich es nicht getan, wären Chyyans in voller Größe über uns hergefallen.«

Turko pfiff durch die Zähne. Jiktar Larghos Glendile ließ seine Schwanzhand herumzucken.

»Gut gemacht, Zauberer«, sagte ich. »Hast du das Götzenbild öffnen wollen, ehe ich eintraf?«

»Nein, nein, mein Prinz! Als meine Vorbereitungen fast abgeschlossen waren, flammten die Augen auf, wie du es beschrieben hattest. Ich weiß nun, was geschehen ist. Ein Zauberer hat das Götzenbild beobachtet und merkte, was ich vorhatte. Er gab den verborgenen Verschlußzauber frei, und mit einem Aufblitzen, einem Donnern und blaugrünem Licht öffnete sich das Ding.«

Das war keine schlechte Beschreibung einer Explosion für jemand, der Schießpulver nicht kannte.

»Der Zauber, den ich vorbereitet hatte, reduzierte alles, was sich in der Statue befand, in Größe und Macht. Die Eier...«

»Eier?«

»Das Götzenbild war angefüllt mit Chyyan-Eiern, die augenblicklich aufbrachen, und Chyyans in voller Größe schlüpften heraus. Dieser Trick wird von manchen Zauberern angewendet. Mein Gegenzauber aber reduzierte die Größe der Chyyans.«

»Das war ein Glück für uns«, stellte Glendile fest.

»Und das Licht war blaugrün?«

»Ja.«

Das paßte nicht zu einer Schießpulverexplosion.

»Diese verdammte Zauberei!« sagte ich. »Mir liegt das nicht so besonders. Ein anderer Zauberer?«

»Ein großer Könner seines Fachs.«

Ich sah Khe-Hi Bjanching an. Wir alle dachten an denselben Mann.

Es blieb Delia überlassen, mit ruhiger Stimme zu fragen: »Meinst du, San, der berüchtigte Phi-Si-Yantong steckt dahinter?«

Khe-Hi runzelte die Stirn. »Ich weiß es nicht. Bei Hlo-Hli, meine Prinzessin, ich weiß es nicht!«

»Ich habe dir auch von Que-Si-Rening erzählt, einem Zauberer von Loh, der bei der Herrscherin Thyllis von Hamal in Diensten steht. Vielleicht ist er es gewesen«, sagte ich betont beiläufig. »Immerhin deutet bei den Chyyanisten manches darauf hin, daß sie zu einer Hamalischen Geheimstrategie gehören.«

»Ich schwöre bei den Sieben Geheimen Künsten, mein Prinz! Ich weiß darauf keine Antwort. Das Zauberwerk war von großer Macht verhüllt. Hohe Adepten vermögen Egospuren zu verschleiern, können Persönlichkeitsmuster verstecken. Auch ich bin dazu in gewissem Maße fähig. Es gibt jedoch nur wenige, so möchte ich meinen, die gegen meinen Willen feststellen könnten, was ich tue, aber natürlich mag es auch einige geben, die dazu imstande sind.«

Das waren ziemlich bescheidene Töne für Khe-Hi.

Ich nickte unzufrieden, doch ich konnte im Augenblick nichts unternehmen, um mehr zu erfahren.

Das Klappern lockerer Steine und Trümmerstücke an einem von Evolds zerschmetterten Tischen lenkte unsere Aufmerksamkeit auf Balass, der sich eben aufrichtete und einen verstaubten runden Gegenstand aus dem Schutt nahm. Er blies darauf. Staub stieg auf.

»Was ist denn das?« fragte er, drehte sich um und balancierte die runde Scheibe auf der Handfläche.

Khe-Hi neben mir erbebte. Ich warf ihm einen forschenden Blick zu. Das Gesicht des Zauberers wirkte angespannt, eine tiefe Furche stand zwischen seinen Augenbrauen. Er saugte den Atem ein.

»Was immer es ist, Balass«, sagte ich aufgekratzt, »unser Zauberer kennt es!«

»Aye, mein Prinz! Bei Hlo-Hli, ich kenne es!«

Der Zauberer nahm Balass die Scheibe ab, was darauf hindeutete, daß dem Gebilde kein unmittelbarer negativer Einfluß entströmte. Er drehte sie um. Wir drängten näher heran, um uns das Ding anzusehen. Die Scheibe war aus Bronze gefertigt, zwei Finger dick und etwa so groß wie der Schild eines Och. Am Rand waren seltsame Zeichen eingraviert; Khe-Hi ignorierte sie, woraufhin ich sie für Verzierungen hielt. Neun Siegel waren kreisförmig angeordnet. Darin war Platz für fünf weitere Zeichen, die entweder dort gestanden hatten oder dort stehen sollten. Jedes der neun Zeichen war anders – und alle waren mir fremd.

»Nun?«

»Dies war in der Öffnung am Rücken der Statue versteckt.«

»Das wissen wir doch alle!« rief Balass.

»Sprich weiter, Khe-Hi«, sagte ich.

»Der Zauberer, der das Götzenbild kontrolliert, kann aus der Ferne beobachten, ohne eine Darstellung seiner selbst an den betreffenden Ort zu schicken, und kann durch immaterielle Augen blicken. Das spart psychische Energie.«

Delia betrachtete eingehend die Scheibe und die darin eingelassenen neun Zeichen, und Turko nahm Khe-Hi die Scheibe ab, damit die Prinzessin sie besser betrachten konnte.

»Du meinst, wenn sich das grelle grüne Feuer zeigt, schaut der verdammte Zauberer durch die Augen?«

»Ja, mein Prinz. Ich glaube auch, daß es ein Zeichen für den Priester ist – in unserem Falle Himet den Mak. Er kann in diesem Augenblick den Rücken der Statue ungefährdet öffnen.«

»Aber das verflixte Ding ging hoch, als die Augen hell wurden!«

»Ja. Denn der Zauberer sah, was vorging, und erkannte, daß ich sein Zauberwerk in wenigen Murs zunichte gemacht und die Chyyan-Eier entschärft hätte.«

»Hmm«, sagte ich. »Und die Zeichen? Neun Zeichen?«

Neun ist die magische Zahl auf Kregen. Die künstlerische Gestaltung der runden Scheibe erinnerte mich vage an die Krozairs von Zy und ihr Zeichen, das nabenlose Speichenrad im Kreis.

»Ich glaube, jedes Zeichen stellt einen Ort dar. Vermutlich die Position eines Tempels des Großen Chyyan. Wenn das Zeichen erleuchtet wird, ist das ein Signal, sich dort einzufinden.«

Alle Symbole waren matt und leblos.

»Erstens«, sagte ich nachdrücklich, »müssen wir die Symbole entziffern. Wir müssen feststellen, wo die verdammten Tempel liegen.«

Evold blickte auf die Platte. »Im Augenblick bedeuten mir die Symbole nichts. Aber vielleicht habe ich Bücher darüber. San Drozhimo der Lahme kann dazu vielleicht etwas sagen. Und dann gibt's da noch das *Hyr-Derengil-Notash.* Außerdem setze ich Hoffnungen in das Hyr-lif von *Monumen or ti Unismot.*«

Khe-Hi schnaubte durch die Nase. »Dies ist Zauberwerk. Das *Hyr-Derengil-Notash* wurde vor zweitausend Jahren von einem großen Zauberer zusammengestellt. Ich kenne es gut. Wenn der Unbekannte, der das Götzenbild gelenkt hat, dieses Buch benutzt, findest du das Gesuchte. Ich neige aber eher zu der Ansicht, daß du es nicht finden wirst.«

San Evold zeigte keine Entrüstung. Er war diese Art Herabwürdigung durch Khe-Hi gewöhnt.

Das *Hyr-Derengil-Notash* wird von Philosophen gebraucht, die auf seinen Seiten fast alles finden, was sie suchen. Ich nahm allerdings nicht an, daß Phu-Si-Yantong, sollte er hinter dem Götzenbild stehen, Zugang zu diesem wichtigen Buch hatte.

Die Symbole bedeuteten mir nichts. Eins sah wie ein Gewirr von Würmern aus. Ein anderes wie ein Schiff fremder Bauart, mit einer Gabel aus Blitzen am Hauptmast. Ein drittes wirkte lediglich wie ein eckiges Labyrinth. Delia blickte zu mir auf, und der Ausdruck in ihren Augen ließ mich zusammenfahren.

»Ich glaube«, sagte Delia langsam, und ihr Gesicht wirkte röter als sonst. »Ich glaube, ich kenne den Ort, den eines dieser Symbole darstellt.«

5

Die Scheibe mit dem äußeren Ring aus neun Symbolen und dem inneren Ring aus fünf leeren Positionen um die leere Mitte war schwer; das Metall war Bronze. Offenbar sollte der Diebstahl erschwert werden. Khe-Hi-Bjanching sagte, daß diese Art Symbolplatte, Signomant genannt, von Zauberern verwendet wurde, um Informationen weiterzugeben, die von allen, die den richtigen Schlüssel hatten, nicht mißverstanden werden konnten.

Ich gab Delia zu verstehen, den Mund zu halten, bis wir das Labor verlassen hatten. Turko trug den Signomanten.

Wir trafen uns in einem weiten Gemach in einem der oberen Stockwerke, nachdem wir uns den Schmutz der Explosion abgewaschen hatten. Delia hatte sich umgezogen. Sie setzte sich nun in ihren bequemen Sessel und blickte uns aufgeregt an.

Niemand wunderte sich darüber, daß die Prinzessin Majestrix die Zeichen verstand. Wir alle spürten, daß ihr eine bestimmte örtliche Kenntnis weiterhalf. Dies erwies sich als zutreffend, als sie uns nun aufzuklären begann.

»Ich stamme aus Delphond«, sagte sie. »Meine Ländereien liegen mir sehr am Herzen, und ich kenne mich in meiner Heimat gut aus.«

Im Verlaufe meiner Berichte, das weiß ich, habe ich über Vallia nur sehr wenig gesagt. Ein Grund hierfür liegt einfach darin, daß meine Abenteuer auf Kregen sich bisher in anderen Ländern abgespielt hatten.

Vor langer Zeit existierten die Hauptinsel Vallia und die benachbarten Inseln als separate kleine Königreiche und Kovnate – einige auch größer –, die erst nach langen blutigen Kriegen zu dem großen Reich zusammengeschlossen wurden, dessen Hauptstadt Vondium ist.

Delphond liegt an der Südküste Vallias, ein Stück westlich von Vondium. Das Königreich Delphond hatte den Vereinigungsbestrebungen besonders lange widerstanden, und als es schließlich doch unterworfen wurde und kapitulierte, war Delphond ohne großen Schaden zu seinen alten Denkmälern ins Reich aufgenommen worden.

Delia deutete nun auf eines der neun Symbole auf der Bronzeplatte.

»Der Tempel Delias«, sagte sie und blickte mich an wie ein kleines Mädchen, das man dabei erwischt hat, wie es sich die größte Frucht aus der Schale nimmt.

Ich lachte. Nun begriff ich, warum ihre Wangen so gerötet waren, warum ihre Augen mich anblitzten.

Der alte Evold nickte überrascht.

»Du hast recht, Prinzessin!«

»Sieh«, sagte Delia und fuhr mit ihrem schlanken Finger über die Erhebungen des Symbols. »Hier sind die Säulen.« Zwei Punkte, umgeben von Doppelkreisen und einem V-Symbol, waren mit dem Architrav verbunden. »Das gilt seit jeher als das Zeichen Delias in ihrer Manifestation als Muttergöttin. Außerhalb Delphonds ist das Symbol kaum bekannt.«

»Es stammt aus der Zeit, ehe wir mit dem Wissen um Opaz gesegnet wurden«, sagte Evold nachdenklich und zupfte sich an der

Nase. »Das muß etwa um die Zeit gewesen sein, als der Allmächtige Vater Tolki...«

Delia wußte Bescheid. »Die schrecklichen Krieger in ihren Bronzerüstungen trampelten ganz Vallia nieder und brachten ihren Glauben an Vater Tolki mit...«

»Und bildeten auf diese Weise das erste Vallianische Reich«, warf ich ein.

»Das dann zerbrach, wie es großen Machtgebieten oft passiert. Es gab viele Religionen und viele neue Völker und Königreiche, ehe das Licht von Opaz bewirkte...« Delia zögerte. Wie wollte sie ausdrücken, daß ihre Familie das in Wirren gestürzte Vallia in den Griff bekommen und zu einem Reich geformt hatte, daß ihre Familie die Macht genutzt hatte, die ihr von Opaz verliehen wurde – oder durch Gier und Schläue und Raffinesse und Rücksichtslosigkeit?

»Solche Geschichten haben sich auf Havilfar oft ereignet«, sagte Turko. »Erst die uralten Geheimnisse der Muttergöttin, dann die neueren, härteren Militärreligionen der Menschen. Wir Khamorros kämpfen seit Anbeginn unserer Geschichte gegen die Unterdrükkung.«

»Wir beten die Unsichtbaren Zwillinge an«, sagte Delia ernst. »Denn in ihnen, die uns durch Opaz sichtbar werden, erkennen wir die Verschmelzung von Mann und Frau, von Muttergöttin und Kriegergott und allen anderen Aspekten der Göttlichkeit.« Sie blickte sich um und fügte abschließend hinzu: »Wie es auch sein sollte.«

Wie deutlich brachten mir diese Worte das Alter Kregens zu Bewußtsein! Zivilisationen waren aufgestiegen und wieder untergegangen, Städte erbaut worden und verschwunden, Königreiche zur Macht gekommen und wieder zerfallen. Und weit in der Vergangenheit hatten die Sonnenuntergangsvölker über ein junges Kregen geherrscht. Von ihnen waren jetzt nur noch die Savanti übrig, die irgendwo in ihrer Schwingenden Stadt Aphrasöe isoliert lebten.

Alt ist Kregen, und doch leben auf ihr junge, kraftvolle Völker, die immer wieder neue Gebiete erobern, Wogen der Völkerwanderung schwappen über Kontinente, unter deren Ansturm alte Gruppierungen in die Knie brechen. Und neue Königreiche und Republiken, neue Konföderationen entstehen. Das berühmte Walfarg-Reich, auch das Lohische Reich genannt, war in Staub und Asche gesunken, und heute schlummerte Loh nur noch, seine berühmten Bogenschützen verdingten sich auf anderen Kontinenten als Söldner, seine Zauberer waren über die Welt verstreut und dienten anderen Monarchen.

Ich zwang meine Gedanken wieder in die Gegenwart zurück. »Aber welcher Tempel ist es?« wandte ich mich an Delia.

»Oh«, sagte sie überzeugt. »Es muß der Haupttempel sein. Er steht noch umrankt von Efeu und anderen Gewächsen. Auch in den heiligen Teichen ist noch Wasser. Als ich das letzte Mal dort war – du warst unterwegs, Dray –, standen sogar noch die goldenen Dächer. Das Gold selbst war natürlich fort, nur noch die Ziegel waren vorhanden.«

»Der geeignete Platz für ein Geheimtreffen des Großen Chyyan.«

»O Dray! Hoffentlich nicht! Mein armes Volk!«

»Ja«, sagte ich grimmig. »Wir haben keine Ahnung, wann solche Zusammenkünfte stattgefunden haben oder ob es sie bisher überhaupt gegeben hat. Aber eins ist sicher. Makfaril will Delphond zum Wirkungsgebiet für seine Chyyanisten machen. Vielleicht haben sie sich dort bereits eine starke Basis geschaffen.«

»Dessen bin ich nicht so sicher«, sagte Delia besorgt. »Meine Delphondi sind ziemlich träge und lassen sich nicht so leicht anstacheln. Sie ziehen ein bequemes Leben vor, in der Sonne sitzen, plaudern, essen, trinken, singen. Es müßte schon ein sehr schlauer, raffinierter Mann kommen, um sie zu einer Rebellion zu überreden.«

»Makfaril ist schlau und raffiniert. Daß du dich in ihm nicht täuschst!«

»Dann sollten wir sofort nach Delphond aufbrechen.«

»Einverstanden. Aber wir handeln sehr vorsichtig.«

Delia sah mich besorgt an und schüttelte den Kopf. »Was für eine unangenehme Situation! Ich liebe Delphond. Ich bin die Prinzessin des Gebiets und glaube, daß die Leute mich lieben. Und doch muß ich mich wie eine Spionin dorthin zurückschleichen.«

»Genau!« Ich hielt inne und überlegte: »Wenn du andererseits offiziell als Prinzessin kämst, würde das deinen Leuten zeigen, daß du dich um ihr Wohlergehen sorgst. Ich bin überzeugt, daß bisher nur wenige zu diesem verdammten Glauben übergelaufen sind. Du mußt die Sache von außen anpacken, du mußt sie blenden, mußt ihnen zeigen, daß Opaz nach wie vor die Religion ihrer Väter ist. Ja, das ist genau das Richtige. Du bist die Prinzessin von Delphond. Die Leute werden dich wie üblich willkommen heißen. Ich dagegen...«

»Ja?«

»Ich bin dort nicht so gut bekannt. Gewiß, ein paar Edelleute würden mich erkennen. Ich komme besser inkognito, stelle Fragen und schaue mich um. Darauf freue ich mich jetzt schon. Wir beide, mein Schatz, wir werden die verdammten Chyyanisten bloßstellen, damit wir sie uns dann richtig vorknöpfen können!«

Delia schürzte die Lippen.

»Wir lassen Inch und Seg verständigen, damit sie wissen, was los ist. Seg war ziemlich beunruhigt. Ich glaube, in Falinur gärt es ebenfalls.«

Khe-Hi deutete auf die anderen acht Zeichen. »Wo liegen diese Orte? Mein Prinz, die Antworten müssen gesucht werden, doch ich möchte jetzt schon eine Vermutung äußern. Was die fünf leeren Stellen bedeuten, werden wir wohl nicht erfahren, doch wäre es nicht möglich, daß die leere Fläche in der Mitte für das Zeichen von Vondium reserviert ist?«

Der alte Evold lachte schrill. »Du magst ja ein aufgeblasener Zauberer von Loh sein, San Khe-Hi, aber in diesem Punkt redest du vernünftig.«

Und damit hatte er recht. Wenn Makfaril Vallia vernichten wollte, mußte er auch in der Hauptstadt Fuß fassen. Die Stelle in der Mitte bedeutete Vondium, davon war ich überzeugt. Wie an den Zeichen zu sehen war, gab es bereits einige Niederlassungen des Chyyanismus, aber an der leeren Stelle ließ sich erkennen, daß die Schwarzen Federn sich dort noch nicht etabliert hatten – wo immer sie als nächstes einfallen wollten. Wir hatten also noch etwas Zeit.

»Wir reisen morgen früh ab. Panshi wird heute abend alles arrangieren.«

Es gab noch viel zu tun. Didi mußte in gute Obhut gegeben werden. Drak war zu verständigen, ebenso die Älteren von Valka, die mit ihm die Regierungsgeschäfte führten. Diesmal aber würde die Stromni, die Prinzessin Majestrix, ebenfalls abwesend sein...

Nachdem die Vorbereitungen beendet waren, gingen wir schlafen. Ehe sie die Augen schloß, drehte sich Delia noch einmal zu mir herum, ihr Haar eine goldene Woge auf dem Kissen. »Wenn wir nach Delphond kommen, muß ich mich wie eine Prinzessin benehmen. Aber mein struppiger Graint, laß dir gesagt sein, daß ich eine Reise zum Tempel von Delia unternehmen werde, um festzustellen, was für Teufeleien du wieder angestellt hast!«

6

Ich, Dray Prescot, Lord von Strombor und Krozair von Zy, zog den zerlumpten braunen Mantel über die rechte Schulter hoch und packte das Bündel fester, das meine weltliche Habe enthielt.

Über die Reling des Flugbootes geneigt, reichte mir Delia den Bambusstab.

»Du siehst wie ein richtiger Landstreicher aus. Schau nicht so finster drein und halte den Blick gesenkt. Die Rolle als armer Wandersmann wird dir nicht gerade leicht fallen.«

»Mag sein, mein Schatz, aber ich habe sie schon so oft gespielt – da werde ich es wohl wieder schaffen.«

Die Trennung von Delia ist stets so schmerzhaft, daß ich mich frage, weshalb ich sie immer wieder freiwillig auf mich nahm. Sollte doch Vallia untergehen! Was machte es mir aus, wenn eine böse Religion alles untergrub – an der Seite meiner Delia? Aber zuletzt kehrte doch immer wieder die nüchterne Erkenntnis ein, daß ich in gewisser Weise besessen war – vielleicht von den Herren der Sterne, vielleicht von den Savanti, vielleicht auch von Zena Iztar, die ebenfalls auf übernatürliche Weise auf mich eingewirkt hatte. Ich mochte mich diesen Kräften widersetzen – nicht wehren jedoch konnte ich mich gegen die noch größere Kraft in mir: wahrhaftig besessen war ich von Kregen selbst, seinen wilden Bewohnern, seiner wilden Schönheit und Größe – und seinen Schrecknissen. So konnte ich auf einem Weg zwischen delphondischen Obstgärten stehen und mich von Delia verabschieden, ohne mir allzuviel anmerken zu lassen.

»Und verspäte dich nicht zu unserem Rendezvous«, sagte sie. Wir riefen uns die letzten Remberees zu, und das Flugboot stieg auf. Ich winkte dem Voller nach, der in den hellen Morgenhimmel stieg.

Ich war allein.

Nun, das wollte ich ja. Es war meine Entscheidung.

Ich steckte mir den Bambusstab über dem alten roten Lendenschurz in den Gürtel, legte ein Stück des alten braunen Mantels darüber und begann mit einem letzten Blick in die Runde meine Wanderung zum Tempel von Delia, der etwa eine Dwabur entfernt an der Küste lag.

Nach einiger Zeit wurde mir bewußt, daß mich meine Umgebung zu interessieren begann – Kregen ist eben überall wunderbar. Meine Hand berührte den Bambusstab, der natürlich nicht echt war, aber genau wie Bambus aussah. Solche Stöcke werden von den Armen getragen, wenn sie ihre Heimatdörfer verlassen.

Mein Haar war ungekämmt, mein Gesicht verschmutzt. Ich war barfuß. So verließ ich die Obstgärten, erreichte die Kuppe eines Hügels und durchquerte weiches Gras, am Himmel über mir schrien Meeresvögel.

Draußen auf dem Meer fuhr eine vallianische Galleone, die Segel prall gewölbt, ein prachtvoller Anblick im doppelten Licht der Sonnen. Und der Geruch des Meeres munterte mich wie immer auf und ließ Erinnerungen aufleben.

Nach kurzer Zeit passierte ich eine kleine Gruppe von Häusern, die sich in den Windschatten eines niedrigen Berges duckten. Grauer Rauch stieg auf. Ich unterbrach meine Wanderung nicht, sondern ging außen um die Zäune herum, hinter denen sich Bosks rührten. Die Bewohner würden wie alle Delphondi faul und gastfreundlich sein – das dachte ich damals –, doch mir war nicht nach Gesellschaft, hatte ich mich doch freiwillig von der einzigen Gesellschaft getrennt, an der mir am meisten lag.

Der Tempel Delias lag in einer weiten Senke, einem fruchtbaren Tal, das in der Mitte von einem Fluß durchschnitten wurde. Niemand lebte hier. Die gras- und moosbewachsenen Umrisse alter Gebäude, zu Ruinen zusammengesunken, legten Zeugnis ab von dem einstigen Leben hier, zu der Zeit, da die Göttin Delia noch angebetet wurde.

Vorsichtig schritt ich weiter. Wenn Makfaril seine jungen Gemeinden hier zusammenholte, hatten sie alle einen weiten Weg. Es gab Orte, die mit dem Reittier zu erreichen waren. Viele reichere Leute mochten alte Flugboote besitzen. Die Armen würden zu Fuß gehen oder ihre Zugtiere benutzen. Ich blieb einem grasbestandenen Hang fern und wanderte langsam weiter, bis die erste der noch stehenden Säulen sichtbar wurde. Die grüne und die rote Sonne ließen an den Verzierungen unterschiedliche Schatten entstehen. Hinter der Säulenreihe ragte ein graues Schieferdach empor, ziemlich verwittert und wohl auch vor langer Zeit das letztemal repariert.

Die Ruhe hatte etwas Friedliches; das Summen von Insekten vertiefte die Stille noch, doch ich hielt diesen Eindruck für täuschend. Langsam rückte ich weiter vor und versuchte in die blauen Schatten zu blicken, die sich in kühlen Bahnen hinter den Säulen erstreckten.

Nichts rührte sich. Die Sonnen brannten heiß herab, und die angenehme Hitze wurde von der Erde zurückgestrahlt; die Insekten summten, und Luft und Himmel waren von süßer Stille erfüllt.

Gründlich suchte ich den alten Tempel ab. Kein Mensch lebte in den alten brüchigen Mauern. Die Anlage war überraschend groß, die gesprengten Mauern und Säulen und eingestürzten Dächer waren dick überwachsen, ließen aber noch klar erkennen, daß sich einmal eine reiche, blühende Gemeinde um den Tempel gruppiert hatte.

Ich fand nichts und begann mich bald zu fragen, ob die neun Siegel des Signomanten wirklich neun Tempel für die Anbetung des Großen Chyyan bedeuteten.

Dieser Zweifel bedrückte mich nicht. Wir waren eben einer Vermutung nachgegangen. Sicher würden wir noch manchen falschen Weg einschlagen, ehe das Problem aus der Welt geschafft war. Eher mußte man annehmen, daß die Zeichen Treffpunkte markierten. Dieser Tempel stand in der Nähe der Küste, vielleicht landeten Schiffe hier, unten an der Kiesbucht, die die Mündung des Flusses bildete, Schiffe, die Geld, Waffen, Priester brachten, um die Aktionen der Schwarzen Federn in Vallia zu fördern. Eine solche Vermutung war nur logisch.

Unter den neun Zeichen hatte sich keins befunden, daß wir auf Autonne in Veliadrin beziehen konnten.

Ungeachtet der Gruppe von Gebäuden, um die ich einen Bogen gemacht hatte, lag das nächste Dorf zwei Dwaburs entfernt. Ich nahm mir vor, dorthin zu wandern und ein frisches delphondisches Bier zu trinken und Käse, Brot und Gurken zu essen. Ich wollte kluge Fragen stellen. Die Dorfbewohner mußten am besten wissen, ob in den Ruinen Fackelschein zu sehen gewesen war, ob der Nachtwind unheimlichen Gesang herübergeweht hatte.

Wonach ich halb unbewußt gesucht hatte, fand ich in dem Augenblick, als ich Stimmen näherkommen hörte, Stimmen, die die uralte Klage des Soldaten ausdrückten, der Dienst tun mußte, während er doch lieber in einer Schänke gesessen hätte.

Gerade als ich mich bückte und aus dem Schutt eine schwarze Feder hervorzog, hörte ich diese Stimmen.

Ich hielt die Feder in den Fingern, die Spitze der zerzausten schwarzen Feder eines Chyyans. Diese Feder sagte mir alles.

Die Stimmen kamen näher, und ich zog mich lauschend tiefer in die Schatten zurück. Die Feder legte ich auf die feuchten grünen Farnblätter, die zwischen den Mauerresten wuchsen, und blies leise dagegen, bis sie ein Stück davonwirbelte. Ich merkte mir die Stelle.

»Dieser Shorten ist ein Schweinehund!« sagte die tiefe Stimme, die von so manchem Wein geölt zu sein schien. »Als Hikdar wäre er ein vorzüglicher Zorcadrom-Wärter.«

Die zweite Stimme, die schärfer und eindringlicher klang, setzte die bitteren Klagen fort. »Dreimal hintereinander hat man uns jetzt zum Wachdienst eingeteilt. Bei den schwarzen Federn! Mir steht der Sinn danach, mich an Himet den Mak persönlich zu wenden!«

»Tu das, alter Knabe, aber dann verweist er dich doch nur wieder an Shorten. So werden die Dinge gehandhabt.«

Ich wartete, bis die Gruppe in Sicht kam. Vier bedächtig rumpelnde Quoffakarren, hochbeladen und mit Planen bedeckt, die alles schützten und verhüllten, folgten acht Masichieri, die zu zweit nebeneinander marschierten. Die beiden, die sich unterhielten, waren den anderen ein gutes Stück voraus.

Kein Zweifel, wer zu welcher Stimme gehörte. Der mit der tiefen Stimme hatte eine rotschimmernde Nase und ein Gesicht voller geplatzter Äderchen und funkelnde, vorquellende Augen. Er stapfte bedächtig dahin, und sein Bauch unter der Lederrüstung schaukelte. Der zweite und kleinere Masichieri sah eher wie ein Wiesel aus.

»Hinter die eingestürzte Mauer, Naghan!« sagte der kleinere der beiden. »Sobald uns Deldar Righat nicht mehr sehen kann, genehmige ich mir einen.«

»Ich auch – und nicht aus der Wasserflasche.«

Kaum waren die beiden Kundschafter von der Haupttruppe nicht mehr zu sehen, duckten sie sich hinter eine eingestürzte Mauer und zückten ihre Flachmänner. Dopa, ein Getränk, um das klügere Männer einen Bogen machten.

»Bei Vikatu dem Durstigen!« sagte Naghan und wischte sich den Mund. »Da fühlt man sich gleich besser, was, Orlon?«

Ich betrachtete die beiden aus meinem Versteck. Sie waren Masichieri, die gemeinste Sorte Söldner. Allerdings sprachen sie wie reguläre Soldaten, wie Swods aus der Truppe. Vielleicht vermochte der Große Chyyan Anhänger für seine neue Religion zu finden und sie zu verändern – vielleicht konnte er einen ehrlichen Soldaten zu einem diebischen Masichieri werden lassen.

»Wenn der Große Chyyan das Signal gibt«, sagte Naghan, der seine Dopaflasche einsteckte, »dann nehme ich mir von den hochnäsigen Herren in Vondium, was mir zusteht!«

»Ganz recht!« sagte der kleine Orlon und spuckte aus. »Ich habe ein Auge auf einen Laden geworfen, der einem dicken Relt gehört. Ich drehe ihm den faltigen Hals um und übernehme den Laden, und der Große Chyyan wird mich segnen.« Er kicherte.

Die Quoffawagen näherten sich grollend und ächzend. Der Deldar – Deldar Righat – brüllte seine Befehle. Die Kolonne löste sich auf und schob die Karren in den Schatten einer halb eingestürzten Mauer. Die Truppe umfaßte die beiden Kundschafter, acht Soldaten und vier Wagenlenker.

Ich wollte sie auf die Probe stellen.

So zog ich meinen zerlumpten Umhang fester, trat in den Sonnenschein hinaus und wanderte langsam und ein wenig unsicher auf die Gruppe zu.

Ich zog die Schultern hoch, setzte eine einfältige Miene auf und spielte meine Rolle als Wanderer.

»Was haben wir denn da?« fragte der Deldar in jener wissenden, herablassenden Stimme, die Ärger verheißt.

»Wenn es euch gefällt, ich bin Nath die Mücke, auf der Durchreise.«

»Und warum reist du gerade hier durch?« Der Deldar zog sein Schwert, um mir zu zeigen, wie wichtig er war. »Packt ihn! Haltet ihn fest, damit ich mir den Rast ansehen kann!«

Ich ließ es zu, daß man meine Arme festhielt. Der Deldar musterte mich von oben bis unten, wobei er sich die Schwertklinge mit der flachen Seite in die Handfläche klatschte.

»Ein übles Subjekt! Sprich! Was machst du hier?«

»Ich bin auf der Durchreise«, krächzte ich und ließ meine Schultern beben. Wenn diese Männer gewöhnliche Soldaten waren, würden sie lachen und mir eine Handvoll Palines und einen Kelch zu trinken anbieten. Diese Masichieri aber schienen mir von grausamerem Naturell zu sein. Wenn sie sich nicht mit einem heruntergekommenen alten Burschen einen kleinen Spaß erlauben konnten, wohin war es dann mit der Welt gekommen, bei Krun?

»Wohin willst du denn?«

»Nach Dinel«, antwortete ich und nannte den Namen des nächsten Dorfes, in dem ich mich hatte stärken wollen. »Vielleicht gibt es dort Arbeit für mich.«

»Nein, die findest du hier, mein Junge!« sagte der Deldar, und die anderen lachten pflichtschuldigst.

Man prügelte nicht sofort auf mich ein. Doch ich mußte den vier Fahrern, die Sklaven waren, beim Entladen der Wagen helfen. Wir schleppten Ballen und Bündel in den noch intakten Saal des Tempels. Einmal fiel eine Kiste herab, und der Deckel sprang auf: Ich sah eine Masse schwarzer Federn darin und wußte Bescheid.

Wir arbeiteten einige Burs lang, bis alles in den Tempel getragen und zur Zufriedenheit des Deldars arrangiert worden war.

Mehr als einmal taumelte ich unter dem Gewicht eines Ballens, den ich mit einer Hand hätte tragen können. Die Männer waren überzeugt, daß ich ein Idiot war, und freuten sich über die zusätzliche Hilfe.

»Alles ins Freie!« brüllte der Deldar schließlich.

Wir traten in den Schein der tiefstehenden Sonnen, und ich rechnete schon damit, daß nun die schmerzhafte Abrechnung mit dem dummen Wanderer beginnen würde. »Ich habe meinen Beutel drinnen liegen lassen«, sagte ich und wandte mich zum Gehen.

Die Sklaven tranken Wasser, stritten sich um eine Brotkruste und ein Stück Käse. Die Masichieri entzündeten ein Feuer und machten Anstalten, eine Mahlzeit zu kochen. Ich kehrte in den Tempel zurück, und niemand hielt mich auf.

Das Messer glitt mir wie ein Aal von meiner rechten Hüfte in die Hand. Ich schnitt Ballen auf und zog den Inhalt heraus. Ja. Schwarze Roben und Federmäntel, mit grimmig aussehendem Kopfschmuck – Kostüme, in denen sich die Priester das Aussehen von Chyyans gaben. Die Truhen enthielten Nahrungsmittel und Getränke von besserer Art – nicht für die Wächter bestimmt. Ein wenig Geld fand sich auch, darunter pandahemische Goldstücke und Gold-Talens aus Vallia – und davon ließ ich die Finger. Ebenso von den Waffen.

Alles deutete darauf hin, daß dies die Ausstattung für eine Zusammenkunft der Chyyanisten war.

Eine mit Eisenbändern gesicherte Truhe war verschlossen. Ich versuchte sie nicht zu öffnen. Vermutlich enthielt sie Altargefäße und andere wertvolle Utensilien, die für die Riten des Großen Chyyan erforderlich waren.

Ein hastiger Blick ins Freie zeigte mir, daß die Masichieri an ihrem Feuer lagen; lange Schatten gingen von den Säulen aus, die Quoffas kauten leise vor sich hin, die an die Wagen geketteten Sklaven versuchten Schlaf zu finden. Der Augenblick war gekommen, nach Dinel zu marschieren, mir dort ein Reittier zu suchen und zur nächsten größeren Stadt, Arkadon, zu reiten, wo ich rechtzeitig eine Garnison alarmieren konnte. Aber ließen sich die auf ihre Bequemlichkeit bedachten Delphondi so schnell zu einer Aktion treiben? Wir mußten bis zum Morgengrauen zurück sein, damit wir diese kleine Schar und die Gläubigen und die Priester erwischten. Ich wollte Himet den Mak fangen und herausfinden, was er wirklich im Schilde führte. Wahrscheinlich würde er nicht reden. Aber für den Augenblick hatte ich vom Spionieren genug. Wenigstens diesen Zweig der chyyanistischen Bewegung wollten wir abhacken.

Ich nahm aus dem Augenwinkel eine Bewegung wahr und sprang lautlos zur Seite.

Mürrisch starrte ich in die Schatten. Dort stand eine undeutlich erkennbare Gestalt und sah mich an. Ich konnte das Gesicht nicht erkennen, das nur ein vager Schimmer war mit tiefen Löchern anstelle der Augen. Die Figur trug eine lange dunkle Robe und bewegte sich nicht.

Da wußte ich Bescheid.

Phu-Si-Yantong!

Ja, es war mir schon öfter passiert und würde mir sicher auch wieder passieren. So wie ich die Chyyanisten bespitzelte, belauerte mich der Zauberer aus Loh.

Irgendwo auf dem weiten Kregen hatte sich Phu-Si-Yantong in Lupu versetzt, in einen tranceähnlichen Zustand, und sein substanzloser Körper besuchte mich nun, beobachtete mich. Ich spürte den kühlen Hauch in der Luft, das Erschaudern wie von Millionen winziger Nadeln, die mir in die Haut stachen. Als ich vortrat, verschwand die Erscheinung. Kein Zweifel – die verschwommene Gestalt bewegte sich nicht. Sie verschwand von einem Lidschlag zum nächsten.

Das Erlebnis erfüllte mich mit einer geradezu lächerlichen Wut, konnte ich doch nichts dagegen tun. Ich fluchte auf den verdammten Zauberer und seine Übeltaten, ergriff meinen Sack und meinen Bambusstab, kroch zur entgegengesetzten Seite, schaute hinaus, sah, daß alles frei war, und stieg in das ersterbende Licht des Abends hinaus.

Ich hatte keinen direkten Beweis, daß Yantong mit den Chyyanisten zu tun hatte, obwohl Indizien darauf hindeuteten. Wenn er zu dieser Religion gehörte, dann stand mir der schlimmste Kampf bevor, den ich jemals auf Kregen hatte bestehen müssen.

In meiner üblen Stimmung freute ich mich sogar auf die Auseinandersetzung!

Ach, ich armer Dummkopf, Dray Prescot, Prinz der Onker!

7

Als ich die Siedlung Dinel verließ, gingen gerade die Sonnen unter.

Im letzten Licht, das den westlichen Horizont blutigrot überzog, ritt ich los, fluchend, weil die Bauern von Dinel mir kein besseres Reittier zu bieten hatten als diesen untersetzten vierbeinigen Hirvel. Während ich so durch die fruchtbaren Felder trabte, sagte ich mir andererseits, daß ich es schlechter hätte treffen können. Die Bauern setzten auf den Feldern Krahniks und Calsanys und gelegentlich auch Quoffas und Unggars ein, dieser Hirvel aber, der Weißhuf hieß, war immerhin ein reguläres Satteltier. Er gehörte dem Häuptling von Dinel und war einem Preysany überlegen.

Die Frau der Schleier, Kregens vierter Mond, ging auf und verströmte rosafarbenes Licht. Ich war nicht in der Stimmung, die Pracht des kregischen Nachthimmels zu genießen. Ich mußte die Garnison in Arkadon erreichen, das Handelszentrum dieser Gegend, mußte die Soldaten alarmieren und wie der Wind mit einer Streitmacht zum Tempel von Delia zurückreiten.

Wenn alles plangemäß verlief, würden wir die Priester der Schwarzen Federn auf frischer Tat ertappen. Ich fragte mich, was man als Götzenbild verwenden wollte. Wenn Himet der Mak Priester war, wie ich annahm, dann mußte er auf eine seiner Statuen verzichten.

Ein länglicher schwarzer Fleck zuckte vor die goldene Scheibe der

Frau der Schleier. Ein Flugboot, das soeben aufstieg. Es verschwand zwischen den Sternen.

Stirnrunzelnd drehte ich den Kopf und blickte in die Richtung, aus der ich gekommen war. Mein Hirvel wirbelte auf dem unbefestigten Weg eine Staubwolke auf. Von Verfolgern keine Spur. Flugboote, die nachts in meiner Nähe aufsteigen, bringen mich gewöhnlich dazu, sofort zum Schwert zu greifen.

Ich trieb Weißhuf an, und wir ritten an einem Kornfeld entlang, das auf der anderen Seite von einem dunklen Wald begrenzt war. Weißhuf sah zwar wie ein Pferd aus – er hatte nur einen runden Kopf, tassenförmige Ohren und eine ständig zuckende Schnauze –, doch ist ein Hirvel nicht sehr ausdauernd. Ich rechnete damit, daß ich bald absteigen und das Tier eine Zeitlang am Zügel führen mußte. Dunkle Gestalten tauchten am Waldrand auf.

Sofort ließ ich den Hirvel langsamer gehen. Anstatt abzusteigen, würde ich ihn nun voraussichtlich noch mehr antreiben müssen. Aber die Unbekannten ritten Zorcas – diese herrlichen temperamentvollen Tiere. Selbst wenn Weißhuf frisch und in bester Form gewesen wäre, hätten die Zorcas ihn mühelos eingeholt.

»Bei Zair!« sagte ich vor mich hin. »Dahinter steckt Phu-Si-Yantong, darauf wette ich!«

Ich ritt weiter. Bei solchen Begegnungen muß man sich vor allem auf gewisse Tricks und Möglichkeiten besinnen.

Wir stießen an einer Krümmung der staubigen Straße aufeinander, wo das Kornfeld in eine Gregarianpflanzung überging. Die Zorcareiter galoppierten herbei, um mir den Weg zu versperren. Das Mondlicht schimmerte auf ihren Klingen.

Sie trugen schwarze Uniformen mit Lederbesatz, und an die Helme hatten sie schwarze Federn gesteckt. Es waren Rapas. Die geierköpfigen Diffs sahen mich selbstbewußt an. Auch diese Rapakämpfer waren Masichieri, daran zweifelte ich nicht. Ich sagte mir, daß sie von Phu-Si-Yantong gegen mich ausgeschickt worden waren, nachdem seine Erscheinung mich beobachtet hatte. Allerdings hatte er es meines Wissens nicht auf mein Leben abgesehen.

Ich hatte aus einem mitgehörten Gespräch erfahren, daß der Zauberer die Herrschaft über Vallia anstrebte, wobei er mich als seine Marionette vorschieben wollte. Nun, versuchen konnte er es. Auf jeden Fall hatte er wohl seinen Untergebenen den Befehl gegeben, mich nicht zu töten.

Brüllend spornte ich den Hirvel an und ließ den Bambusstock um den Kopf kreisen.

Ein flotter Angriff konnte mich durch die Gruppe hindurchtragen, dabei fielen vielleicht zwei oder drei Gegner aus dem Sattel, so daß ich es dann nur noch mit drei Mann zu tun haben würde.

Elegant fächerte sich die Gruppe auf. Die ersten Hiebe regneten herab, die Thraxter wurden mit der Breitseite benutzt. Der Bambusstab vermochte solche Hiebe abzuwehren, ohne durchgetrennt zu werden. Ich hieb das Ende des Bambus gegen einen Schnabel und hörte den schrillen Schmerzensschrei des Rapas. Ich fuhr herum, stieß einem zweiten Gegner den Stock in den Unterleib und duckte unter einer herbeizischenden Klinge hindurch. Der Hirvel drängte sich seitlich gegen eine Zorca, deren Reiter einen Augenblick lang nicht im Gleichgewicht war. Ehe er sich versah, hatte ich ihn am Arm gepackt und aus dem Sattel gezerrt. Inmitten aufwirbelnder schwarzer Federn kam er unter die Hufe.

Wie aus dem Nichts sauste ein Parierstab herab und krachte gegen meine Schulter. Der Aufprall lähmte meinen linken Arm. Ich gab Weißhuf die Sporen, und er stolperte vorwärts. Im nächsten Augenblick dröhnte eine Stimme durch das Lärmen.

»Halt, ihr Cramphs! Erwehrt euch eines Schwertkämpfers, ihr gemeinen Bösewichte!«

Ich erhaschte einen flüchtigen Blick auf einen Zorcareiter, der zwischen die Rapas fuhr. Er trug eine Metallrüstung und einen Metallhelm – eine Erscheinung, die im Licht der Monde golden schimmerte. Er führte ein schweres gerades Schwert, einen Clanxer aus Vallia, und tötete den ersten Rapa auf sehr blutige Weise.

Der Rapa neben mir ließ Weißhufs Zügel los und zog seine Zorca zur Seite. »Du sollst keine ...« Und der Clanxer tat sein Werk. Der Mann – ein Numim mit goldener Mähne unter der Rüstung, brüllte: »Ich soll wohl keine Räuber an ihrem Tun hindern, meinst du das, Tapo? Ich werd's euch zeigen!«

Der Numim, dessen Löwengesicht zornig verzogen war, dessen lange Backenhaare sich sträubten, hämmerte sein Schwert auf den Lederhelm eines weiteren Rapa. Die vogelähnlichen Diffs hatten genug. Sie zogen die Tiere herum, gaben ihnen die Sporen und galoppierten davon. Zwei hielten sich nur noch mit Mühe im Sattel.

Fluchend blickte der Numim ihnen nach.

»Ich muß dir danken«, begann ich, wie es angemessen war.

»Keine Ursache, guter Mann. Ein Wanderer hat Anspruch auf den Schutz eines Koters aus Vallia.«

Er hob den Arm und ergriff die Zügel einer Zorca, in deren Steigbügeln ein toter Rapa hing.

»Llahal und Lahal«, sagte ich und leitete damit das allgemein gebräuchliche Pappattu ein. »Ich bin Nath die Mücke.« Ich sprach die Worte hastig, beinahe ohne nachzudenken. Meine Tarngeschichte als mittelloser Wanderer paßte im Augenblick noch recht gut in meine Pläne.

»Llahal und Lahal. Ich bin Koter Rafik Avandil.« Er sagte weiter nichts, doch ich wußte, warum er den Titel so betonte. Auf einen armen Wanderer mußte dieser Rang schon großen Eindruck machen.

Langsam, doch ohne zu zögern, stieg ich von Weißhuf ab. Der Hirvel hatte mir nach bestem Können gedient. Ich ergriff die Zügel der einzigen anderen Zorcas, die von den Rapas zurückgelassen worden war. Koter Rafa Rafik schaute zu. Wenn er beide Tiere für sich beanspruchen wollte, würde er kämpfen müssen. Doch er sagte nichts.

Numim sind laut und prahlerisch; sie haben ein goldenes Fell, eine mächtige blonde Mähne und einen struppigen Schnurrbart. Die Numim sind Löwenwesen, ein prachtvoller, kräftiger Anblick.

Ich stieg mit meinem Beutel und Bambusstab in den Sattel. »Mein Ziel ist Arkadon, Koter Avandil. Ich habe es eilig. Nochmals danke ich dir für deine Hilfe.« Natürlich konnte er nicht wissen, daß ich nicht ernsthaft in Gefahr gewesen war. Hätten die Rapa-Masichieri wirklich rot gesehen und die scharfen Schneiden ihrer Schwerter eingesetzt, hätte ich den Bambusstab aktivieren und die Sache bereinigen müssen.

»Ich reite schnell, Koter, sage dir also jetzt Remberee. Möge der Allherrliche Opaz über dich wachen.«

»Äh?« sagte er ein wenig verwirrt. Dann brüllte er los: »O ja! Bei Vox! Mit Religion habe ich wenig im Sinn. Der rechte Arm und das Schwert sind die Götter eines echten Vallianers!«

Ich gab der Zorca die Sporen und ritt los. Er folgte mir und hielt Schritt, versuchte jedoch nicht mit mir zu sprechen, was ohnehin im vollen Galopp nicht einfach gewesen wäre.

Der wilde nächtliche Ritt durch Vallia unter den kregischen Monden war irgendwie unheimlich. Das Hufgetrappel der Zorcas, der Wind in unseren Ohren und das dröhnende Auf und Ab des Rittes waren die einzige Verbindung zur Realität. Erleichtert sah ich die Umrisse Arkadons vor dem Glitzern der Sterne erscheinen und erkannte nach kurzer Zeit das Rund der Mauern und einige Lichter in Türmen und Fenstern.

Wir machten vor dem Tor genügend Lärm, um den schläfrigen Wächter herbeizurufen, der uns zunächst zum Schweigen bringen wollte. Wir vermochten den Wächter und seinen Kommandanten schließlich zu überzeugen, daß wir keine Sklavenhändler oder Banditen waren. Der Ob-Deldar gab sich erstaunlich mißtrauisch. Meine bisherigen Erfahrungen in Delphond hatten mich annehmen lassen, daß die aufgeschlossenen Leute hier selbst einen Haufen Kataki-Sklavenjäger mit einem Krug Bier begrüßt hätten.

Ungeduldig brüllte Rafik Avandil los: »Öffnet die Tore, ihr Onker! Los, sonst lasse ich dir den Deldar-Rang abreißen!«

Schließlich öffneten sich die Tore, ohne zu quietschen, und gaben uns den Weg frei auf eine kopfsteingepflasterte Straße.

»Ich brauche ein Bad, etwas zu essen und ein Bett!« brüllte Rafik. »Du sicher auch, alter Mann!«

»Vielen Dank, Koter Avandil. Aber ich muß erledigen, was ich mir vorgenommen habe. Vielleicht...«

»Aye! Ausgezeichnet!« Er schwenkte energisch die Hand und deutete auf die Wächter, die sich mürrisch in den Wachraum unter dem Bogen zurückzogen. »Diese Südländer sind schlaff! Bei Vox! Ich bringe sie auf Trab!« Die Worte schienen seine Laune zu verbessern: »Wir treffen uns morgen in der Schänke, die so tut, als sei sie in Mode – *Larghos Laufender Sleeth!*«

»Bis morgen dann, Koter Avandil, im *Laufenden Sleeth.*«

Er schlenderte davon und stimmte eines seiner frechen Numimlieder an, die mich immer an Rees und Chido und unsere wilden Tage in Ruathytu erinnern. Ich zog los, um mir für den Rest meiner nächtlichen Aufgabe Männer, Reittiere und Waffen zu besorgen.

Dazu mußte ich mich dem Stadtgouverneur zu erkennen geben und brachte es fertig, ihm die Dringlichkeit meines Anliegens glaubhaft zu machen. Nach kurzer Zeit ritt ich auf einer frischen Zorca an der Spitze aller Zorcareiter, die der Gouverneur erübrigen konnte, elende dreißig Mann, die schläfrig und fluchend in den Sätteln hingen und sich bemühten, die Nachwirkungen des Alkohols loszuwerden.

Die Frau der Schleier verschwand unter dem Horizont, und die Jungfrau mit dem Vielfältigen Lächeln würde ihr bald folgen, dann würden die Sonnen aufsteigen und einen neuen Tag über Kregen bringen. Zur Morgenstunde erreichten wir den Tempel von Delia. Barsch gab ich den Befehl zum Absitzen und ließ die Männer sofort ausschwärmen und den noch überdachten Mittelbau umstellen.

Vögel zwitscherten fröhlich in den Bäumen – und das machte mich sofort mißtrauisch.

Wir drangen in den Tempel ein, bereit, die Gemeinde in ihrer blasphemischen Anbetung der Schwarzen Federn des Großen Chyyan zu überraschen. Doch der Saal war leer. Wir suchten alle Trümmerhaufen ab, fanden aber nichts. Es gab keinen Hinweis darauf, daß sich hier in den letzten tausend Jahren ein Lebewesen befunden hatte.

»Es will mir scheinen, Prinz, als wäre unser Ritt sinnlos gewesen.«

Der Hikdar war ein wenig mürrisch.

»Die Vögel sind ausgeflogen, Hikdar, das räume ich ein. Aber was die Sinnlosigkeit des Rittes angeht, so wirst du wohl ein besseres Frühstück bekommen, als dir sonst zugestanden hätte, nicht wahr?«

Er zog ein Gesicht, mußte aber zugeben, daß ich recht hatte.

Meine Aktion war fehlgeschlagen. Ich wanderte in die baufällige Ecke und beugte mich zu den taufeuchten Farnblättern hinab.

Der Hikdar starrte mich seltsam an, die Hände auf die Griffe der Waffen gelegt, die gestiefelten Beine gespreizt. Ich richtete mich auf. In meiner Hand ruhte die Spitze der schwarzen Feder.

»Und für mich war das alles auch nicht völlig sinnlos.«

Dann saßen wir auf, und ich lenkte meine Zorca in Richtung Arkadon, wo ich im *Laufenden Sleeth* mit Rafik verabredet war.

8

Der Schlaf mußte warten, bis er an der Reihe war. Ich war die ganze Nacht durch Delphond geritten. Wenn ich mich überhaupt fragte, warum ich an Koter Rafik Avandil dachte, so sicher im Hinblick darauf, daß der Bursche der Meinung war, er habe mir das Leben gerettet. Als einzelner Koter gegen eine ganze Bande von Rapa-Masichieri – das setzte schon einen ganz besonderen Mut voraus. So verbannte ich den Gedanken an Schlaf aus meinem Kopf und ritt zu der Schänke mit dem unschönen Namen *Laufender Sleeth.*

Einen positiven Plan hatte ich. Ich wollte Rafik nach dem Flugboot befragen, das kurz vor dem Angriff der Rapas aufgestiegen war. Für mich bestand kein Zweifel daran, daß Phu-Si-Yantong mich in Lupu beobachtet und dann seine Bande auf mich gehetzt hatte. Das Flugboot hatte sie abgesetzt. Vielleicht hatte Rafik etwas gesehen, das mir weiterhalf.

Ich behielt zwar die Gegend scharf im Auge, war aber nach wie vor fest davon überzeugt, daß der Zauberer mir nicht persönlich ans Leder wollte. Sein Plan, die Herrschaft über Kregen zu erringen und durch Marionettenherrscher auszuüben, verriet mir, daß er verrückt sein mußte. Trotzdem war er schlau und erbarmungslos. Seine Zauberkräfte gaben ihm einen Vorteil, wie er auf irdische Verhältnisse nicht übertragbar war. Die Chance, ihn zu bekämpfen, lag für mich einzig und allein im mystischen Bereich, soviel war klar. Ich mußte Khe-Hi-Bjanching als Helfer gewinnen.

Mit diesen Gedanken stieg ich von der Zorca und band das Tier am Geländer fest. Dann zog ich mir den zerrissenen braunen Mantel um die Schultern, legte die Finger um den Bambusstock und betrat den *Laufenden Sleeth.*

Das bunte Holzschild über der Tür zeigte einen rennenden Sleeth – die mächtigen Beine nach hinten ausgestreckt, die lächerlich kurzen Vorderklauen gekrümmt, der Dinosaurier-Kopf ausgestreckt, die gespaltene Zunge heraushängend. Das Lokal selbst war ziemlich herausgeputzt. Geschwärzte alte Balken waren bemalt worden. Bunte Bilder füllten alle Ecken. Anstatt Bier aus Fässern oder Flaschen tranken die Gäste Parclear oder Sazz aus winzigen Glaskelchen. Küchendüfte verrieten mir, daß das überfeine Essen, das hier serviert wurde, der übliche modische Unsinn war und einen Mann nicht dauerhaft ernähren konnte. Na ja, aber es gibt nun mal verschiedene Geschmäcker.

Kleine runde Tische auf dünnen Beinen, elegante Stühle mit bestickten Bezügen, Blumen in großen Keramiktöpfen – dies erzeugte den Eindruck, daß Larghos, der Wirt, Geschmack besaß und durchaus fähig war, seine provinziellen Gäste davon zu überzeugen, daß sie nach der neuesten Hauptstadt-Mode bedient wurden.

Bitte, ich habe nichts gegen die vornehmen Sitten, doch wenn sie zum Selbstzweck für dümmliche Angeber werden, bleibt dem normalen Mann nichts weiter übrig, als sich schaudernd abzuwenden.

Nun, was mir im *Laufenden Sleeth* passierte, kann ich eigentlich nicht Larghos anlasten, dem Eigentümer und Wirt. Immerhin war ich ein unrasierter, schlecht gekleideter Bursche, der da plötzlich in das vornehme Etablissement stolperte und seinen schmutzigen Beutel auf die bestickte Tischdecke legte.

Larghos, schlank, eingeölt, charmant, mit gelocktem Haar, eilte herbei, und sein Gesicht zeigte eine dermaßen große Entrüstung, daß ich beinahe gelacht hätte.

»Hinaus mit dir, Bursche! Was hast du vor? Schtump!«

Ich bezwang mein Temperament. Larghos hatte ja recht. Ich hatte hier eigentlich nichts verloren.

»Ist Koter Rafik Avandil da?« fragte ich seufzend. »Ich soll ihn hier treffen.«

»Er ist fort. Hat seine Rechnung bezahlt und ist abgereist. Und jetzt auch fort mit dir!« Er erhob die Stimme und rief unsicher: »Nath! Cochu! Kommt und werft diesen Kerl hinaus – und seinen verlausten Sack gleich mit!«

Ich stand auf. »Vielen Dank für deine Gastfreundschaft, Dom. Ich gehe.«

Ich warf mir den Beutel über die Schulter und griff nach dem Bambusstab, den ich auf den Tisch gelegt hatte.

Es gibt nun mal Menschen, die die Hände von keinem Risiko lassen können. Larghos trat mit gerötetem Gesicht und schwer atmend zurück, bereit, mich ohne weitere Umstände gehen zu lassen. Nicht so der Gast am Nachbartisch, der die Szene mit funkelnden Augen verfolgt hatte.

Er war jung, dicklich, von aufrechtem Wuchs, doch umgab ihn die vertraute widerliche Aura korrupter Macht.

»Nath und Cochu sollen den Mann auspeitschen, ehe er gehen darf, Larghos! Der Rast hat eine Lektion verdient, wenn er uns anständigen Leuten seine verdreckte Erscheinung aufzwingt.«

»Ich bin nicht verdreckt, Dom«, sagte ich.

Er stemmte sich langsam aus seinem Stuhl hoch. Er trug modische, bunte Kleidung. Sein Rapier war sehr lang und der Griff mit Edelsteinen verziert. Wer er auch sein mochte – ein Bürger Arkadons war er nicht.

Larghos begann die Hände zu ringen. »Bitte, Jen, meine Männer werfen ihn hinaus!«

»Still, du Cramph!« Der junge Lord – Larghos hatte ihn mit *Jen* angeredet, was in Vallia diesem Titel entsprach – trat zwei Schritte vor. Die Krüge auf dem Tisch verrieten mir, daß er schon früh am Morgen eine Menge Wein getrunken hatte. Er hatte also auch dieses Problem.

Sein rundliches Gesicht war hektisch gerötet. Seine beiden Gefährten hetzten ihn mit passenden Bemerkungen noch weiter auf.

Sinnlos, diesem jungen Burschen sagen zu wollen, daß ich der Prinz Majister von Vallia war – er gehörte der Racterpartei an und hätte sich dann nur um so lieber mit dem Schwert auf mich gestürzt.

Nath und Cochu tauchten auf, muskulöse Apims in gestreiften Schürzen. Larghos wollte ihnen etwas sagen, doch der junge Lord brachte ihn mit einer Handbewegung zum Schweigen. »Ich kümmere mich selbst um den Cramph. Sein Benehmen gefällt mir nicht!«

Überzeugt von seiner Überlegenheit gegenüber dem gekrümmten Burschen in dem braunen Mantel, tänzelte er um mich herum und schlug mit der Faust zu, eher kraftvoll als geschickt. Ich wich dem Hieb aus und trat gelassen vom Tisch zurück. Der Bambusstock lag in meiner rechten Hand. Meine Finger hatten sich um das geriffelte dicke Ende gelegt.

Der junge Schnösel drehte durch. »Seht ihr das?« brüllte er zornig. »Dieser Calsany bedroht mich mit seinem Stock! Ein verlauster Tapo wagt es, einen Stock gegen mich zu erheben, den Trylon von Tremi! Dem räudigen Burschen zapfe ich Blut ab!« Mit diesen Worten zog er sein Rapier und nahm die Kampfstellung ein.

Ich seufzte in ehrlichem Bedauern.

Er stürmte los, und ich parierte mit dem Bambusstab. Gewisse Grundkenntnisse mit dem Rapier traute ich ihm zu; wie gut er in einem ernsthaften Kampf war, der über trunkene Wirtshaushändel hinausging, wußte ich nicht.

Als er feststellte, daß er entgegen seinen Erwartungen mit seinem Rapier nicht an mich herankam, steigerte sich seine Wut noch mehr. Grellrote Flecken erschienen auf seinen Wangen, seine Augen funkelten, seine Lippen zuckten. Seine Freunde am Tisch trugen mit ihrem Lachen nicht gerade dazu bei, daß er sich beruhigte.

Er stürmte auf mich zu, verhakte sich mit dem Fuß in einem der eleganten Stühle und fiel nach vorn. Instinktiv fuhr sein linker Arm hoch. Er erwischte den Bambusstab. Sein Gesicht nahm einen bösartigen Ausdruck an.

»Jetzt habe ich dich, du Cramph!«

Er versuchte mir den Stock aus der Hand zu winden und mir dabei durch das Gesicht zu fahren. Dabei verdrehte er den Bambus. Ich spürte das Klicken und die glatte Bewegung geölten Metalls. Er torkelte zurück, den hohlen Bambus umfassend. Die Zuschauer japsten, als der törichte junge Trylon auf diese Weise die Klinge bloßlegte.

In meiner rechten Faust hielt ich den geriffelten Holzgriff. Zwei Fuß langer geölter Stahl schimmerte im Licht vor Fenster. Die Klinge war von Naghan der Mücke in Esser Rarioch geschmiedet worden. Wir hatten in kunstvoller Arbeit einen Schutz aus Bambusrohr – auf Kregen nur Rohrholz genannt – gefertigt. Die Klinge funkelte. Der Trylon von Tremi starrte darauf, und sein Gesicht war eine Karikatur unbeherrschten Zorns.

»Du mörderischer Rast! Jetzt spieße ich dich ohne Umschweife auf!«

Während er Anstalten machte, dieser Ankündigung wie ein Wahnsinniger nachzukommen, standen auch seine Gefährten auf und zogen die Waffen. Einer kam von der einen Seite, der andere nahm mich von der anderen in die Klemme.

Wenn ich schon ein bißchen Bewegung haben sollte, dann wollte ich das Geschehen auch einigermaßen interessant gestalten.

Während ich die beiden Flankenangreifer abwehrte und mich daran machte, den Trylon mit meiner Klinge nach und nach zu entkleiden, dachte ich, daß Rafik Avandil einen wahrhaft seltenen Humor besitzen mußte. Er hatte mich in diesen pseudokultivierten *Laufenden Sleeth* bestellt, wohl wissend, was sich hier ereignen würde. So durchschnitt ich dem Trylon mit doppeltem Vergnügen Bänder und Schnallen, Stück um Stück. Seine beiden Freunde rückten mir zu dicht heran, und ich schickte sie mit eingekerbtem Ohr und zerstochenem Unterarm wieder fort.

Das zu lange Rapier des dummen Trylons kam gar nicht richtig zur Geltung. Ich spielte eben lange genug mit dem Burschen, daß er in Unterhosen vor mir stand – hellrosa! –, dann hatte ich genug. Der Mann wußte in seinem Zorn gar nicht mehr, was er machen sollte; die Augen traten ihm aus den Höhlen, Speichel lief ihm aus dem Mund. Angestachelt durch das schallende Lachen der anderen Gäste, machte er sich nur noch um so lächerlicher.

Ich machte kurzen Prozeß, ließ seine Waffe davonwirbeln und packte ihn an der Kehle.

»Wenn du dir das nächstemal ein wehrloses Opfer suchen willst, solltest du dir das vorher gut überlegen, du geistloser Cramph, und dich an diesen Tag erinnern!«

Damit drehte ich ihn herum und versetzte ihm einen kräftigen Tritt in den Hintern. Seine Freunde hielten sich schäumend vor Wut zurück; sie wagten es nicht, den Kampf von neuem zu beginnen. Beide hatten Blut lassen müssen, allerdings waren sie leichter weggekommen als ihr Lord. Seine Wunden würden nicht so schnell heilen wie die Kratzer, die sie erlitten hatten.

Dieser verdorbene Lord und Rafik hatten sich einem alten Mann gegenüber recht unterschiedlich verhalten – die Feststellung war damals sehr lehrreich für mich. Ich dachte voller Vergnügen an Rafik – wegen seines Tricks wie auch wegen der Umstände seiner angeblichen Rettungstat.

Larghos erholte sich wieder, nachdem seinem Lokal kein großer Schaden zugefügt worden war. Ich wischte meine Schwertspitze an dem alten Mantel sauber, ergriff meinen Sack, warf einen letzten Blick auf die glotzenden Gäste, wobei ich mich noch rechtzeitig wieder zusammenkrümmte, und entbot allen ein freundliches Remberee.

Dann verließ ich den *Laufenden Sleeth* und trat in die saubere Luft und den hellen Sonnenschein Kregens hinaus.

9

Delphond wird durch das komplizierte vallianische Kanalsystem nicht so gut bedient, wie man eigentlich annehmen könnte, zumal es sich um eine Provinz handelte, die der Familie des Herrschers unterstand. Dieser Umstand aber hat sich in der Vergangenheit oft als Vorteil erwiesen und erklärt zum Teil, warum große Bereiche der Provinz ziemlich hinterwäldlerisch sind, obwohl die Hauptstadt nicht weit ist. Diese Tatsache mag auch erklären, warum in der bunten Geschichte Vallias so viele Eroberungswogen an Delphond vorbeigeschwappt sind oder nur wenig Zerstörung angerichtet haben.

Die Zorca trabte die staubige Straße entlang, und ich gab mich gedankenverloren den Bewegungen des Tieres hin, nicht ohne ab und zu ein Auge in die Runde zu werfen.

Ich hatte keinen Versuch gemacht, den Aufenthaltsort Rafiks herauszufinden, sondern war einfach fortgeritten. Die Verabredung mit Delia lag mir auf der Seele. In Deliasmot, wo ein Stichkanal endete, würde ich auf ein schmales Boot umsteigen und bei bestem Komfort viel schneller vorankommen.

Wenn Rafik in dieselbe Richtung ritt, würden wir uns irgendwann treffen. Ich nahm an, daß ich den humorigen goldenen Numim nicht zum letztenmal gesehen hatte.

Die Straße wand sich zwischen Kornfeldern dahin, dahinter lagen bunte Obstplantagen, die den sanft geschwungenen Konturen des Landes folgten. Die Straße war einsam, bis schließlich eine Staubwolke eine große Gruppe von Landleuten ankündigte, die ihre Ernte nach Arkadon brachte. Quoffa- und Calsanywagen fuhren quietschend durch die Fahrrinnen. Männer trieben Krahniks an, die mit Ballen und Körben beladen waren. Ich war überrascht. Die Männer marschierten beinahe wie eine Wache um die Kolonne, abgesichert durch einen Kundschaftertrupp auf Calsanys, der nicht nur mit Parierstäben, sondern mit Speeren und langen Messern bewaffnet war.

Die Landleute musterten mich sehr mißtrauisch. Aber ich war allein, und so wechselten wir Llahals und trennten uns wieder, und ich spuckte den Staub aus, als ich ein gutes Stück weiter war.

Die Logik sagte mir, daß ich wohl wirklich denkbar verdächtig aussah: ein zerlumpter alter Wanderarbeiter, barhäuptig und barfuß, auf einer ziemlich guten Zorca. Ja. Diese Landleute mochten annehmen, es sei ihre Pflicht, mich anzuhalten und auszufragen. Sicher gab es eine Belohnung, wenn die Zorca ihrem Eigentümer zurückgebracht wurde. Sie konnten ja nicht wissen, daß der Rapa-Masichieri, dem das Tier gehört hatte, mit seinem Blut einen staubigen kregischen Weg tränkte.

Aber sie hatten mich nicht angehalten. Wenn man es genau bedachte, hatten sie eine dermaßen weitgehende Vorsicht an den Tag gelegt, daß man fast schon von Angst sprechen konnte.

Und das im Süßen Delphond, im Gesegneten Delphond, dem Garten Vallias!

Der zweite interessante Umstand lag darin, daß diese Leute ihre faule Gleichgültigkeit abgeworfen hatten. Die Männer hatten wachsam und kampfbereit gewirkt – für mich eine neue und überraschende Feststellung, die sich von dem sonstigen Bild, das ich mir über die Delphondi gemacht hatte, sehr unterschied.

Weiter vorn an der Straße kamen die Lehmmauern einer Landschänke in Sicht, ein rotes Ziegeldach, mit Türmchen versehen, die verdrehten Schornsteine zum Willkommensgruß erhoben. Kein Rauch stieg zum Himmel empor. Zims rotes Licht fing sich in einer Fensterscheibe und wurde reflektiert. Ich richtete mich im Sattel auf. Hier wollte ich mein Versäumnis des Morgens wiedergutmachen und endlich ausgiebig frühstücken.

Fröhlich ritt ich näher, mußte aber feststellen, daß das Lokal verlassen war; die meisten Fenster waren eingeschlagen, die Türen hingen schief in den Angeln, Unkraut überwucherte den sauber eingezäunten Garten. Ich fluchte laut.

»Bei Vox!« sagte ich. »Beim aufgedunsenen Bierbauch von Makki-Grodno!«

Da meldete sich eine Stimme hinter einer Ecke der Schänke. Ich war abgesprungen und losgestürmt, ehe die letzten Worte erklungen waren.

»Was für ein Temperament«, sagte die Stimme leichthin. »Wenn dir ein Llahal und ein Schluck Wein recht wären, so würde mich das freuen.«

Den Bambusstab vorgestreckt, blickte ich um die Ecke. Dort saß ein Mann auf einem Haufen alter Säcke und streckte mir eine lederne Weinflasche entgegen.

»Für Wein ist es eigentlich zu früh«, sagte ich ein wenig mürrisch. »Aber Llahal, ich danke dir und nehme einen Schluck.«

Ich ergriff die Flasche. Der Wein war angenehm kühl – ein leichter weißer Unction; der Bursche mußte also ein paar Silbermünzen im Beutel haben. Ich betrachtete ihn. Er wirkte jung und hatte ein fröhliches Gesicht, mit funkelnden Augen und einem amüsiert verzogenen Mund. Er trug eine einfache braune Tunika und halblange Hosen. Seine Stiefel waren nicht schwarz, sondern ebenfalls braun und ziemlich verstaubt. Er hatte einen Beutel und einen Stab, und an seinem Gürtel hing eine Tasche aus Lestenleder.

Ich gab ihm die Weinflasche zurück. »Vielen Dank, Dom.«

»Ich bin Covell. Man nennt mich Covell mit der Goldenen Zunge.«

»Ich habe von dir gehört«, sagte ich erfreut. »Ganz Vondium preist dein neuestes Gedicht – ›Verlorene Zeit wird wieder aufgeholt‹ heißt es wohl. Ein schönes Gedicht.«

Er lachte fröhlich und trank einen kleinen Schluck Wein.

Covell war Dichter. Ich sah, daß er das unkonventionelle Leben liebte, um die Erfahrungen zu sammeln, die er in seine Verse einfließen ließ. Einige der älteren und strengeren Kritiker Vallias verurteilten sein Werk als leichtgewichtig, doch Covells Anhänger bezeichneten diese Männer als versteinert.

»Was führt dich her? Ist Vondium wieder einmal zu heiß für dich?«

»Du kennst mich also? Ja, ein Schänkenstreit und ein Onker mit einem Messer im Wanst – er ist nicht gestorben. Die Wächter aber wollten mich verhören, und daran hätte ich keinen Spaß gehabt. Deshalb nahm ich meine Reise wieder auf.«

»Wer mag so etwas schon? Ich bin Nath die Mücke, und...«

»Und«, sagte er leichthin und stand auf, »du bist kein Arbeiter, nicht einmal ein Landarbeiter oder Viehtreiber. Was immer du bist – Mücke ist nicht der richtige Name für dich, Dom.« Bei seinen Worten fiel mir ein, daß ich vergessen hatte, gekrümmt zu gehen. Er lachte nur. »Ich habe meinen Hirvel im Schatten angebunden. Reiten wir zusammen. Ich habe etliche schlimme Geschichten über das Gesegnete Delphond gehört.«

Seine Worte halfen mir bei der Entscheidung. Wenn Delia nicht wußte, was in ihrer Heimat vor sich ging, mußte ich Näheres herausfinden.

»Gern, Covell. Aber ich bin wirklich ein Arbeiter.«

Damit meinte ich, daß ich für meinen Lebensunterhalt arbeitete, nicht, daß ich persönlich Gräben aushob oder Mauern errichtete.

»Es gibt Arbeitsgebiete, die nicht unbedingt muskulöse Schultern erfordern«, sagte Covell mit der Goldenen Zunge und ergriff seinen Beutel. »Ich arbeite mit Worten, die sich wirklich manchmal verdammt störrisch anstellen, andererseits aber auch einen herrlichen Gesang anstimmen können. Der Grund dafür übersteigt meinen Verstand.«

Er bestieg seinen Hirvel. Das Tier war in bester Verfassung,

Weißhuf überlegen, den ich mit einem Schlag auf das Hinterteil fortgeschickt hatte. Covell betrachtete die Zorca.

»Für einen Arbeiter bist du aber gut beritten, Nath die Mücke.«

»Die Zorca war die letzte Gabe eines Toten an mich.«

Er quittierte meine Worte mit einem Lachen und schüttelte die Zügel; im Schritt ritten wir die staubige weiße Straße entlang. Er trug wie Oby ein langes Messer – soweit ich sehen konnte, seine einzige Waffe, bis auf einen kurzen Dolch in einer Scheide oberhalb seines Steigbügels. Beutel und Stab hatte er hinter sich auf dem Hirvel festgemacht.

Covell erzählte von der Sorge, die man sich in Vondium wegen der ständigen Unruhe im Nordosten Vallias machte. Die Menschen dort oben waren viel erdverbundener und starrsinniger, ihr Ziel war rotes Gold und Selbstverwirklichung.

Auf Umwegen warf ich eine Frage nach schwarzen Federn in unser Gespräch ein.

Er antwortete wie ein gebildeter Mann – er zitierte aus den *Schwarzen Federn von Ulbereth dem Düsteren Räuber,* sprach einige Verse aus diesem Epos, das Legenden der alten Zeiten schilderte.

Ich nahm nicht an, daß er meiner Frage auswich. Daraus folgerte ich, daß er über die Schwarzen Federn des Großen Chyyan nichts wußte. In dieser Sache konnte ich allerdings niemandem hundertprozentig trauen.

Ich drängte ihn, mir ein paar eigene Zeilen vorzutragen, und er ließ sich nicht zweimal bitten und rezitierte seine *Ode an die Dämmerung,* in der die rote Sonne Zim und die grüne Sonne Genodras als farbige Feuerbälle bezeichnet werden, ohne eigene Wesenheit, wie die meisten Religionen behaupten, sondern Wunder der Natur, die allen Menschen auf Kregen Licht brachten. »Religiöse Heuchelei widert mich an«, fügte er hinzu. »Opaz ist ganz in Ordnung, wenn man es nicht übertreibt. Die wahre Religion ist jedoch das Herz eines jeden Menschen.«

Ich antwortete nicht direkt. Rafik vertraute auf den Arm und das Schwert, Covell auf das Herz des Menschen. Was war meine Basis? Hatte ich überhaupt Vertrauen in etwas außer meiner Delia und den Krozairs von Zy?

Unmittelbar nach meiner Rückkehr nach Kregen hatte ich gesagt, daß sich Kregen in den einundzwanzig irdischen Jahren nicht verändert hatte. Doch je mehr ich erfuhr, um so klarer wurde mir, daß die wunderbare Welt doch anders geworden war und sich immer noch und immer schneller veränderte.

Wenn Covell vom Herrscher sprach, lachte er nur noch und machte Witze. Er sagte, in den Schänken würden haufenweise Rebellionspläne geschmiedet und dann als weinseliger Unsinn wieder verworfen. »Vallia steht vor großen Problemen, Nath die Mücke, alle Menschen sehen das deutlich. Der Nordosten. Dann die Racter. Es gibt andere Parteien und Pläne. Ich will damit nichts zu tun haben, bei Vox! Ich bin Dichter, und als Poet werde ich leben und sterben so glücklich ich kann. Alles andere ist Illusion.«

»Du hast also nicht die Angst der Hiesigen, allein zu reisen?«

»Du etwa?«

»Nun, mir war die Situation nicht so ganz klar, wo ich doch ein einfacher Wandersbursche bin. Wenn es hier wegen der Unruhen keine Arbeit gibt...«

»In Delphond gibt es keine Unruhen, jedenfalls noch nicht. Deshalb bin ich ja auch hierher gereist. Aber der einsame Wanderer ist nicht mehr so sicher wie früher, und einsame Häuser wie die Schänke, an der wir uns trafen, sind keine Horte des Friedens mehr. Die verdammten Aragorn ziehen überall im Lande herum – aye, und die Racter helfen ihnen und dulden sie. Von ihnen erhalten sie ihr Geld.«

»Du magst die Racter nicht?«

»Ich lehne alle politischen Parteien ab. Ich bin Individualist.«

»Die Menschen treffen Vorsichtsmaßnahmen gegen Drikinger.«

»Ja, aber Delphond ist für Banditen keine leichte Provinz.«

»Also haben sie Angst vor den Sklavenhändlern?«

»Wenn der Herrscher und das Presidio nicht schnell handeln, wird niemand mehr sicher sein. Es hat den Anschein, als stünde Vallia vor dem Auseinanderbrechen.«

Deliasmot war äußerlich unverändert – eine charmante, lächelnde, schöne, lebensbejahende delphondische Stadt. Doch selbst hier war die Nervosität offensichtlich, das sorgenvollere Gehabe, die strengere Kontrolle am Tor. Covell mit der Goldenen Zunge und ich trennten uns, denn er mußte hier einen Vortragsabend halten, eine ›Deklamation‹, wie er es nannte, und mein Ziel waren der Kanal und Drakanium, wo ich mit Delia zusammentreffen wollte.

Wir verabschiedeten uns, und ich brachte meine Enttäuschung

zum Ausdruck, seine Deklamation zu verpassen, dann eilte ich zum Kanal, um meine Reisevorbereitungen zu treffen. Ich verkaufte die Zorca und verschaffte mir für das Geld eine Karte in einem schmalen, schnittigen Boot. Ich suchte mir einen ruhigen Sitz, von dem aus ich das Ufer beobachten konnte, grün und golden unter den Sonnen, und ich döste und aß mit den anderen vornehmeren Reisenden, hielt mich ansonsten aber ziemlich abseits, obwohl ich merkte, daß man mich trotz meines schäbigen Aufzuges duldete, und so erreichte ich schließlich die gewölbten Steinbögen des Wassertors von Drakanium.

Als Stadt war Drakanium die größere Ausgabe einer delphondischen Bezirksstadt, sauber, funkelnd, von Vegetation erdrückt, angefüllt mit dem lebhaften Treiben eines wohlhabenden Volkes – wenigstens war es einmal so gewesen. Die Menschen gingen nun mit besorgterem Blick ihrer Arbeit nach. Ein Regiment Totrixkämpfer exerzierte auf dem Paradefeld, und das Durcheinander verriet mir, daß es frisch einberufen worden war. Der Jiktar war einer Ohnmacht nahe: Er brüllte seine Befehle, und die sechsbeinigen Totrixes kreischten, und die Lanzen zeigten in alle Richtungen.

Ich war mit Delia nicht in ihrer Villa verabredet, sondern im besten Lokal des Ortes; ich wollte meine Tarnung noch nicht aufgeben. Ein Kellner des Gasthauses nahm meine Nachricht entgegen und warf mir einen zweifelnden Blick zu, ehe er hinter der Lenkenholztür verschwand. Bienen umsummten mich, und Schatten lagen auf dem steingefliesten Hof. Ich setzte mich auf eine Bank, und ein Mädchen brachte mir einen Krug des besten delphondischen Biers.

Für diese Leute war ich ein einfacher Wanderer, ein Tramp, und wenn die Prinzessin Majestrix mit mir sprechen wollte, war das ihre Sache; wenn nicht, würde man mich vom Grundstück verweisen. In Delphond ist man wahrhaft zivilisiert.

Der Kellner kehrte zurück. Seine Stirn war gefurcht.

»Ich habe dem Wirt ausgerichtet, was du gesagt hast, Dom. Er läßt mitteilen, daß die Prinzessin Majestrix nicht hier weilt.«

»Wann wird sie erwartet? Vielleicht bin ich zu früh dran.«

»Oh, sie war hier. Du wurdest erwartet.« Er fügte nicht hinzu, daß er nicht begriff, warum die Prinzessin sich überhaupt mit einem Tramp abgab. »Sie mußte dann aber unverzüglich nach Vondium zurück. Sie hatte es sehr eilig.«

Ich stand auf. »Hat sie den Grund genannt?«

Er trat einen Schritt zurück. »Nein. Nur daß sie in einer äußerst dringlichen Sache nach Vondium müsse. Ein Kurier kam in einem Flugboot. Vom Herrscher, hieß es. Die Prinzessin begleitete den Mann, ihr Gefolge ebenfalls.« Er rollte die Augen. »Sie hatte ein ganz scheußliches Wesen bei sich, ein blutrünstiges Monstrum, Klauen und Reißzähne und langes Haar, doch sie alle sind im Flugboot nach Vondium abgeflogen.«

Das Monstrum war Melow die Geschmeidige, das Menschenjägerweibchen, und ihre Gegenwart erleichterte mich, denn so konnte Delia nichts passieren. Aber was hatte sie nach Vondium zurückgerufen? Welche Katastrophe war über uns hereingebrochen?

10

Das Flugboot raste Vondium entgegen.

Ich hatte keine Zeit verschwendet. Ein kurzer Ausflug in unsere Villa in Drakanium, ein Kleiderwechsel, unterstützt durch einen verwirrten Majordomo und seine aufgeregt herumlaufenden Untergebenen, ein Korb mit Speisen und Getränken, dazu Waffen und Geld, schon saß ich in einem der kleinen Voller, die in der Villa bereitstehen.

Ich nahm nicht an, daß meine Tarnung durchschaut worden war, aber das war mir im Grunde gleichgültig. Was war in Vondium geschehen? War der Herrscher gestorben? Nein – das hätten alle gewußt. Andererseits war es zuweilen politisch von Vorteil, die Nachricht vom Tode eines Königs eine Zeitlang geheimzuhalten.

Der Voller war sehr schnell und würde mich in wenigen Stunden nach Vondium tragen. Ich nahm mich zusammen und durchwühlte den Korb. Wieder einmal raste ich mit halsbrecherischer Geschwindigkeit auf Vondium zu, bedrückt von sorgenvollen Gedanken. Ich flog über die mächtigen Weiden und landwirtschaftlichen Nutzflächen dahin, die die Stadt umgaben. Das Wasser der Frau der Fruchtbarkeit, des Großen Flusses von Vallia, funkelte vor mir. Dort lagen die Hügel der Stadt, weitläufig, von üppigem Grün durchsetzt, blitzend und schimmernd die weißen Villen mit ihren roten Dächern. Dort die Täler überspannenden Aquädukte. Und die grauen Mauern und die hochaufragenden Befestigungen, schimmernd gelb und saphirgrün, die Flaggenmasten, die konischen

Turmdächer, die langen, unglaublich dünnen Bogengänge unter den Sonnen. Andere Flugboote kreisten, starteten oder landeten. Breite Hauptkanäle und prachtvoll ausgestattete Boulevards durchzogen die Stadt und erzeugten Inseln aus Stein, Holz oder Stuck. Es gab Inseln, die Parks und Tiergärten beherbergten, Inseln mit Lagerhäusern und Fabriken, Inseln für den Sport, für all die beliebten Freizeitbeschäftigungen der Bürger von Vondium.

Vor allem richtete ich meinen Blick auf den mächtigen Palast des Herrschers.

Über breite, von Kolonnaden gesäumte Straßen, die parallel zum Kanal verliefen, huschte mein schnelles Flugboot, und auf den breiten Uferstraßen unter mir drängte sich die geschäftige Menge. Wir passierten ein Gewirr von Tempeln, in denen die Anbetung auswärtiger Götter gestattet war, dann einen Seitenkanal, der direkt zum Großen Kanal führte und an dem Schiffsbauer an Skeletten neuer vallianischer Galleonen arbeiteten, kahl und zerbrechlich im Licht. Immer weiter flog ich und verlor schließlich auf meinem Weg zum Palast an Höhe. Der majestätische Kyro vor der Hauptfassade zeigte das übliche hektische Gewirr, und nur wenige blickten zu einem einzigen kleinen Flugboot empor.

Ein so unbedeutendes Ereignis würde das Schachern auf den Märkten nicht beeinflussen. Doch welche Ereignisse taten sich innerhalb der schimmernden Mauern des Palastes?

Kaum war ich auf der Landeplattform über dem kleinen Garten im Palastflügel des Prinzen Majister niedergegangen, als ich auch schon ins Freie sprang. Delias alte Gemächer waren vergrößert und neu ausgestattet worden, und wenn wir uns in der Hauptstadt aufhielten, stand uns ein eigener Flügel des Palastes zur Verfügung. Ich lief ins Haus; Dienstboten eilten auf mich zu. Delia und ich hielten keine Sklaven; allerdings gab es in Vondium noch viele tausend Sklaven, und auch viele im großen Palast des Herrschers.

Normalerweise hielten wir im Flügel nur eine kleine Gruppe Dienstboten, denn wir waren hier nur selten anzutreffen. Heute aber summte es vor Betriebsamkeit, und ich drängte mich durch zahlreiche Diener, die sich nach meinen Wünschen erkundigten.

»Die Prinzessin!« rief ich, ohne stehenzubleiben.

»In ihren Gemächern«, antwortete der Jiktar der Wache. »Und es geht ihr gut, mein Prinz, möge Opaz das Licht seines Antlitzes über ihr leuchten lassen. Bei Papachak dem Allmächtigen, mein Prinz, es tut gut, dich wiederzusehen!«

»Mir auch, Laka Pa-Re«, antwortete ich.

Die Männer des Pachak-Jiktars öffneten mir die Tür, die mit goldenen Zhantilfiguren übersät war. Laka blieb zurück, noch immer in Habachtstellung, die Schwanzhand mit der gefährlich funkelnden Stahlschneide hochgereckt.

Der letzte Wächter schloß die Tür, und ich blickte den teppichausgekleideten Korridor entlang, in dem goldene Lampen und elfenbeinweiße Verzierungen, große pandahemische Krüge voller Blumen und silbrig leuchtende Spiegel schimmerten. Die Tür am anderen Ende ging auf, und Delia in lederner Jagdkleidung trat heraus. Dicht hinter ihr ein schleichendes, gefährlich wirkendes Menschenjägerweibchen, den Schwanz zuckend, das mit spitzen Zähnen bewehrte Maul geöffnet. Es sagte gerade auf die fauchende, drohende Art der Jiklas: »...müßte vertrimmt werden, die leichtfertige Person.«

Die beiden erblickten mich.

Delia eilte auf mich zu, warf mir die Arme um den Hals und küßte mich lachend und schluchzend. »Ich weiß, mein Herz! Ich weiß, was du sagen willst! Aber die Sache duldet keinen Aufschub!«

Ich preßte sie an mich und spürte, wie ihr Herz schlug. Ihr betörender Duft stieg mir in die Nase und brachte mich erneut auf die Frage, warum ich nur so dumm war, sie jemals alleine zu lassen. Schließlich nahm ich mich zusammen, faßte sie an den Schultern und hielt sie von mir ab. »Delia!« sagte ich »*Was* duldet keinen Aufschub?«

»Das darf ich dir nicht sagen!«

Mir war seltsam zumute. »Wer kann der Prinzessin Majestrix von Vallia etwas verbieten? Dein Vater...«

»Nein.« Sie musterte mich mit einer Unruhe, die ich nicht verstand.

»Ich kann dir nur sagen, daß ich dich liebe, daß ich aber abreisen muß – bei Vox! Bei allem, was mir am Herzen liegt – ich will dir sagen, soviel ich darf, wenn du mich so anschaust.«

»Na?« fragte ich. Mein Gesicht muß ein erhebender Anblick gewesen sein.

»Ich muß mich beeilen«, sagte sie ruhiger. »Du weißt, ich gehöre zu den Schwestern der Rose...«

»Ja.« Ich begann zu begreifen.

»Ich wage es dir nicht zu sagen, obwohl du mir alles auf der Welt bedeutest. Aber du bist ein Mann.«

»Und du bist eine Frau, wofür ich, was ich banal sagen muß, Zair jeden Tag danke!«

»Lach mich nicht aus, Liebling! Dies ist eine Frauensache. Die Schwestern der Rose haben ihre Geheimnisse. Ich habe einen Eid geleistet – darf das eine Frau nicht?«

Ich kam mir plötzlich wie der größte Dummkopf auf zwei Welten vor. Welches Recht hatte ich, mich für Bereiche in Delias Leben zu interessieren, die ihr durch andere Kräfte mir gegenüber verschlossen waren?

Ich zog sie an mich und küßte sie lange und leidenschaftlich, und wenn sie es eilig hatte, ihrer geheimnisvollen Aufgabe für die Schwestern der Rose nachzukommen, so legte sie es nicht darauf an, den Kuß zu beenden.

Schließlich trat ich zurück. »Du hast alles für die Reise? Melow begleitet dich? Waffen, Geld, zu essen, den schnellsten Voller?«

»Ja, Liebling!« Sie lachte. »Wie fürsorglich du bist!«

»Wenn man auf Kregen eine Reise antritt, darf man nichts vergessen.«

»Das stimmt. Aber die Schwestern der Rose kümmern sich um ihre Angehörigen. Wir leisten im stillen viel Gutes. So haben wir im letzten Jahr zwei neue Krankenhäuser für Sklaven eröffnet. Und wenn es Krieg gibt... nun, du weißt Bescheid.«

Ja, ich kannte die Arbeit, die die Schwestern der Rose und andere Frauenorden verrichteten. So gab ich mich damit zufrieden, daß sie an alles gedacht hatte, Melow die Geschmeidige würde sie begleiten; ein weiblicher Menschenjäger, eine Jikla, vermag gegen einen Wersting oder Neemu anzugehen und notfalls auch gegen einen Strigicaw. Die Menschenjäger von Kregen bieten einen schrecklichen Anblick. Sie sind der Abstammung nach humanoid. Durch genetische Manipulation sind sie dazu gebracht worden, wie Jagdkatzen auf allen vieren zu laufen, und sie besitzen einen ausgeprägten Tötungsinstinkt. Melow die Geschmeidige lag mir jedoch trotz ihres ungebärdigen Temperaments am Herzen; sie war die liebevolle Mutter von Zwillingen.

»Kümmere dich um sie, Melow«, sagte ich und streichelte ihre Wange.

Sie verzog das Gesicht und fauchte, als wollte sie mir klarmachen, was für ein Onker ich war.

Ich brachte die beiden zum Voller und sah, daß sich Delia tatsächlich unseren schnellsten Viersitzer ausgesucht hatte. Wächter und Höflinge standen im Kreis um das Fahrzeug, das sich in die Luft erhob. Melow blickte wie ein furchteinflößender Wasserspeier über die Bordwand.

»Remberee, mein Liebster!«

»Remberee, Liebste!«

Und das Flugboot schoß empor und verschwand über den funkelnden Dächern Vondiums im Schein der Zwillingssonne.

Verflixt unabhängig sind die Frauen von Kregen. Aber das soll wohl auch so sein.

11

»Gelobt sei Papachuk der Geschwänzte!« sagte Laka Pa-Re und knallte die leere Flasche auf den fleckigen Sturmholztisch. Ringsum in dem niedrigen Schänkenraum tranken und brüllten Männer, einige stritten, andere versuchten Jikalla zu spielen und wurden dabei immer wieder gestört. Würfel klapperten in einer Ecke, und auf der anderen Seite rang ein Pachak mit dem Schwanz inmitten zerschellender Wein- und Bierflaschen mit einem Artgenossen.

Wir befanden uns in dem berühmten Gasthaus zum *Wilden Woflo* – ein Name, in dem wieder einmal der verdrehte kregische Humor zum Vorschein kommt, denn der Woflo ist ein winziges Wesen, extrem scheu und dem Käse sehr zugetan.

Zwischen den Tischen liefen erstaunlich hübsche Mädchen verschiedener Rassen hin und her; auf ihren Holztabletts standen dampfende Krüge oder exotisch geformte Flaschen. Sie trugen durchsichtige Gewänder mit einfachen Schmuckstücken oder Perlen oder bunten Federn, doch die meisten Mädchen hätten eine solche Unterstützung ihrer natürlichen Schönheit gar nicht nötig gehabt, denn der alte Urnu, Wirt des *Wilden Woflo,* hatte ein gutes Auge.

Normalerweise mied ich solche Lokale; wenn ich einmal einen stillen Schluck nötig hatte, suchte ich ruhigere Gasthäuser auf, die ohne Sklaven auskamen.

Der *Wilde Woflo* galt als Treffpunkt der Wächter. Weibliche Gäste hatten keinen Zutritt – ja, so etwas gab es in Vondium noch.

»Bei der Gesegneten Mutter Zinzu!« sagte ich und setzte den Becher ab. »Das war gut!«

»Du tust mir eine große Ehre an, mein Prinz, daß du...« sagte Laka Pa-Re, doch ich brachte ihn mit einer Handbewegung zum Schweigen.

Ich trug eine einfache braune Tunika und ein Rapier, wie alle hier.

»Wenn du mich überhaupt anreden mußt, dann nicht mit meinem Titel«, sagte ich. »Nenn mich einfach Nath, das ist genug.«

»Aye, mein Pri... Nath!« brüllte er und fischte mit geschickter Schwanzhand eine Flasche vom Tablett eines vorbeieilenden Mädchens. Es gab Fristle Fifis und Sylvies und Shsihis, wie auch hübsche Mädchen anderer Rassen.

Ich war mitgekommen, weil ich die Ohren aufsperren wollte. Hier gab es sicher Klatsch zu erfahren, der in den weiten Gängen des Palastes nur zu leicht überhört wurde. Außerdem war ich sicher, daß hier ein Agent des Herrschers saß. Was er berichtete, mußte nicht unbedingt mit dem übereinstimmen, was er hörte.

Die Position des Herrschers war nach und nach immer mehr unterhöhlt worden.

Covell mit der Goldenen Zunge hatte gesagt, die Schänkenpläne wären alle nur Gerede. Vielleicht hatte er recht. Doch mir war nach einem kräftigen Getränk und einem Lied in männlicher Gesellschaft zumute.

Die meisten hochstehenden Edelleute Vallias behielten ihre Villen in Vondium, auch wenn sie sie nur ein- oder zweimal im Jahr benutzten. Ihre Wächter suchten solche Lokale auf. So gab es hier viele Arten von Uniformen. Der Vallianische Luftdienst ließ sich überhaupt nicht blicken, und Laka war einer der wenigen höheren Offiziere. Ich bemerkte drei andere Jiktars und etliche Hikdars, doch die Mehrzahl der trinkenden, spielenden und brüllenden Männer waren Deldars und Swods.

Als ich den Pachak-Paktun fragte, warum er sich über meinen Besuch freute, hatte er mir ausweichend, sogar abwehrend geantwortet, doch jetzt taute er langsam auf und sagte schließlich: »Es ist so, mein Pri... Nath. Ich wurde zum Wachtdienst im Palastflügel des Prinz Majister eingeteilt. Daran habe ich nichts auszusetzen.

Aber ich sehe und höre so allerlei. Im Wachbataillon gibt es Männer – aye! Männer, die ich gut kenne! –, die nur noch hinter vorgehaltener Hand zu sprechen wagen. Man hat sie mit Gold bestochen.«

»Von wem geht das aus? Und mit welcher Absicht?«

Er trank einen großen Schluck und fuhr sich über den Mund. »Zum einen sind da die Racter. O ja, sie mischen überall in Vallia mit. Aber warum sollte Naghan Nadler Geld nehmen – er ist immerhin seit zwanzig Jahren Paktun und wird es bald zum Ob-Deldar bringen!«

»Warum?«

»Na, weil man sein Schwert kaufen will! Und andere ähnlich. Es gibt Verschwörungen gegen den Herrscher. Das weiß jeder. Ein wenig Gold kauft Loyalität, wenn die Pläne schließlich herangereift sind. Das ist meine Ansicht.«

»Und du hast davon Meldung gemacht?«

Er öffnete und schloß die untere linke Hand, und seine rechte Hand zupfte an dem Pakmort, das an einer Seidenschnur um seinen Hals hing. »Ich wollte mit dir sprechen.«

Ich war nicht sicher, ob er damit richtig gehandelt hatte. Aber dies war nicht der rechte Augenblick, darauf hinzudeuten, daß er einen anderen Weg hätte beschreiten sollen. Mir machte viel mehr die beklemmende Befürchtung zu schaffen, daß die unbekannte Interessengruppe, die hier am Werk war – vielleicht sie alle – bereits an die Swods herangekommen war. Ein einfacher Swod kann ein großartiger Kämpfer sein, doch es sind die Hauptleute und Generäle, die das Sagen haben, wenn Bestechung in der Luft liegt. Ich war überzeugt, daß man sich an Laka noch nicht herangemacht hatte, weil allgemein bekannt war, daß ein Pachak, der sein Nikobi gegeben hat, seinem Herrn treu bleibt. Doch wenn man einem Swod in der großen Masse Gold gab und sagte, er solle Befehlen folgen, die nicht von seinem Herrn stammen – dies war ein Zeichen für die Vernichtung von Werten, für das Ende einer Lebensart und, wenn eine neue Zeit anbrach, für ein System, das sich kaum noch mit dem Wort Leben beschreiben ließ.

Wie Sie sehen, war ich in einer ziemlich mitgenommenen Verfassung.

Hatte ich nicht selbst schon Wächter bestochen, damit sie gegen ihren Arbeitgeber für mich kämpften, und würde ich das nicht wieder tun, bei Vox? Doch wenigsten hatte mich in meinen Plänen kein kleinkrämerischer Ehrgeiz getrieben, um der Macht willen einen Herrscher stürzen zu wollen.

So tranken und redeten wir, und ich beobachtete die Gäste, wobei mir viele verschiedene Arten von gestreiften Ärmeln auffielen. Jedes Farbschema kennzeichnete die Zugehörigkeit zu einem bestimmten hohen Haus. Sogar unter diesen Soldaten war darüber hinaus das Weiß und Schwarz ganz offen vertreten, auch das Weiß und Grün der Panvals sowie andere Farbkombinationen. Ein Pachak-Hikdar, ein gedrungener ledergesichtiger Mann, setzte sich mit schwappendem Bierkrug gegenüber Laka auf die Bank und brüllte einen Gruß hinaus.

Laka stellte den Ankömmling als Nidar De-Fra vor, einen alten Söldnerkameraden, der mit seinem Herrn eben erst nach Vondium gekommen war. Nidar trug Ärmelstreifen, ungleiche blaue, grüne und gelbe Ringe, dazu zwei dünne senkrechte weiße Streifen. Nidar De-Fra hatte sein Nikobi und sein Schwert an Kwasim Barkwa gegeben, den Vad von Urn Stackwamor. Er hielt sich in der Hauptstadt auf, weil es sein Herr so wollte. Allgemein war bekannt, daß der Herrscher bald von seiner Reise in den fernen Südwesten zurückkehren würde. Der Pachak lachte und sagte, der Südwesten sei ein Witz, und alle Leute wüßten doch, daß die Zukunft im Nordosten läge.

Zwischen den Pachaksöldnern herrscht gute Kameradschaft, und ihr kompliziertes Nikobisystem ist in der Lage, die Rechte und Pflichten ihrer Anstellung zu klären und die Probleme um die Frage, wann ein Mann ehrenvoll gegen einen Kameraden kämpfen kann, der seinerseits in fester Anstellung ist. Die beiden begannen von guten alten Zeiten zu erzählen, und ich sah mir Nidar aus der Nähe an. Er trug keinen Pakmort, doch er war davon überzeugt, daß Nordost-Vallia seine Selbständigkeit verlangen und sich vom Reich lösen sollte. Dies erstaunte mich. Ich hielt aber meinen vorlauten Mund und hörte zu.

Wenn Nadars Dienst bei Kwasim Barkwa endete, mochte er sich von einem Edelmann des Südens anwerben lassen und dann ebenso nachdrücklich vertreten, daß das Reich eine Einheit bleiben müsse. Ein Söldner braucht an die Ziele seines Herrn nicht zu glauben, um für ihn zu kämpfen, doch Pachaks nehmen es sehr genau, wenn sie sich als Paktuns verdingen und ihre Loyalität verkaufen.

Einige hübsche Fristle-Mädchen eilten mit wehenden Seidengewändern herbei und begannen zu tanzen; sie wurden bald fortgejagt, und dann begannen die Swods zu singen.

Wie Sie sich denken können, ließ ich für eine Weile meine Probleme unter den Tisch fallen und gab mich diesem einfachen Vergnügen hin. Es gibt viele schönere Dinge auf zwei Welten, als in einer Taverne zu sitzen und mit Swods zu singen. Trotzdem üben die alten Lieder eine Faszination aus, die die Welt doch gleich wieder heller aussehen läßt.

Wir stimmten *Franli die Fristle und das Regiment ihrer Bewunderer* an und *Seht Fartly die Tochter des Ponshobauern* und *Tyr Korgan und die Meerjungfrau* und schließlich, von Melancholie überflutet, den *Sturz der Sonnen.* Dies ist ein bedrohliches Lied, dessen Melodie und Verse Trauer verbreiten. Das Lied handelt von den letzten Tagen, ehe die Zwillingssonne vom Himmel fällt und Kregen in Feuer und Blut, Wasser und Tod untergehen läßt. Ich mag das Lied nicht besonders, obwohl es viele tiefgreifende Wahrheiten enthält.

Als nun ein rotgesichtiger Bursche mit wehender Tunika aufsprang und die ersten Zeilen von *Sogander der Aufrechte und die Sylvie* anstimmte, fiel ich zumindest mit besonderer Begeisterung ein. Ja, und den beliebten Refrain dieses Liedes schmetterten wir, bis wir nicht mehr konnten.

Die Mädchen eilten mit neuen Flaschen herein, die ihnen praktisch aus den Händen gerissen wurden. Und während des Singens gingen meine Gedanken immer wieder zu meiner Delia, und ich stimmte inbrünstige Gebete an, daß ihr nichts geschehen möge.

Es wollte mir scheinen, als läge mein weiterer Weg ziemlich klar vor mir. Ich würde all jene Söldner entlassen müssen, die unzuverlässig geworden waren. Es mußte mir darum gehen, festzustellen, wer sie bestochen hatte; ich würde nicht versuchen, sie mit höheren Geldern für mich zurückzugewinnen. Sie besaßen mein Vertrauen nicht mehr, wenn sie von einem anderen Geld genommen hatten. In diesem Zusammenhang mußte ich mich dazu durchringen, dem Herrscher zu berichten, was ich bisher über die Chyyanisten herausgefunden hatte. Eigentlich war es noch jämmerlich wenig. Eine unbedeutende Religion würde dem Herrscher nicht weiter gefährlich erscheinen. Zwar herrschte in Vallia grundsätzlich Übereinkunft darüber, daß der Konflikt mit Hamal irgendwann wieder aufbrechen würde, doch bot der derzeitige unsichere Waffenstillstand zwischen den beiden Reichen gewisse Friedensaussichten. So würde der Herrscher jede Andeutung über feindliche Aktivitäten abtun, und sein Presidio würde gierig die individuellen Interessen seiner Mitglieder vertreten.

Bei Zair! Die Swods begannen eben von der Jungfrau mit dem einen Schleier zu singen, und die Mädchen begannen zu kichern, wie immer, wenn dieses Lied beginnt, da fiel mir am Nachbartisch ein Bursche auf, der sich herüberbeugte und hämische Bemerkungen zu machen begann.

Heißer Zorn erfüllte mich. Ich hatte einen ruhigen Abend mit Trinken und Singen verbringen wollen, dieser Rast aber wollte Ärger machen und mir alles verderben. Ich beschloß, ihm den Spaß zu vergällen und überhaupt nicht zu reagieren. Er sollte sich austoben, bis er blau anlief, ich wollte ihm keine Befriedigung gönnen.

»Wir werden den Kerl ignorieren«, sagte ich zu Laka und Nidar. »Achtet nicht auf ihn.«

Laka kannte mich und lachte. Nidar musterte mich seltsam von der Seite, sagte aber nichts.

Der Streitsuchende trug entschieden zuviel Gold an seinem Wams. Sein Gesicht war haber und von einer Narbe entstellt, sein Schnurrbart war sorgfältig gestutzt. Ich merkte mir das Emblem an seinem Hals, ein kleiner goldener Strigicaw mit Schwertern.

Er sprach mich nicht direkt an, sondern beleidigte mich durch seine Freunde, wie es solche Typen nun einmal gewohnt sind.

»Vielleicht hält er uns für Woflos. Vermutlich versteht er nicht mal diese Kleinigkeit richtig.«

Nidar lehnte sich zornig zu mir herüber und sagte leise: »Ich möchte den Kerl durch die Mangel drehen, Nath!«

»Laß nur«, sagte ich leise.

Der zudringliche Bursche gab nicht auf. Seine Freunde halfen ihm. Sie nannten ihn Rumil die Spitze. Ich wandte ihm den Rücken zu und rief nach frischem Bier, während in der Runde ein neues Lied angestimmt wurde, in das ich einfiel.

Eine Hand legte sich auf meine Schulter. Ich drehte mich um – und hörte auf zu singen.

Rumil die Spitze stand auf und beugte sich über mich, sein Gesicht war dunkel vor Zorn, nahm ich doch nicht die geringste Notiz von ihm.

»Rast!« brüllte er und schlug mir auf die Schulter, entweder war er betrunken oder er tat nur so. »Du beleidigst mich nicht und bleibst auf deinen stinkenden Füßen!«

Ich schüttelte seine Hand ab und wollte mich zu den beiden Pachaks umwenden, doch er ließ mich nicht. Er glaubte einfach nicht, daß ich ihn nicht für wichtig genug hielt, um mir Sorgen über ihn zu machen. Er fühlte sich ratlos, in seiner Würde getroffen, in seinem Stolz verletzt. »Das sollst du mir büßen, du verdammter Cramph!«

Ich sah, daß Lakas Gesicht erstarrte, und hörte das Kratzen von Stahl. Ich hatte mich in dem Mann getäuscht.

Mit einer Bewegung, die hoffentlich schnell genug war, glitt ich zur Seite und drehte mich um. Rumil die Spitze starrte mich an. Die Augen waren ihm aus den Höhlen getreten. Seine Zungenspitze steckte zwischen den Lippen, sein Gesicht war verzerrt und zeigte nacktes Entsetzen.

Um seinen Hals lag ein braungekleideter Arm, und auf der mächtigen Hand schimmerte goldenes Fell.

»Lahal, Nath die Mücke«, sagte Rafik Avandil. »Anscheinend kann ich dir schon wieder zu Diensten sein.«

12

Ich hatte angenommen, daß mein Leben in Vondium während Delias Abwesenheit langweilig und ereignislos sein würde; darin irrte ich zum Teil. Natürlich fehlt dem Dasein der Glanz, wenn Delia nicht bei mir ist, doch zuweilen entwickeln sich aus Kleinigkeiten tiefgründige, wichtige Dinge.

Rafik Avandil, der sich sehr über die Gelegenheit freute, mich zum zweitenmal zu retten, wie er annahm, hatte den Rest des Abends mit uns verbracht. Dabei hatte sich Laka an meinen Tarnnamen Nath gehalten, wofür ich ihm dankbar war. In den nächsten Tagen sahen wir uns öfter, und schließlich ließ ich mich dazu überreden, in die Schänke zu ziehen, in der Rafik wohnte. Davon setzte ich Turko den Schildträger, Balass den Falken und andere in Kenntnis, die es wissen mußten. Meine Freunde murrten, weil sie im Palastflügel bleiben sollten, während ich mich in Schänken herumtreiben durfte, doch ich machte ihnen deutlich, daß ich einer Spur folgte.

»Bis jetzt habe ich noch kein Wort über die Schwarzen Federn gehört«, sagte ich. »Und das kommt mir seltsam vor.«

»Vielleicht nicht«, meinte Khe-Hi-Bjanching und legte einen Finger in das Buch, das er gerade las. »Der Signomant hatte für Vondium noch kein Zeichen, denk daran.«

»Ich glaube noch immer, daß unsere Interpretation richtig war. Bei Vox! Wenn wir nur wüßten, wo die Burschen als nächstes zuschlagen wollen!«

»Agenten sind unterwegs und hören sich um. In ganz Vallia versucht man diese Frage zu lösen.«

»Und«, sagte Naghan mit der Nüchternheit des alten Waffenmachers, »das kostet sehr viel Geld.«

»Wenn die opazverfluchten Chyyanisten gewinnen, haben wir gar kein Geld mehr, das ist sicher. Und wir werden an Hacken aufgehängt, wie viele Bürger des Landes.«

»Dazu müssen sie uns erst einmal fangen«, meinte Turko düster.

Der Palastflügel, in dem wir wohnten, war auf Delias Anweisungen hin eingerichtet worden. Trotzdem lag mir der große Palast von Vondium nicht besonders. Delia hatte wunderschöne Räume geschaffen, dennoch war die hochherrschaftliche Aura allgegenwärtig. Rafiks Schänke versprach da ein wenig buntere Abwechslung. Ich konnte nur hoffen, Barkom von der *Rose von Valka* erfuhr nicht, daß ich in einem anderen Gasthaus abstieg. Aber er hätte mein Handeln sicher verstanden.

In der Hauptstadt liefen zahlreiche Gerüchte um. Der Herrscher kehre zurück und bringe als Ehrengast des Vallianischen Reiches niemand anderen als die berühmte Königin von Lome mit. Alle Vondianer waren gespannt, diese sagenhafte Frau zu sehen. Die Berichte über ihre Schönheit und ihren Reichtum hatten sich wie ein Lauffeuer in diesem Teil der Welt ausgebreitet, und so mancher Mann hatte schon von ihr geträumt. Alle fluchten und sagten, wie glücklich sich der Herrscher schätzen könne und daß man gern in seiner Haut stecken würde. Und einige ließen diesem Satz ein Lachen folgen und setzten hinzu, daß diese Haut wohl nicht mehr lange so sicher sein würde.

In diesen Tagen erreichte uns eine ermutigende und zugleich erschreckende Nachricht. Balass erhielt einen Bericht, daß in einer Gruppe Kaufleute aus seiner Heimat Xuntal ein Mann im Suff von den Schwarzen Federn gesprochen hatte.

»Darum kümmerst du dich, Balass«, sagte ich. »Du bist ein Xuntaler. Du kannst dich zu diesen Leuten gesellen. Möge das Gekrümmte Schwert von Xurrhuk dir beistehen.«

»Amen, mein Prinz. Bei meiner Hoffnung, Xanachang zu erreichen! Mein Volk ist sehr zurückhaltend gegenüber Spionen!«

»Es dürfte dich kaum trösten, wenn ich sage, daß Spione bei keinem Volk gern gesehen sind. Aber sieh die Sache einmal in einem anderen Licht. Dir geht es darum, etwas Böses an der Wurzel auszurotten. Daß du dich nicht täuschst – in den Herzen der Chyyanisten findet Xurrhuk vom Gekrümmten Schwert keine Zustimmung.«

Balass' muskulöser Körper schimmerte schwarzsilbern im Sonnenlicht, das durch die hohen Fenster hereindrang. Wir standen in der kleinen Arena, die man in diesem Teil des Palastes eingerichtet hatte. Der mit Sand bedeckte Boden knirschte unter den raschen Schritten, während wir mit Holzschwertern finteten und parierten. Turko, das wußte ich, hatte viele Stunden lang mit seinem neuen Parierstab geübt und hadhabte den Klattar nun mit einer erfreulichen Sicherheit.

Oby trat ein, warf seine Tunika ab und machte sich zu einem Übungsgang mit seinem eleganten Langmesser bereit. Er ließ die Lenkholztür halb geöffnet, und Naghan wollte schon eine Bemerkung darüber machen, als ein Dienstbote in hohem Bogen durch die Öffnung hereingeflogen kam und zu Boden stürzte.

Ich drehte den Kopf, um mich zu überzeugen, daß Turko neben mir stand, denn sonst hätte ich schwören mögen, daß *er* diesen Mann in bunter Palastlivree durch die Luft geschleudert hatte.

Aber es war kein Mann.

In der aufschwingenden Tür erschien ein ansehnliches Mädchen. Ihr Gesicht wies unter der Bräune nur eine leichte Röte von der kleinen Anstrengung auf. Sie trug enge Hosen, darüber eine ebenso enge braune Tunika, über der ein Lestenledergürtel mit Rapier und Dolch hing, Waffen, die keinen Zweifel daran ließen, daß sie jederzeit auch zu kämpfen bereit war.

Von der Bewaffnung und der Haltung des Mädchens vorgewarnt, wußte ich, woher sie kam.

Ihr hellbraunes Haar war kurzgeschnitten, auf ihrem Gesicht zeigte sich der offene, freie Blick eines Mädchens, das seinen Status kennt und bereit ist, Männer wie Männer zu behandeln, weil es nun mal ihr Pech ist, Männer zu sein. Sie gefiel mir. Über ihrem Herzen schimmerte eine gestickte rote Rose.

»Llahal und Lahal, Prinz Majister«, sagte unsere Besucherin und kam mit energischem Hüftschwung und geschmeidigen Schritten direkt auf mich zu. »Hier, mein Prinz.« Und sie zog einen Brief aus dem kleinen Beutel an ihrer Hüfte.

Der Brief war auf gelbem Papier geschrieben und verströmte einen angenehmen Duft. Die energische, gerundete und doch frauliche Handschrift lag mir sehr am Herzen.

Meine Gefährten traten zurück. Das Mädchen berührte die Rose auf ihrer Brust. »Ich habe auch einen Brief für die Prinzessin Katri. Doch dein Brief, mein Prinz, sollte als erster abgegeben werden.« Sie lachte hell. »Und der Brief an den Herrscher ist der letzte der drei.«

Angesteckt von ihrer Fröhlichkeit, lachte ich ebenfalls.

»Ich kann nicht warten, eine Antwort wird auch nicht verlangt.« Sie wandte sich zum Gehen, und in der engen Hose sahen ihre Beine sehr lang und attraktiv aus. »Aber es gibt da eine Lüge, an die ich nicht mehr glauben werde.«

Der Brief brannte in meiner Hand, als ich fragte: »Willst du dich nicht wenigstens ein wenig erfrischen? Und – was ist das für eine Lüge?«

Sie blieb an der Tür stehen und erwiderte mein Lächeln. »Ich danke dir, mein Prinz. Aber ich muß mich beeilen. Was die Lüge betrifft, so behaupten alle Frauen, der Prinz Majister von Vallia lache niemals.«

Schwungvoll und lachend verließ sie die Arena. Sie war eine Frau wie meine Delia, eine Frau durch und durch.

Ich verbannte sie aus meinen Gedanken und öffnete den Brief.

Ich kenne die Worte auswendig, doch viele betreffen private Dinge. Ich will mich mit der Bemerkung begnügen, daß es Delia gut ging, daß Melow mich grüßen ließ, daß Delias Vorhaben schwieriger war als erwartet und sie vermutlich länger fortbleiben müsse als ursprünglich angenommen. Sie fügte hinzu, daß sie in dem Brief an Tante Katri die Schwester des Herrschers bitte, nach Valka zu fahren und sich um Didi zu kümmern, und daß sie alle Briefe Jikmer Sosie ti Drakanium anvertrauen würde.

Das Wort Jikmer war durchgestrichen worden, doch ich konnte

es trotzdem noch lesen. Hm. Jikmer – das entsprach bei den Schwestern der Rose sicher einem Jiktar.

Ich hatte keinen Zweifel mehr, daß es eine mächtige Geheimorganisation von Frauen gab, die, wenn mich mein Wissen um Delia nicht täuschte, humanitäre Ziele verfolgte. Welches Motiv ihnen zugrunde lag, konnte ich natürlich nicht wissen.

Dieser Brief, der auf eine gut organisierte Gruppe von Frauen hinwies, die Ziele verfolgte , die mir sympathisch waren, war vermutlich der Anlaß, der mich einen Plan in die Tat umsetzen ließ, der seit einiger Zeit in mir herangereift war. Ich werde Sie schrittweise darüber informieren. Zunächst mußte ich warten, bis Seg und Inch bei mir waren; vorher konnte ich nichts unternehmen.

Außerdem muß ich klarstellen, daß ich mich hier sehr auf die Chyyanisten konzentriere. Es geschah in Vondium in dieser Zeit sehr viel. Ich war beileibe kein Faulenzer, sondern mußte schwer arbeiten. Als Prinz Majister hatte ich während der Abwesenheit des Herrschers viele offizielle Aufgaben zu erfüllen. Die meisten Auftritte reizten mich insgeheim zum Lachen. So saß ich eine Zeitlang zu Gericht und verkündete Urteile. Außerdem ließ ich die Arbeiten an einem neuen Sklavengehege abbrechen, nicht ohne den Sklavenherren meine Verachtung zu bekunden, und wies die Arbeiter und Fachleute an, ein Gebäude nach meinen Plänen zu errichten. Sie hatten keine Ahnung, wofür das Bauwerk bestimmt war. Ein Besuch an einem Ort, wo es Sattelvögel gab, hätte schnelle Aufklärung gebracht. Es waren Unterkünfte für tausend Flugtiere. Eines Tages, so sagte ich mir, eines baldigen Tages würde Vallia diese Vögel brauchen.

Mein Leben bestand also nicht nur darin, mich zu verkleiden und als Nath die Mücke unauffällig durch die Tavernen zu ziehen. Oft wurde ich dabei von diesem oder jenem guten Freund begleitet, allerdings nur aus der Entfernung. Meine Tarnung würde sich nicht lange halten, wenn ich plötzlich mit Freunden auftauchte. So saß denn Turko in einer Ecke derselben Taverne wie ich und behielt mich im Auge. Wir alle lachten über Rafiks zweiten mutigen Rettungsversuch.

Es war eine seltsame Zeit. Ich war in Vondium, in der Hauptstadt des mächtigen Vallianischen Reiches, und meine Delia war nicht bei mir.

Bei Zair! Was hatte ich kämpfen müssen, um diesen Ort zu erreichen? Ich war in Ketten hergebracht worden und hätte niemals angenommen, daß ich hier jemals ohne Delia leben mußte.

Ich traf alle Vorbereitungen für den neuen Bund. Es gibt viele Geheimgesellschaften auf Kregen – eine Erscheinung, die zu allen Kulturen gehört. Kurz gesagt, ich wollte einige der besten Aspekte der Lehren der Krozairs von Zy nach Valka und Vallia tragen. Dabei sollte der neue Orden nicht auf die Insel Vallia beschränkt bleiben. Wenn ich auch Pandahem und Zenicce und die Hoboling-Insel einbeziehen konnte, vielleicht sogar Segs Erthyrdrin, um so besser. Ich wollte mir Männer suchen, denen ich trauen konnte, Männer von Mut und Charakter, die aber ihren Humor nicht verloren, Männer, die das Böse erkennen und ihm ohne mit der Wimper zu zucken ins Gesicht sehen und aktiv an seiner Vernichtung arbeiten konnten. Natürlich sind solche Eigenschaften relativ. Was für den einen Mann das Gute ist, ist für den anderen bloß Anständigkeit, während der dritte das Böse als eine ganz normale Verhaltensweise ansieht. Doch es gibt Grundsätze, auf die sich Menschen, die guten Willens sind, einigen können. Die Frauen hatten diese Grundlage anscheinend gefunden. Von den Geheimgesellschaften Vallias hatte mich noch keine aufgefordert, Mitglied zu werden. Das hatte mich mit großer Erleichterung erfüllt, war ich doch entschlossen gewesen, mich in keiner Hinsicht zu binden, damit mich die anderen nicht als feindselig oder bestenfalls gleichgültig einstufen konnten. Als Prinz Majister hatte ich abseits zu bleiben, wenn das nur irgend möglich war.

Bitte glauben Sie also nicht, daß ich den neuen Orden aus Trotz organisierte, nur weil mich niemand in seinem Verein haben wollte. Das war nicht der Fall, das glaube ich ehrlich. Ich wußte überdies von keinem vallianischen Orden, der die Ziele verfolgte, wie ich sie mir vorstellte...

Als Anlaß mochten die Schwarzen Federn des Großen Chyyan ausreichen.

Balass meldete, daß sein betrunkener Artgenosse gebrabbelt hatte, man möge sich vor dem Tag hüten, an dem die Schwarzen Federn die Koters von Vallia vernichten und alle ihre Habe in Besitz nehmen würden. Der Mann war ein eben eingetroffener Kaufmann, der nach Xunal zurückkehren sollte. Balass war beunruhigt. War Xuntal schon in der Gewalt der neuen Religion? »Ich nehme es nicht an«, sagte ich. »Wenn Hamal hinter dieser Sache steht, dann hat man es auf Vallia abgesehen. Wenn die Religion von Phu-Si-Yantong ausgeht, dann...«

»Dann ist es durchaus möglich«, fiel Balass grimmig ein.

Dem konnte ich nicht widersprechen. Yantongs wahnsinniger Ehrgeiz richtete sich auf die Herrschaft über ganz Paz, die Kontinentgruppe, zu der Vallia gehörte.

»Das Schiff, mit dem er gekommen ist«, sagte ich.

Balass nickte. »Ich erkundige mich danach.«

Ich verzichtete auf die Bemerkung, daß er sich längst hätte vergewissern müssen.

Er war ein Hyr-Kaidur, der den Kampf in der Arena gewöhnt war; das Handwerk der Spionage mußte er erst noch erlernen.

So vergingen meine Tage mit dem Sammeln von Informationen, mit meinem Amt als Prinz Majister und der Organisation des neuen Ordens. Einer der Gründe, warum ich mich oft als Nath die Mücke ausgab, lag darin, daß ich Leuten aus dem Weg gehen wollte, die es darauf anlegten, mich aus dem Amt zu drängen. Dabei ging es nicht nur um die Racter. Obwohl Rafik Avandil gesagt hatte: »Seit wir uns das letztemal gesehen haben, hast du dich verbessert«, und ich beiläufig geantwortet hatte, ich wäre zu Geld gekommen, lieferte mir die Sache eine nützliche Tarnung. Als Nath die Mücke konnte ich ungehindert in der Stadt umherwandern und in den Schänken mit allen möglichen Leuten in Berührung kommen. Dadurch entging ich sicher manchem unerwünschten Streit oder sogar Duell. Und ich lernte immer wieder dazu.

So zog in opazstrahlender Helligkeit der Tag herauf, an dem der Herrscher nach Vondium zurückkehren sollte. Er würde in einer eindrucksvollen Prozession schmaler Boote eintreffen, die durch die Kanäle und das Wassertor der Stadt gezogen werden sollten. An diesem Tag mußte ich mich herausputzen und ihn als Prinz Majister am Kanal willkommen heißen.

Ich stand inmitten einer prächtigen Gruppe hoher Edelleute und Koter, die mich nahezu ausnahmslos haßten, und glitzerte mit meinen Orden im Sonnenschein. Ich sah zu, wie die Schleppsklaven das schmale Staatsboot zum Pier lenkten. Als alles bereit war und die Trompeten erklangen und die Wächter Haltung annahmen, trat er an Land auf den roten Teppich. Wie immer gab es ein würdeloses Geschiebe – zum Teufel mit dem Protokoll! Ich blieb im Hintergrund, die Hand auf dem Rapiergriff, und hielt die Augen offen.

Wie die Männer in Weiß und Schwarz ihn umschwänzelten! Dabei hätten sie ihn am liebsten mit dem Gesicht nach unten im Kanal schwimmen sehen. Die verschiedenen Parteien legten es darauf an, in Gesellschaft des Herrschers gesehen zu werden. Ich wartete, bis die Gruppe über den Pier auf die Zorcakutsche zuging, die den Herrscher durch die Straßen fahren sollte, damit das Volk ihn zu sehen bekam. Nun erblickte ich die Frau an seiner Seite – die sagenumwobene Königin von Lome.

Banner wehten im Wind, Vögel kreischten am Himmel, Zorcas und Totrixes scharrten unruhig mit den Hufen, Offiziere bellten Befehle, Schwerter und Rapiere knallten und klirrten im Rhythmus der Ehrenbezeigungen, dann waren Marschtritte zu hören – und über allem das schrille Geschrei der Menge, die ihren Herrscher willkommen hieß. Ja, es war ein Tag, an den ich oft denken sollte.

Er sah mich allein im Hintergrund stehen, isoliert, gemieden von den Edelleuten. O ja, es gab viele Höflinge, die ihm treu ergeben waren, aber diese waren mit den übrigen vorgeeilt, um ihm zu beweisen, daß ihre Loyalität nicht geheuchelt war.

Ich hatte mich in meine lächerlichste Hoftracht geworfen, um zu zeigen, wie ich zu solchen Anlässen stand, und weigerte mich nun näherzukommen. Sollte der alte Bursche doch an mir vorbeigehen und mir die Hand reichen, dann würde ich ihn willkommen heißen. Wir beide hatten unsere kleinen Probleme.

Sklavinnen streuten Blüten vor die Füße des Herrschers und die Königin von Lome. Sie bewegte sich mit wiegenden Schritten und war dicht verschleiert, was die Versammelten mit bestürztem Aufstöhnen quittierten. Ich sah sie an. Ich würde mehr über sie erfahren, soviel war sicher.

So schritt der Herrscher, der mächtigste Mann in diesem Teil von Kregen, auf dem roten Teppich an mir vorbei. Als er sich zwischen mir und der Königin befand, wandte er den Kopf. Er wirkte unverändert, groß und hart, ein schwerer Kopf, ein gnadenloses, herrisches Gesicht. Er starrte mich an. »Lahal. Dray Prescot. Und wo ist meine Tochter?«

»Sie ist nicht hier, Herrscher.«

Er runzelte die Stirn. Er mochte es nicht, wenn ich ihn Herrscher nannte.

»Ich habe Berichte über deine Untaten gehört. Suche mich

heute abend auf. Ich verlange einen genauen Bericht von dir, bei Vox!«

13

Das Gespräch mit Delias Vater war kurz und heftig.

»Wo ist meine Tochter?«

»Sie ist in eigenen Angelegenheiten unterwegs.«

»Dabei geht es sicher um die Schwestern der Rose. Sie ist schlimmer als ihre Mutter. Ich lasse die Monstrosität, die du da bauen läßt, niederreißen. Sie bedeutet nichts und verschwendet nur Mittel und Sklaven. Die neuen Gehege werden gebaut.«

»Mehr Sklaven!« brüllte ich ihn an.

»Jawohl, Schwiegersohn! Du hast mir in der Vergangenheit gut gedient, das gebe ich zu. Trotzdem gefällst du mir nicht, wenigstens nicht sonderlich, und ...«

»Du kannst davon ausgehen, daß diese Gefühle erwidert werden!«

»Vergißt du, daß ich der Herrscher bin?«

Er saß auf seinem Lenkenholzstuhl, umgeben von goldenen und roten Kissen, und der Goldkelch in seiner Hand bebte, daß der Wein überschwappte. Es war der purpurne Wein von Wenhartdrin. Wir waren allein in der Kammer, in der ich schon einmal mit ihm gestritten hatte, in der wir frei sprechen durften – nun, so frei wir eben miteinander umgehen konnten.

»Nein, ich vergesse das nicht. Ich habe die Vorstellung der verdammten Racter-Höflinge gesehen. Weißt du von den Verschwörungen gegen dich? Du weißt von den Problemen im Nordosten? Weißt du, daß das Delphond deiner Tochter wegen deiner stinkenden Sklaventreiber, deiner üblen Aragorn, in Unruhe verfällt?«

»Ich muß herrschen, so gut ich kann. Bei Vox, es ist keine Kleinigkeit, ein Reich zu steuern.«

»Ich weiß. Du brauchst einen vernünftigen Stall für die Flugtiere, die wir nötig haben, um gegen die hamalische Luftkavallerie anzugehen. Dagegen baust du neue Sklavenunterkünfte. Deine Agenten stehlen Sklaven ...«

»Nicht meine! Dieses Geschäft liegt in den Händen von befreundeten Gruppen ...«

»An denen du aber Anteil hast!«

»Und wenn schon – habe ich dafür nicht auch enorme Ausgaben?«

Ich atmete tief ein. Vallia war seit Menschengedenken so gewesen – warum sollte er nun weitgehende Änderungen einführen, nur weil ein wilder Klansmann ins Land gestolpert war, seine Tochter geheiratet hatte und nun unmögliche Ideen herumposaunte?

Um den drohenden Ausbruch zu verhindern, sagte ich: »Und was ist mit dieser Königin, der Königin von Lome, der Königin Lust?«

Er explodierte. »Die Königin heißt Königin Lushfymi! Ich dulde es nicht, daß sie Königin Lust genannt wird. Das ist eine Beleidigung, und der nächste Cramph, der sie so beschimpft, verliert den Kopf! Sie ist eine bemerkenswerte Frau.«

Ich war dermaßen verdattert, daß ich ihn bei diesen Worten nicht ansah; auf diese Weise mußte ich die ersten Anzeichen verpaßt haben.

»Seit wir die verdammten Hamalier aus Pandahem vertrieben«, fuhr ich fort, ohne auf seinen Ausbruch zu achten, »ist es nur vernünftig, wenn wir unsere Beziehungen zu allen Nationen Pandahems verbessern. Ich war unterwegs...«

»Allerdings, Schwiegersohn, du warst unterwegs! Und niemand weiß, wo!« Ich blickte ihn an, und er beugte sich vor und stützte einen Ellbogen auf die geschnitzte Armlehne. »Vielleicht hast du wieder in Hamal gesteckt, nur um diesmal Pläne gegen mich auszuhecken?«

Ich starrte ihn verblüfft an. »Du starrsinniger Onker!« entfuhr es mir im nächsten Augenblick – ungeachtet der Tatsache, daß ich den Herrscher vor mir hatte. »Ich habe dir immer wieder gesagt, du bist Delias Vater und deshalb für mich unantastbar. Ich würde eher einen Todalpheme aufspießen, als mich an dir zu vergreifen!«

Er fuhr hoch, riß den Mund auf und brüllte los. Er machte keine Anstalten, auf den goldenen Gong zu schlagen. Er brauchte keine Hilfe.

»Du nennst mich einen Onker!«

»Ja – weil du aufgrund deiner Bemerkungen diese Bezeichnung verdienst, bekommst du sie von mir zu hören!«

Er hob ein Spitzentaschentuch und fuhr sich damit über den Mund. Seine Hand bebte.

»Du solltest Vondium verlassen, und zwar sofort. Und, Dray Prescot, versuche nicht zurückzukehren, ehe ich nach dir schicken lasse.«

Ich starrte ihn aufgebracht an. »Ich gehe gern. Wenn du eines Morgens mit einem Messer im Rücken aufwachst, gib nicht mir die Schuld. Ich habe dich gewarnt.« Er versuchte mich zum Schweigen zu bringen, doch ich fuhr fort und redete weiter, wobei ich noch lauter wurde, wie ich gestehen muß: »Und wenn Delia in Vondium ist und ich hierher zurückkehren möchte, werde ich das tun, ob du mich dazu aufforderst oder nicht, bei Zim-Zair!«

Er hob einen bebenden Finger, während die übrige Hand sich um das Spitzentuch ballte.

»Raus! Raus hier, Dray Prescot, ehe ich meiner Wache befehle, dir den Kopf abzuschlagen!«

»Ich gehe, Majister, aber denk daran, daß du das schon einmal versucht hast, ohne daß du weit damit gekommen bist. Remberee, Herrscher, Remberee, und ich hoffe, du kannst ruhig schlafen.«

Mit dieser heimtückischen Bemerkung empfahl ich mich rechtschaffen unzufrieden. Mir war gleichgültig, daß man mich aus Vondium verbannt hatte. Kein Zweifel – die Stadt ist wunderbar, doch ich hatte nur ein kleines Stück davon gesehen und hatte gearbeitet und mich an den *Wilden Woflo* gehalten und mich elend gefühlt. Jetzt würde ich mir ein besseres Betätigungsfeld suchen.

Mit energischen Schritten marschierte ich über den Marmor des langen Korridors. Die Roten Bogenschützen aus Loh, die die hohen Doppeltüren bewachten, warfen nur einen kurzen Blick in mein Gesicht und erstarrten in strammer Haltung; so mörderisch war meine Stimmung, daß ich wirklich jede Gelegenheit ergriffen hätte, einen dieser Burschen anzufahren.

Ich stürmte in meine Gemächer und trat einen schweren Sessel quer durch den Raum. Törichtes Gehabe, ich gebe es zu. Daß der Onker nicht begriff, was hier vorging! Er ließ sich von den Ractern umschmeicheln. Nun, soweit ging er auf ihr Spiel ein und schien dabei den anderen Gruppen, die ebenfalls auf den Thron scharf waren, zu wenig Beachtung zu schenken.

Ich entledigte mich der Hofkleidung und erwählte ein rotes Tuch von guter Qualität, schlang es um die Hüfte, zog das Ende zwischen den Beinen hoch und steckte es fest, legte einen breiten Lestenledergürtel mit einer matten Silberschnalle um. Ein Rapier mit Maingauche an einem separaten Schwertgürtel wurde außen umgeschnallt. Der Jiktar und der Hikdar gehörten zusammen, ein Geschenk Delias, hervorragende Waffen. Mein altes Seemannsmesser kam in die Scheide über der rechten Hüfte. Auf der rechten Schulter machte ich einen Köcher mit Terchiks fest, Wurfmesser, die mich dort nicht weiter behinderten. Ich füllte eine Börse mit Goldtalens und Silbermünzen verschiedener Länder. Ein kleiner Beutel auf der anderen Seite enthielt weitere Gegenstände des persönlichen Bedarfs. Das große Krozair-Langschwert machte ich auf dem Rücken fest. Schließlich legte ich mir ein mittellanges rotes Cape um die Schultern und schloß es mit goldenen Zhantilkopf-Knöpfen und goldenen Kettchen – ein wenig modisch, doch nicht ohne Grund angebracht. Schließlich gab ich einem weiteren Aufwallen meines Zorns nach und hängte mir mit einem zweiten Gurt noch einen Djangir um, das breite Schwert Djandiuns, das eine besondere Bedeutung für mich hatte. Schließlich griff ich nach dem großen lohischen Langbogen und einem Köcher voller Pfeile mit hellblauen Federn.

Was für ein Onker ich doch war! Aber das Anlegen dieser vertrauten Dinge erleichterte es mir zweifellos, mich wieder zu beruhigen.

Wo Delia war, wußte ich nicht. Ich konnte sie auch nicht gezielt suchen. Doch wenn ich Vondium verließ und auf den fünfhändigen Eos-Bakchi hoffte, den lächelnden vallianischen Geist des Glücks, dann fand ich sie vielleicht doch. Nein, eigentlich rechnete ich nicht damit, denn Eos-Bakchi hat nichts übrig für ernste Gesichter und versteinerte Herzen. Doch ich wollte die Atmosphäre Vondiums auf jeden Fall verlassen, ich wollte den Druck frischer Luft im Gesicht spüren, ich wollte die saubere Woge des kregischen Lebens in mir fühlen und damit die düsteren Teufel austreiben, die mich wie die Imps von Sicce in den Klauen hatten.

Ich zog schwarze vallianische Stiefel an, legte über all meine Ausrüstung noch einen mächtigen braunen Mantel und setzte einen breitkrempigen vallianischen Hut auf, dessen Federn rot und weiß waren, die Farben Vallias.

Als ich dermaßen herausgeputzt zur Tür schritt, kam Turko strahlend herein. Er erblickte mich und wurde ernst.

»Ich dachte, wir könnten ein paar Runden...«

»Dieser verdammte, närrische Herrscher!« entfuhr es mir. »Bei Krun! Er hat mich aus Vondium verbannt.«

»Und du reist wirklich ab?«

»O natürlich. Ich verschwinde. Ich kann es kaum erwarten.«

»Dann werden wir...«

»O nein, ihr nicht! Einige von euch müssen hierbleiben und unsere Arbeit fortsetzen. Nur weil Delias Vater ein starrsinniger Trottel ist, dürfen wir ihn nicht völlig allein lassen.«

»Nun, dann...«

»Ich werde wahrscheinlich Inch oder Seg besuchen. Wir denken uns etwas aus. Ich möchte wissen, was Balass ermittelt. Und behaltet die Roten Bogenschützen im Auge. Du weißt, daß beim letztenmal die Hälfte dieser Truppe den Herrscher verraten hat. Jiktar Laka Pa-Re und seinen Leuten könnt ihr trauen. Entlaßt sofort jeden, der sich bestechen läßt und dem ihr es beweisen könnt. Was mich betrifft, ich verschwinde.«

»Dray!«

»Remberee, mein guter Turko. Ich werde an deinen großen Schild denken, den ich aber wohl kaum brauchen werde. Wenn sich der Herrscher ein wenig beruhigt hat, kehre ich zurück, dann werde ich dem alten Idioten die Augen öffnen.«

»Wenn *du* dich beruhigt hast, meinst du wohl!«

»Bei Zair! Wohl gesprochen!«

»Nun, bei Morro dem Muskel! Paß gut auf dich auf, ja?«

»Ja.«

»Ich begleite dich zur Landeplattform.«

»Ich nehme eine Zorca. Das ist gut für die Leber.«

So gingen wir durch die prunkvollen Gänge. Dabei kamen wir an einem der vielen Eingänge zu den Gemächern des Herrschers vorbei, und ich sah, wie ein in Schwarz und Silber gekleideter Mann abrupt kehrtmachte und hastig in einem Seitengang verschwand. Ich hätte schwören können, daß es sich um Naghan Vanki handelte, jenen unauffälligen Mann, der mich verspottet hatte, als meine Absichten auf die Tochter des Herrschers offenkundig wurden. Als wir den Seitengang erreichten, war er nicht mehr zu sehen.

»Der Bursche ist verschwunden wie ein aufgescheuchter Sleeth«, bemerkte Turko beiläufig. »Was hat er zu verbergen?«

»Gib Ruhe«, antwortete ich. »Die Wächter kennen ihn, sonst wäre er ohne Paß nicht so weit gekommen.«

Trotzdem war ich halb entschlossen, Naghan Vanki nachzueilen, wenn er es wirklich gewesen war. Er hatte zur Besatzung des Flugboots *Lorenztone* gehört, das mich betäubt in einem Gebüsch der unwirtlichen Gebiete absetzte. Gleich darauf erschienen Oby und Tilly und Naghan die Mücke, die entsetzt waren, weil ich die Stadt überstürzt verlassen wollte. Doch ich wehrte ihre Einwände ab und begab mich zu den Zorcaställen. Ich bestieg Schnuppernase, eine junge, kräftige Zorca mit einem erstaunlich langen gewundenen Horn auf der Stirn.

»Remberee«, sagte ich zu meinen Freunden und fügte hinzu: »Bei Krun! Dieser Tage sage ich oft Remberee!«

Einige Stallburschen hoben den Kopf, als sie den Fluch hörten, der eindeutig nach Hamal und Havilfar gehört, doch es war mir egal. Sollte sich der Herrscher ruhig noch ein wenig mehr ärgern, wenn seine Spione ihm Bericht erstatteten!

Turko und die anderen erboten sich, mich ein Stück des Weges zu begleiten, doch die Jungfrau mit dem Vielfältigen Lächeln stand bereits am Himmel, und die Zwillinge würden bald folgen, und so lehnte ich das Angebot ab und forderte sie auf, statt dessen lieber eine Feier zu veranstalten. Dann wandte ich Schnuppernases Kopf dem Gelben Tor entgegen, einem schwer befestigten Turm an der Nordwestmauer Vondiums. Fern im Nordosten erhoben sich schwarz die gewaltigen Berge, die als Draks Heim bekannt waren. In düstere Gedanken versunken, ritt ich los. Plötzlich näherten sich Zorcareiter von beiden Seiten.

Mein Rapier zuckte hoch und blitzte im Mondlicht. Ein massiger Bursche in einem dunklen Mantel sagte hastig: »Wir wollen dir nichts tun, Prinz. Wir sind deine Freunde!«

»Was für Freunde sind das, die so plötzlich aus den Schatten auf mich zu kommen?«

Er hob die Hände. Sie waren leer. Die Straße führte zum Boulevard der Keltern, der mich über eine Abkürzung zum Tor bringen würde. Die Männer hatten sich eine gute Stelle ausgesucht. Die Balkone über uns, die engen Mauern, der schmale Spalt der funkelnden Sterne – ja, sie hatten hier auf mich gewartet, in dem sicheren Wissen, daß ich diesen Weg benutzen würde. Wie war das möglich? Die Antwort darauf erhielt ich schneller als erwartet.

Der Bursche links von mir zügelte sein Tier. Er zog den Hut. Der Mond zeigte mir ein dünnes Gesicht mit hellen scharfen Augen, ein schmales, hungriges Gesicht. Die Wangenmuskeln waren angespannt.

»Strom Luthien!« rief ich verblüfft.

»Aye, Prinz. Zu deinen Diensten.«

Er war ein Racter. Die schwarzen und weißen Farben zeigten sich im Kontrast auf Tunika und Mantel und waren auch an dem gesenkten Hut befestigt. Jetzt lenkte er seine Zorca näher heran, ohne auf meine Rapierspitze zu achten, die wie ein Streifen rosagoldenen Lichts zwischen uns funkelte.

»Es ist viel zu bereden, Prinz, zwischen der größten Partei Vallias, die das Reich zu retten wünscht, und dem Prinz Majister, der vom Herrscher verstoßen worden ist.«

Lag es an den verflixten Geheimgängen in den Mauern der Paläste? Spione hatten das private Gespräch zwischen dem Herrscher und mir mitgehört! In einem plötzlichen Aufflackern der Erleichterung kam ich mir wie neugeboren vor. Dies also wartete in der Nacht auf mich.

Mein Tonfall dürfte ihn überrascht haben, denn wie Sie wissen, habe ich keinen sehr guten Ruf bei Übeltätern aller Art.

»Führe mich, Strom Luthien. Ich stehe dir zu Diensten. Ja, wir wollen reden, bei Vox!«

14

Das ungewisse rosa Licht der Jungfrau mit dem Vielfältigen Lächeln und der goldene Schimmer einer fernen Fackel liefen meine Klinge hinauf, als ich das Rapier einsteckte. Wir ritten durch die nächtlichen Straßen Vondiums, die Gruppe verschworener Racter und ich.

Es waren ausnahmslos Apim. Wenn Sie jetzt annehmen, daß ich Strom Luthien trauen wollte, so irren Sie sich in meiner Natur.

Vondium ist eine große, weitläufige Stadt, nicht so dicht bevölkert wie etwa die Enklavenstadt Zenicce, doch eindrucksvoll und belebt und angefüllt mit Reichtum und Luxus.

Wir bogen in die gepflasterte Zufahrt eines Hügels ein, der Ban'alar hieß, vorbei an dunklen Massen von Vegetation und langen Mauern, hinter denen sich die Villen der Reichen verbargen. Auf dem Ban'alar befinden sich die Anwesen einiger der reichsten

Häuser Vondiums. Wir hielten vor einem befestigten Tor in einer Steinmauer mit Bronzespitzen. Vier Samphronöllampen spendeten ein weiches gelbes Licht, in dem die Waffen von Wächtern schimmerten. Schon die Zahl dieser Lampen sprach klar für den ungeheuren Reichtum dieses Hauses.

Wir wurden eingelassen und ritten schweigend über einen gewundenen Pfad, der von Missals und blühenden Gebüschen gesäumt war. Süßer Duft von Nachtblumen stieg mir in die Nase. Ich ließ mich dadurch aber nicht verwirren, sondern sah mich aufmerksam um, als wir nun abstiegen und Sklaven sich um unsere Zorcas kümmerten. Wir gingen durch geschmückte Säle und prachtvoll eingerichtete Korridore und traten schließlich durch eine Glastür in einen beheizten Wintergarten mit Glaswänden. Der Raum war angefüllt mit exotischen Pflanzen, von denen viele aus den Chem-Dschungeln stammten.

In einem mit Kissen ausgepolsterten Korbstuhl erwartete mich die Kovneva-Witwe Natyzha Famphreon.

Ich begrüßte sie mit einer halben Verneigung, die eher Ironie als Respekt anzeigen sollte.

»Du bist also doch gekommen, Prinz Majister«, sagte sie.

»Die Einladung erfolgte sehr nachdrücklich.«

»Strom Luthien hatte seine Befehle. Es wäre dir nichts geschehen.«

Ich sah sie an. Noch heute früh war sie in ihrer Sänfte zum Pier getragen worden, um an der Begrüßung des Herrschers teilzunehmen. Jetzt ließ sie ihr berühmtes bellendes Lachen hören. Ja, ich kannte sie, die berühmte alte Vogelscheuche, die Kovneva-Witwe von Falkerdrin. Sie mußte inzwischen fast hundertundsiebzig sein. Ihr Gesicht hatte den straffen, erfahrenen Ausdruck eisener Macht. Ihre Mundwinkel waren steil herabgezogen und verlängerten sich durch tiefe Falten. Ihr Körper dagegen war von täuschender Jugendlichkeit. Hinter ihr stand ihr Sohn, der Kov, und sah mich unsicher an. Er war ein schwaches, rückgratloses Wesen, dem jeder Gedanke von seiner Mutter diktiert wurde. Trotzdem war er Pallan der Waffenkammer; durch ihn übte seine Mutter eine enorme Macht aus.

Während meiner Abwesenheit waren zahlreiche Pallans – Minister – abgelöst worden. Natyzha Famphreon jedoch hielt mit eisener Hand an ihrer Position fest.

»Du sagst, es wäre mir nichts geschehen. Wenn du mit mir reden willst, so höre ich dir gern eine oder zwei Murs lang zu.«

Mein Tonfall gefiel ihr nicht. »Wir wollen ein wenig Wein trinken, ehe wir beginnen. Ich erwarte weitere Leute, die mit dir sprechen wollen.«

Die Racter mochten zwar die größte politische Partei in Vallia sein und die größten Namen aufbieten können, doch sie waren in meinen Augen bei weitem nicht die beste Partei. Der Wein sollte mich wohl geneigt machen, mir die Vorschläge, die zu erwarten waren, mit offenem Ohr anzuhören. Ich lehnte den Wein ab, ließ mich aber dazu bewegen, den Hut abzunehmen.

Nach einiger Zeit traf Nath Ulverswan ein, Kov der Singenden Wälder, groß und hager und narbig im Gesicht. Mit schwingendem weißem Umhang und blitzenden Juwelen eilte er herein, sagte ein mürrisches ›Lahal‹ und ließ sich von den Sklavinnen Wein bringen.

Der dritte Gast erwies sich als Nalgre Sultant, Vad von Kavinstok. Sein Erscheinen freute mich wenig, denn wir hatten uns stets betont ignoriert, wenn offizielle Anlässe uns zusammenführten. Er hatte nicht vergessen, wie hart ich ihn behandelt hatte, als die Galleone *Ovvend Barynth* von Shanks angegriffen wurde. Er war nicht nur ein begeisterter Racter, sondern haßte mich auch zutiefst.

Jetzt stolzierte er herein und verwies mich mit hochmütigem Blick auf meinen Platz als primitiver Klansmann, der es gewagt hatte, in das zivilisierte Vallia einzudringen und die Tochter des Herrschers zu heiraten. »Lahal«, murmelte er und ließ sich zur anderen Seite der Kovneva nieder.

Das Problem mit diesen opazverfluchten Ractern bestand darin, daß sie ihr Handeln für gut hielten. Sie begingen keine offensichtlichen Verbrechen. Sie würden sich freuen, wenn ich starb, doch sie würden mir keine Stikitches auf den Hals hetzen, um diesen Vorgang zu beschleunigen – jedenfalls nahm ich das nicht an.

Jeder der drei, von dem jungen Kov einmal abgesehen, war eine Persönlichkeit: Natyzha Famphreon, Nath Ulverswan, Nalgre Sultant – jeder wurde von Leidenschaften und Sehnsüchten und stillen Gelüsten und Ängsten verzehrt, nach Macht gierten sie alle. Über ihr Privatleben wußte ich wenig. Doch für sie war ich ein bloßer Eindringling, der sich ohne Anrecht zum Prinz Majister aufgeschwungen hatte.

Endlich traf auch der letzte Racter ein. Die Schweißflecken auf Trylon Ered Imliens brauner Reitkleidung verrieten mir, daß mein Besuch ziemlich kurzfristig arrangiert worden war. Ered Imlien, den Trylon von Thengelsax, hatte ich bisher sehr selten gesehen. Da ich aber wußte, daß er ein Racter war, hatte ich ihn mit der üblichen höflichen Ablehnung behandelt. Wahrscheinlich verachtete er mich wie alle anderen. Er war ein kleiner, gedrungener Mann mit tiefliegenden Augen und eckigem rotem Gesicht und bewegte sich mit wiegenden Schritten.

»Ach, da ist er also!« sagte er mit lauter Stimme und knallte sich die Reitpeitsche gegen die Stiefel. »Na, sag's ihm Kovneva! Sag dem Rast, was wir wollen!«

Seine Worte machten mir Spaß.

Nicht aber Natyzha Famphreon. »Wir haben auf dich gewartet, Ered«, sagte sie schneidend.

»Die Zeit drängt«, sagte der Mann unbeeindruckt.

»Richtig. Also, Prinz Majister.« Und Natyzha Famphreon wandte sich mit einer aufmerksamkeitheischenden Gebärde an mich. »Wir wissen, daß du aus Vondium verbannt worden bist. Woher, ist hier nicht wichtig.«

»Oh«, unterbrach ich sie. »Spione kosten nur Gold.«

»Ganz recht. Der Herrscher ist zum Regieren nicht mehr fähig. Wir herrschen über das Reich. Daran führt kein Weg vorbei.«

Ich wollte widersprechen, doch die Wirklichkeit sah tatsächlich so aus. Der Herrscher hatte zwar in vielen Dingen das letzte Wort, und er sorgte für das Gleichgewicht zwischen den verschiedenen Interessengruppen, doch die Macht der Racterpartei machte dies oft zunichte und bestimmte die Ergebnisse in ihrem Interesse.

»Ich mag meine Probleme mit dem alten Teufel haben«, sagte ich. »Manchmal läßt sich nicht mit ihm auskommen. Er haßt mich.« Das stimmte eigentlich nicht ganz. »Aber er herrscht über das Reich. Und wenigstens sorgt er dafür, daß ihr Racter in eure Grenzen verwiesen werdet.«

Diese Bemerkung stieß auf wenig Gegenliebe. Und wieder war es nur die halbe Wahrheit.

»Es hat keinen Sinn mehr, den Herrscher noch zu unterstützen«, sagte die Kovneva.

»Er ist am Ende!« brüllte Ered Imlien mit rotem Gesicht.

Eine Bewegung hinter den gläsernen Schirmen lenkte mich ab.

Ich sah den Umriß von Chuliks, Söldner-Diffs von besonderer Kampferfahrung. Die emporgereckten Hauer waren in dem Schattenriß deutlich auszumachen.

»Aber wenn der Herrscher stirbt, werden seine Tochter und ihr Mann den Thron übernehmen. Habt ihr daran gedacht?« fragte ich.

»Wenn der Herrscher stirbt, bist du von der Bildfläche verschwunden, Prescot. Mach dir das klar. Stirbt er, ehe die Dinge geregelt sind, wird im Land viel Blut fließen, denn dann kommt es zweifellos zum Bürgerkrieg.«

»Und dieses Risiko wollt ihr eingehen?«

»Für uns wäre es kein Risiko«, sagte die Kovneva und kicherte heiser. »Wie immer das vorübergehende Chaos auch aussieht, wir werden daraus als Sieger hervorgehen.«

Davon waren diese hohen Herrschaften ehrlich überzeugt.

»Erwartet ihr etwa, daß ich meinen Schwiegervater ermorde?«

»Wenn du vom Blute Vallias wärst, würde dir das nichts bedeuten.«

Mir lag die Antwort auf der Zunge. »Wenn das die richtige Abkunft ist, so ist man ohne sie wirklich besser dran.« Doch ich verzichtete darauf.

Schließlich bot man mir einen Handel an. Ich sollte mit dem Tod des Herrschers nichts zu tun haben und alle Ländereien und Titel behalten können, mit Ausnahme des Prinz Majister. Die Racter konnten nicht wissen, wie wenig mir gerade dieser Titel bedeutete. Als Gegenleistung sollte ich die Racter nicht bekämpfen und dafür sorgen, daß meine Leute sich während des Coups nicht einmischten. Ich erkundigte mich, doch man war so vorsichtig, mir keine Einzelheiten des Plans zu offenbaren.

Ohne falsche Bescheidenheit zu üben: Ich hatte den Eindruck, daß man mich aus dem kommenden Konflikt heraushalten wollte, weil man meinen Einfluß fürchtete. Sonst wären die Bedingungen nicht so großzügig gewesen. Ob die Racter ihre Seite des Handels einhalten würden, das lag natürlich im Schoß der Götter.

Wäre ich auf mich allein gestellt gewesen, hätte ich irgendein Schimpfwort gebrüllt und meine Waffen gezogen. Ich spürte Bedauern, daß ich das nicht tun konnte. Ich brauchte die Übung. Doch hier ging es um mehr als die Beruhigung meines gekränkten Ego. Das Schicksal Vallias hing zu einem großen Teil von dem ab, was in diesem Wintergarten entschieden wurde. Es war in meinem Interesse, den Eindruck zu erwecken, als ginge ich auf die Pläne ein, um die Racter später um so sicherer vernichten zu können.

»Laßt mich darüber nachdenken«, sagte ich daher. »Ich darf die Prinzessin Majestrix nicht vergessen.«

»Um sie brauchst du dir keine Sorgen zu machen, Onker!« entfuhr es Ered Imlien. »Die kümmert sich im Augenblick vor allem um Prinzessin Dayra.«

Zornig erhob sich Natyzha Famphreon von ihrem Flechtstuhl. »Rede nicht von Dingen, die du nicht kennst, du Fambly!« Sie hätte weitergesprochen, doch schon hatte ich mich Ered Imlien genähert und packte seine Tunika mit der Faust und schüttelte ihn ein wenig hin und her.

»Aber du redest jetzt mit mir darüber, Rast! Und zwar schnell!«

15

Imliens Gesicht war rot angelaufen. Er keuchte in meinem Griff.

»Die Prinzessin Dayra«, sagte er stockend, »ist doch nicht mehr als eine...«

Ich schlug ihn, ehe er mehr sagen konnte.

Vermutlich war ich wegen meiner Töchter übermäßig empfindlich, weil ich Velia in den Armen gehalten hatte, als sie starb. Das würde ich niemals vergessen – welcher Vater hätte das vermocht? »Nimm dich in acht, was du sagst!« grollte ich.

»Ich weiß es nicht«, plapperte er. »Ich habe nur gehört, sie soll...«

»Vorsicht!«

»Sie dreht durch! Mehr kann ich dir nicht sagen, denn ich weiß es nicht.«

Der Wintergarten wurde mir wieder bewußt, die anderen, die mich entsetzt anstarrten. Die Chuliks waren hinter dem Glasschirm hervorgetreten, doch die Kovneva winkte sie hinaus.

»Er spricht die Wahrheit, Dray Prescot! Niemand weiß, was deine Tochter Dayra im Schilde führt. Die Prinzessin Majestrix kümmert sich darum. Mehr als das weiß keine Frau.«

Ich ließ Ered Imlien zu Boden fallen und starrte die Kovneva aufgebracht an. »Du gehörst den Schwestern der Rose nicht an.«

Sie richtete ihren jugendlich wirkenden Körper auf, und ihr hageres Greisinnengesicht verhärtete sich. »Nein.«

»Wenn wir zu einer Übereinkunft kommen«, sagte ich und deutete auf Ered Imlien, »muß ich wohl diesen Haufen Offal im Auge behalten.«

»Ich antworte für ihn. Er ist Trylon. Thengelsax liegt für seinen Geschmack zu weit im Nordosten. Seine Ländereien werden überfallen. Sein Zorn rührt von der Sorge um seine Gebiete her.«

»Und seine Untergebenen?«

»Sie kämpfen für ihn, wie es ihre Pflicht ist.«

Mir kam der Gedanke, daß Dayra etwas mit den Überfällen aus dem Nordosten zu tun haben könnte – aber das war unvorstellbar! Gehörte nicht die ganze Insel zusammen? War Vallia nicht Vallia? Vielleicht gab es gar keine Überfälle, vielleicht hatte sich Ered Imlien das alles nur ausgedacht! Ich blickte ihn an.

»Du hast mich in Schande gebracht, Prinz«, sagte er zähneknirschend.

»O nein, Imlien. Das hast du selbst getan.«

»Eines Tages...«

»Ered! Halt den Mund!« Natyzha Famphreon starrte den elenden Wicht zornig an, und Ered Imlien senkte den Kopf.

Ich wandte mich an die Kovneva. »Und du kannst mir über meine Tochter nicht mehr sagen?«

Sie schüttelte den Kopf. Ich war nicht sicher, doch ich glaubte einen düsteren Ausdruck des Triumphs über ihre arroganten Züge huschen zu sehen.

»Mehr ist nicht bekannt.«

Was immer Delia im Sinne hatte, ich konnte nur hoffen, daß sie und Melow das Problem lösen und bald zurückkehren würden. Ich zwang mich zur Ruhe. Ich konnte Delia vertrauen. Auch ich hatte hier eine Aufgabe – es gab noch ein Thema zu besprechen, ehe ich diesen Ort verließ – entweder höflich verabschiedet, oder nach siegreichem Kampf oder mit den Füßen voran.

»In der Frage des Herrschers«, sagte ich, »haben wir unsere Deldars aufgestellt und sind übereingekommen, daß ich darüber nachdenken werde. Nun sag mir, Natyzha Famphreon, was du über die Schwarzen Federn weißt.«

Ihr arroganter Kopf ruckte hoch. Sie begann zwischen den Reihen der Topfpflanzen hin und her zu schreiten.

»Die schwarzen Federn?« fragte sie. »Ah, du hast also davon gehört!«

»Sonst würde ich dich wohl kaum danach fragen können!« gab ich ironisch zurück.

Sie schnappte nach Luft. »In den Provinzen gibt es Gerüchte. Genaueres weiß man nicht. In diesem Leben ist nichts gewiß.«

»Und wie stehen die Dinge in Vondium?«

»Ich habe den Crebents meiner Besitzungen Anweisung gegeben, alle Priester zu vertreiben. Sie haben aber bisher keinen gesehen. Hier in Vondium habe ich noch nichts gehört.« Sie musterte mich mit listigem Augenaufschlag. »Vielleicht gehörst ja du den Chyyanisten an, Prinz Majister?«

»Ich habe keine Zeit für ironische Spitzen, Kovneva. Auch ich habe versucht, dieser bösen Bewegung Einhalt zu gebieten, doch jetzt ist wohl Zeit für energischere Maßnahmen. Du weißt, was die Priester des Großen Chyyan predigen?«

»Das ist mir egal. Sie glauben nicht an Opaz und sind deshalb ohne Erlösung.«

»Ich weiß, daß sie uns vertreiben und all unseren Besitz übernehmen wollen«, sagte Nalgre Sultant. Er sah böse und gefährlich aus – ein natürlicher Ausdruck seiner Persönlichkeit. »Schiere Revolution! Aye! Das wollen diese Chyyanisten.«

Ich nahm nicht an, daß diese Edelleute schon soviel über die Chyyanisten wußten wie ich. Ich überlegte. Es mochte ratsam sein, den Leuten mehr Informationen zukommen zu lassen. Ich verachtete die Racter. Sie hatte zuviel Macht und zuviel Geld. Die Chyyanisten wollten das Geld an sich bringen und damit auch die Macht. Diese Ziele waren auf eine Weise nicht schlecht, wenn sie sich auf vernünftigem Wege erreichen ließen. Doch eine blutige Revolution ist kein vernünftiger Weg. Ich habe an mehr als einer teilgenommen. Sobald man damit beginnt, das Alte zu vertreiben, kann der Vorgang außer Kontrolle geraten. Es hätte mich sehr betrübt, wäre in Vallia Blut vergossen worden – aus welchem Grund auch immer. Und ich glaubte nicht, daß es Makfaril auf eine schlichte Revolution angelegt hatte. Und aus Macht kann sehr schnell Korruption und Perversion erwachsen!

So teilte ich denn den Ractern mit, was wir erfahren hatten. Man nahm meine Enthüllungen ernst, was mich nicht erstaunte. Es waren erfahrene Leute, die viel zu verlieren hatten.

»Dann sind die Chyyanisten also eine unmittelbare Gefahr.« Die Kovneva sah mich an. »Sobald der Tempel in Vondium errichtet ist und die Priester mit der Beeinflussung der Massen beginnen ... Wie man hört, gehen auch Sklaven in die Gottesdienste.«

»Ihr Ziel ist es, die Racter zu versklaven«, sagte ich nicht ohne Befriedigung.

»Das hat man schon öfter vergeblich versucht. Doch sobald der Tempel errichtet ist, wird das Böse eine breitere Basis finden. Wir müssen jeden Eingang überwachen und die Priester aufhalten. Das Götzenbild, das du uns beschrieben hast, läßt sich nicht gerade einfach handhaben.«

»Ich schicke meine Männer zu den Docks«, sagte der Kov, Sohn der Kovneva, und wir alle fuhren erstaunt zu ihm herum, als habe ein Gespenst gesprochen.

»Ja, mein Sohn«, sagte die Kovneva in beruhigendem Tonfall. »Tu das.«

Trotz allem blieb die Tatsache, daß ich aus Vondium verbannt worden war. »Ich reite fort«, sagte ich, »um zu sehen, was ich in den Provinzen erreichen kann. Der Große Chyyan macht mir Sorgen.« Es war sinnlos, diesen Leuten zu sagen, daß meine Hauptsorge den armen Leuten galt, die sich durch die Schwarzen Priester zu dem Glauben verleiten ließen, sie würden alle Güter Kregens im Hier und Jetzt erleben. Diese Racter waren nur in der Lage, die Gefahr auf sich zu beziehen.

Wir schritten durch die ferneren Regionen des Wintergartens. Ein bemerkenswerter Ort. Käfige standen in Reihen, darin befanden sich Exemplare zahlreicher Wildgattungen. Doch stärker noch als die Zoo-Atmosphäre wirkte die Aura von Intrige und Verschwörung und düsteren Geheimnissen, die von den Ractern ausging.

Einige Chail Sheom, hübsche kleine Sklavinnen, folgten der Kovneva mit Fächern und Parfums und anderen Utensilien, ohne die eine Dame hohen Standes nicht sein kann. Zwei muskulöse Männer trugen ihren Stuhl. Ich hatte diese Sklaven nur beiläufig wahrgenommen und bemerkte nun ihren kummervollen Ausdruck. Sie setzten sofort ein Lächeln auf, wenn die Kovneva sie ansah – ein schlimmer Anblick.

Mich überkam die Erkenntnis, daß ich, Dray Prescot, der die Sklavenhändler erbarmungslos aus Valka vertrieben und sie überall auf Kregen bekämpft hatte, hier nun zusammen mit zairverfluchten Sklavenherren Pläne schmiedete.

Ich trat einige Schritte zur Seite und stand vor einem Käfig, in dem sich ein zottiger Graint aufrichtete. Mir war gleichgültig, ob die anderen mein Gesicht sahen und meine Gedanken errieten. In diesem Augenblick hätte ich sie alle am liebsten auf den Eisgletschern Sicces gesehen.

Ein schriller Schrei ließ uns herumfahren, ein Reißen und Fauchen bei einem der Käfige, an denen wir eben vorbeigekommen waren. Uns bot sich eine Szene des Schreckens.

Zwei wilde Tiere wandten sich von den blutigen Überresten eines Sklavenmädchens ab, um ein zweites mit Prankenhieben zu reißen und zwei weitere anzufallen. Die Ungeheuer waren Chavonths. Hinter ihnen sah ich die beiden Stuhlträger die Flucht ergreifen. Irgend jemand mußte absichtlich den Käfig geöffnet haben. Jemand, der die Kovneva-Witwe Natyzha Famphreon haßte.

Die Szene prägte sich mir ein. Die parallelen Käfigreihen mit den starken Käfigstangen. Die wild gewordenen Tiere ringsum, die das frisch vergossene Blut rochen und in den unerträglichen Chor einfielen. Die schreienden Sklavinnen, die sich mit schützend erhobenen Armen niederduckten, während die Chavonths sie zerfleischten und sich dann mit blutverschmierten Schnauzen in unsere Richtung wandten.

Die ehrenwerten Racter stürmten schreiend los, an mir vorbei, stießen jedoch am Ende des Gangs auf ein kräftiges Eisengitter. Wer immer hinter dem Anschlag steckte, hatte gut geplant. Ich hielt die beiden Stuhlträger für die Übeltäter. Sie waren entkommen, was darauf hindeutete, daß sie von dem Anschlag gewußt hatten. Doch sie hatten alles so eingerichtet, daß wir von den Chavonths vor einer Gitterwand in die Enge getrieben wurden.

Chavonths sind heimtückische Tiere – sechsbeinige Jagdkatzen, deren Fell in blauen, grauen und schwarzen Flecken gemustert ist. Ihre Fänge kommen zwar denen eines Leem nicht gleich, sie sind auch nicht so schnell wie ein Strigicaw, doch vermögen sie einem Menschen mit einem Prankenhieb den Kopf einzuschlagen.

Nalgre Sultant drängte sich an mir vorbei und rüttelte schreiend an der Gitterwand, die ihm den Ausweg versperrte. Ered Imlien wandte sich ab; sein Gesicht war grün angelaufen. Nath Ulverswan packte Natyzha Famphreons Arm und starrte voller Entsetzen auf den Tod, der sie anfauchte.

Der schwächliche Nichtsnutz, der Kov von Falkerdrin, trat vor. Er zog sein Rapier und Main-gauche. Ich sah sein Gesicht von der Seite, das zurückweichende Kinn, der Schweiß, der ihm über die Haut lief, die Zähne, die auf seine Lippe bissen. Doch er trat vor seine Mutter hin, und in seiner Doppelklinge fingen sich die Spiegelungen der Glaswände.

»Das ist keine Sache für ein Rapier, Kov«, sagte ich.

»Das weiß ich auch«, antwortete er mit atemloser Stimme. »Aber eine andere Waffe habe ich nicht.«

Ich warf den weiten Mantel ab, löste die goldenen Zhantilköpfe und streifte das golddurchwirkte Cape von den Schultern. Dann zog ich das Krozair-Langschwert, denn für den Einsatz eines Bogens war es zu spät.

»Wenn sie springen, Prinz«, sagte der junge Kov, »nimm du den linken, und ich...«

»Gib ihnen keine Zeit zum Springen«, sagte ich, packte den Griff des Langschwerts mit beiden Händen und stürmte los, wobei ich die Klinge in einem tödlichen Bogen herumwirbeln ließ.

Trotz des Lärms hörte ich das entsetzte Aufkeuchen hinter mir. Wie ich in diesem Augenblick aussah, mag Zair allein wissen. Die Chavonths hatten mir keine Zeit gelassen, die Sklavinnen zu retten; sie waren tot. Es war alles mit entsetzlicher Geschwindigkeit geschehen, wenige Herzschläge zwischen dem ersten Schrei und dem Augenblick des Losspringens.

Ich mußte gleich beim ersten Streich richtig treffen und trotzdem verdammt schnell handeln.

Die beiden Chavonths sprangen nicht gleichzeitig, und so vermochte ich mich dem ersten zu stellen. Die schimmernde Klinge des Langschwerts fuhr in einem kräftigen Hieb herum, während meine Hände und Handgelenke und Unterarme umeinanderrollten, die Muskeln meines Rückens sich strafften und ich wieder einmal die alte Kraft und Macht durch meinen Körper wogen spürte. Der Stahl fuhr dicht über der linken Vorderpfote in das Fell des wilden Tiers, und ich ließ mich von dem Hieb treiben und rollte zur Seite, so daß die herabzuckenden Klauen an mir vorbeifuhren. Ich schlug einen Purzelbaum, drehte mich knapp, sprang los und griff den zweiten Chavonth von der Seite an. Die Krozairschneide zuckte wie ein blutiger Blitz vor. Ich trieb sie mit der Spitze voran in die hagere Pelzflanke. Die Vorwärtsbewegung des mächtigen Tiers hätte mir das Schwert beinahe entrissen, doch ein Krozair weiß, wie man seine Waffe festhält. Ich drehte die Klinge heftig und zog sie dann zurück, um sie gleich zu einem Überhandschlag zu heben, der den Chavonth unmittelbar hinter dem mittleren Beinpaar in die Wirbelsäule traf.

Das laute Kreischen der verwundeten Chavonths gellte in dem vergitterten Gang auf, der Geruch frisch vergossenen Blutes stieg warm empor. Ich hatte keine Zeit aufzuhören. Um das Ungeheuer war es geschehen, obwohl es noch vergeblich fauchte und mit den Klauen durch die Luft fuhr und seinen gebrochenen Rücken zu erreichen versuchte.

Der kinnlose schmächtige Kov versuchte den ersten Chavonth anzugreifen, versuchte mit dem Rapier an den gefährlichen Klauen der restlichen Beine vorbeizukommen. Mit einem verzweifelten Hechtsprung eilte ich hinzu und hätte ihn beinahe ganz gerettet.

Doch eine gefährliche spitze Klaue fuhr von der Seite auf ihn zu und riß ihm an den Rippen entlang. Der Kov wich schreiend zurück, und im nächsten Augenblick stürzte ich mich auf den Chavonth, das schreckliche Krozair-Langschwert hob und senkte sich, und mit drei Hieben hatte ich dem Tier den Kopf vom Rumpf getrennt.

Natyzha Famphreon war nicht ohnmächtig geworden. Nalgre Sultant sah die toten Wildkatzen, zog sein Rapier und machte einen großen Wirbel damit, geduckt vorstürmend und lauernd in die Ekken blickend, als suche er weitere Gegner. Nath Ulverswan ließ die Kovneva nicht los, während Ered Imlien zögernd vortrat. Er hatte keine Angst, das wußte ich, doch was hier geschehen war, überstieg sein Begriffsvermögen.

Ich beugte mich über den Kov. Sein kindisches Gesicht blickte zu mir auf, und ein Lächeln spaltete die Lippen. Er war schwer verwundet, doch er würde es überleben.

»Ich habe es versucht...« Er sprach mit Mühe. »Meine Mutter... es war meine Pflicht... aber... aber ein Rapier...«

»Lieg still, Kov!« Ich hielt Kov Nath von Falkerdrin in den Armen, erfüllt von Mitleid und einer Verachtung, die seiner Familie galt und dem Stolz, der sie leitete.

»Holt einen Arzt!« brüllte ich in die Runde.

Hektische Betriebsamkeit begann. Ich ließ es nicht zu, daß Kov

Nath fortgebracht wurde. Er sank in eine Ohnmacht, als der Arzt endlich kam, der auf eine Akupunkturbehandlung verzichten konnte und sofort die Wunden nähte und verband und Heilsalbe auftrug.

Endlich stand ich auf.

»Ich gehe«, sagte ich, nahm mein Cape und meinen weiten Mantel. »Ich wasche mich woanders, wasche mir diesen Ort von den Händen. Bis ich dich wiedersehe, Natyzha Famphreon, solltest du dich gut um deinen Sohn kümmern. Vielleicht haben wir uns alle in ihm getäuscht. Vielleicht irrt sich ganz Vallia in ihm.« Dann marschierte ich los, und niemand machte Anstalten, mich aufzuhalten.

16

Nun begann in meinem Leben auf Kregen eine Periode, von der ich mir selbst heute im Rückblick nicht sicher bin, ob ich sie verfluchen oder darüber lachen soll. Es war alles eine große Narretei.

Nachdem ich Natyzha Famphreons Haus verlassen hatte, in dem unsere Verschwörung gegen den Herrscher besiegelt worden war, suchte ich noch einmal unsere Villa in Vondium auf – die valkanische Villa, die Delia und mir gehörte –, badete dort ausgiebig und stattete mich ein wenig besser für die Reise nach Nordwesten aus. So nahm ich eine kräftige Preysany mit, beladen mit zwei Rüstungen, Ersatzwaffen und Proviant. Außerdem packte ich den alten zerrissenen Mantel und den Bambusstab mit der verborgenen Klinge ein. Vielleicht konnten mir diese Dinge noch einmal nützlich sein.

Auf meinem Ritt zu Segs Kovnat Falinur wurde ich nur in vier kleine Scharmützel verwickelt und mußte nur einmal um mein Leben reiten, weil mir der übelriechende Haufen Drikinger, der aus dem Hinterhalt hervorstürmte, doch ein wenig zu übermächtig erschien.

Auf diesem Ausflug zog ich die Zorca einer Fahrt im Boot vor. Doch wo immer sich die Gelegenheit ergab, machte ich an Kanalbrücken halt und sprach mit Angehörigen der Kanalschiffahrt, denn mir gingen gewisse Pläne durch den Kopf, und ich hatte es nicht sonderlich eilig. Immerhin war ich nicht mit Delia verabredet.

Ein Bogen nach Osten war im Norden Vindelkas angeraten, denn das Ocher-Gebirge stieß einen zungenähnlichen Vorsprung zwischen diese Provinz und Falinur im Norden. Ich verzichtete darauf, beide Delkas zu besuchen, und entschied mich auch gegen einen sentimentalen Ausflug zu den Drachenknochen.

Überall im Zentrum der Insel finden sich Seen, durch die sich der Große Fluß zieht, dazu die Kanäle, die mit geschickten Schleusenanlagen geflutet werden. So ritt ich weiter und erreichte schließlich das Kovnat Falinur und erkannte sofort, was Seg mit dem Benehmen seiner Leute meinte.

Sie begegneten mir nicht feindselig, obwohl sie mich nicht kannten, und als ich in einer Schänke rastete und verkündete, ich hieße Kadar der Hammer, schnaubte man nur durch die Nase und kümmerte sich um mich nicht mehr als sonst um einen Fremden. Doch es gab spürbare Unterströmungen. Als einfacher Schmied – denn dafür hielt man mich – stellte ich keine große Gefahr dar. Doch als eine lachende Gruppe Koters vorbeiging, Tys und Kyrs und sogar ein Strom dabei, verfinsterten sich die Gesichter, und Zorn und Neid zeigten sich. Seg hatte recht – in Falinur konnte es jeden Augenblick zu Gewaltausbrüchen kommen.

Die Menschen hier hatten mit der dritten Partei ihren verstorbenen Kov gegen den Herrscher unterstützt und den Kampf verloren. Warum aber ärgerte sie das heute noch? Ich fragte die Leute nicht danach – aber vielleicht lag ihre Feindseligkeit gegenüber Seg nicht daran. Wie immer das Problem aussah, wir mußten es auf fairem Wege aus der Welt schaffen. Jeder andere Weg hätte Seg so sehr widerstrebt wie mir. Bei unabhängigen Leuten, wie es die meisten Vallianer nun mal sind, hätte eine brutale Unterdrückung nur zu Gegenschlägen geführt.

Einen Teil der Antwort erhielt ich von einem eingeschrumpelten kleinen Mann, einem einäugigen Hausierer, Enil genannt, der durch Zentral-Vallia ritt und mit dem ich eine Zeitlang beisammen war. Offenbar gab es ein umstrittenes Gebiet in einer Schleife des Großen Flusses, eine fruchtbare Zone, Vinnurs Garten genannt. Die hier lebenden Menschen hatten zu verschiedenen Zeiten unter der Herrschaft Vindelkas gestanden, zwischendurch aber auch zu Falinur gehört. Heute verlangte Vindelka Treue und Steuern. Doch viele Leute nördlich und südlich der heutigen Grenze wünschten die Zugehörigkeit zu Falinur.

Ob-Auge Enil brauchte gar nicht mehr zu sagen: »Aber der neue

Kov von Falinur, dieser Seg Segutorio, dessen Herkunft ein Rätsel ist, weigert sich, gegen Vindelka vorzugehen.«

Ich wußte, warum Seg sich jedes Schrittes gegen Vinnurs Garten enthielt. Denn der Kov von Vindelka war Vomanus, ein guter Kamerad von Seg und mir; wir hatten in der unvergeßlichen Schlacht bei den Drachenknochen zusammen gekämpft.

Aber dies erklärte wohl nicht den ganzen Umfang der Feindseligkeit gegenüber Seg und Thelda. Als wir Vinnurs Garten hinter uns zurückließen, blieb der Eindruck, daß dem Kov von Falinur ein unbändiger Haß entgegenschlug. Ich gebe zu, daß mich dies störte, aufwühlte, erzürnte, ratlos stimmte.

Es gab noch immer Sklaven in Falinur, wenn auch nicht mehr viele. Aus ehrlicher Überzeugung, die er mit mir teilte, hatte Seg die Sklaverei in seinem Kovnat verboten. Diese Vorschrift wurde nur zögernd befolgt und immer öfter übertreten, so sehr seine Gardisten auch dagegen angingen. Eine Folge der Ausmerzung der Sklaverei war ein verstärktes Auftreten von Sklavenhändlern, die sich natürlich gern dort umtaten, wo ein Mangel herrschte. Dies fügte einen weiteren Mosaikstein in das Bild, erklärte aber noch längst nicht alles. So beschloß ich den Chunkrah bei den Hörnern zu packen und erkundigte mich nach den Schwarzen Federn.

Und da kamen Antworten von Ob-Auge, die mir etwa fünfzig weitere Prozent des Problems verdeutlichten.

Ja, es gebe Tempel und Priester und Wanderprediger, die das großartige Wort verbreiteten, und bei Ben Drangil, der große Tag werde kommen, der Schwarze Tag, und an jenem Tag werde der Große Chyyan alle getreuen Anhänger belohnen! So sprach Ob-Auge Enil.

Dies war kein Märchen, sondern krasse Wirklichkeit. Während wir Segs Kovnat-Hauptstadt Falanriel entgegenritten, wurde mir endlich klar, wie groß die Gewalt der Chyyanisten über diese Leute bereits war.

Einige Tage später – die Sonne brach gerade durch eine aufgelockerte Wolkendecke – trabten wir durch ein mit hohen Farnkräutern bewachsenes Tal. Mit furchteinflößendem Geschrei, das uns Angst machen sollte, sprangen Drikinger aus dem Hinterhalt, schwenkten Clanxers, Rapiere und Speere.

Fluchend zog ich den Clanxer, der an Schnuppernases Sattelgurt befestigt war. Ein Schmied kann viele Arten Waffen als Muster bei sich tragen. Im Ernstfall hatte ich somit Zugriff zu dem Langschwert.

Schließlich hielt ich mich aber zurück. Die Banditen umringten uns, wild aussehende, haarige Gesellen mit langen Bärten und fröhlich funkelnden Augen; sie richteten die Spitzen ihrer Klingen auf uns. Doch Ob-Auge zog eine Ledertasche aus der weiten Tunika, öffnete sie und schwenkte ein schwarzes Federstück in der Luft.

»Frieden, Brüder!« krächzte er. Ich staunte, daß er kaum Angst hatte. »Wir sind alle Chyyanisten. Hört, was Makfaril durch seine Priester verkündet hat, hört und freuet euch, denn der Tag wird kommen!«

Daraufhin stimmten die schrecklichen Räuber ein Geschrei an, drängten lachend herbei, schlugen sich auf die Schenkel und brüllten zur Begrüßung, und jeder zweite Satz handelte von den Schwarzen Federn. Im Nu brannte ein Feuer, und wir saßen daran, hörten uns Geschichten an, und der Duft gerösteter Voskschenkel stieg uns in die Nase. Wein wurde herumgereicht – eine gute Qualität, einem reisenden Weinhändler geraubt. Es herrschte gute Laune, auch wenn der Anführer, ein wilder Bursche mit eckigem Bart, in den er Goldfäden gewirkt hatte, ausrief: »Bei der offenhändigen Varkwa! Wenn noch viele Reisende sich als Chyyanisten entpuppen, wird die Beute mager!«

»Aber bald wird uns ganz Vallia offenstehen!« brüllte sein Stellvertreter, und diese Worte lösten herzhaftes Lachen aus. Die Banditen waren von dem Gedanken beseelt, in Falanriel einzufallen und die Stadt auszuplündern. Und was sie mit der mächtigen Kovneva machen wollten, hätte die Eisgletscher Sicces in Brand setzen können.

Ich kaute saftiges Voskfleisch und hielt den Kopf gesenkt. Zuhören konnte mir eher weiterhelfen als ein dummer Schwertkampf. War dies ein weiteres Stück des Rätsels? Übertrieb die arme Thelda, die immer nur das Beste wollte, ihre Rolle als Kovneva? Sie liebte den Titel und war ungemein stolz auf ihre Position. Doch vor langer Zeit war sie schon einmal gezwungen gewesen, für die Racter zu spionieren. Jetzt paßte mein guter Freund Seg auf sie auf. Ich schwor mir insgeheim, daß ich nicht nur unter vier Freundesaugen mit Thelda sprechen, sondern auch jeden Drikinger mit dem Schwert begrüßen würde, der ihr auch nur ein Haar krümmen wollte. Trotzdem konnte sie in ihrer Art ziemlich ermüdend sein, ohne es in ihrer Gutmütigkeit zu merken.

Jedenfalls bestand kein Zweifel daran, daß der chyyanistische Glaube in Falinur auf sehr fruchtbaren Boden gefallen war. Alle Anzeichen deuteten darauf hin, daß Makfaril den Schwarzen Tag in ganz Vallia zur gleichen Zeit ausrufen wollte – doch wenn ich die Menschen richtig beurteilte, wie auch diesen Staat und das Naturell der Banditen, dann ahnte ich, daß Makfaril sich vielleicht nicht an diesen Plan halten mochte. Die Explosion konnte jeden Augenblick erfolgen, ausgelöst durch irgendeinen dummen Zwischenfall. Der Tag der Schwarzen Federn konnte schon morgen anbrechen...

Der Ritt durch das Herz Vallias war eine große Torheit. Ich hatte gehofft, die lange Reise würde mich beruhigen, doch je mehr ich sah und hörte, um so nervöser und angespannter wurde ich. Die Last meiner Angst zeigte sich gewiß auch in den ersten Worten, die ich nach den frohen Lahals zu Seg sagte:

»Und die Nachrichten von Delia, Seg? Wo ist ihr Brief?«

Er schüttelte den Kopf. »Ich habe keinen Brief von Delia. Pakete sind dir nachgeschickt worden, aus Vondium und Valka herübergeflogen. Sie kommen von... nun, du kennst die Namen.«

O ja, ich konnte es mir denken. Es waren Informationen aus Strombor und Tabellen über Chunkrahzählungen von Hap Loder und den Klansleuten. Sicher gab es auch Nachrichten von Kytun und Ortyg in Djanduin. Doch ich sehnte mich nach einer Nachricht von Delia, wußte ich doch nun, daß sie gegen eine unbekannte böse Kraft kämpfte, die unsere Tochter Dayra bedrohte.

Ich erkundigte mich nach Thelda, und Seg breitete die Arme aus und sagte, sie sei zu Besuch in Vondium und müsse jeden Augenblick zurückkehren.

Seg machte den Eindruck, als hätte er am liebsten nach seinem Langbogen gegriffen und den Herrscher aufgefordert, seinen Bannspruch über mich zu wiederholen. Wäre er dabei geblieben, hätte er wohl eine recht unangenehme Situation vor sich gehabt.

»Also, bei Vox! Wie lange will er dich denn aus Vallia verbannen, der alte störrische Onker?«

»Das gilt nur für Vondium. Dabei sind die Schwarzen Federn dort noch nicht aufgetaucht.«

»Komm, und feuchte dir ein wenig die Kehle an. Vielleicht fällt uns etwas ein.«

Wir verließen den Wehrgang und gingen durch den Außenhof, dann durch die Innenmauern und eine schmale gewundene Steintreppe hinauf, bis wir Segs Privaträume im Fletcher-Turm erreichten. Segs Schloßfestung, die auf die Stadt Falanriel hinabblickte, war darauf eingerichtet, einer längeren Belagerung standzuhalten. Seg sorgte dafür, daß stets ausreichend Vorräte im Haus waren. In militärischen Dingen war Seg Segutorio ein Genie.

Trotzdem war mir nicht sehr wohl zumute, als wir uns in seinen Gemächern niederließen. »Sieht doch wirklich so aus, als wären wir nun die Mächtigen im Lande und unterdrückten die Armen«, sagte ich.

»Solche Worte gehören auf die Eisgletscher Sicces, mein alter Dom!« Seg sah mich ärgerlich an. »Ich war selbst einmal ein elender Hungerleider, ein Söldner, ein Sklave. Ich kenne mich aus. Wenn in meiner Provinz ein Mann arbeitet, hat er ein angenehmes Leben.«

»Sklaven?«

Seg zog eine Grimasse und trank von seinem Wein. »Die Teufel sind raffiniert und halten Sklaven, egal, was ich dagegen unternehme...«

»Vinnurs Garten...«

»Meine ganze Gefolgschaft, die ihre schönen Anwesen mir verdankt, liegt mir im Ohr, Vinnars Garten für Falinur zu besetzen. Aber Vomanus...«

»Er ist selten zu Hause. Er ist beinahe so oft weg wie ich.«

»Nun, ich habe meine Zeit hier abgesessen. Und es sieht so aus, als wäre ich besser in Vondium geblieben oder hätte wieder Erthyrdrin besucht – so wenig Gutes habe ich hier offenbar bewirkt.«

Als ich ihm während unseres langen nächtlichen Gesprächs von Natyzha Famphreon und den Chavonths berichtete, verzog er das Gesicht und sagte: »Ich möchte lieber nicht wissen, was sie mit ihren Sklaven angestellt hat. Sie sind sicher alle bestraft worden, damit der Schuldige bestimmt auch gefunden wurde – zum Teufel mit den Unschuldigen!«

»Aye.«

»Und man hat wirklich von dir erwartet, daß du gegen deinen Schwiegervater kämpfst?«

»Nun, nicht direkt. Aber ich soll ihm jedenfalls nicht helfen.«

»Ach, Dray, wohin soll das alles führen?«

Zwei Tage später kehrte Thelda nach Falanriel zurück; sie war bei bester Laune und sprudelte über vor begeisterten Worten über ihren Besuch in Vondium. Sie war sehr bekümmert, daß sie ihre Freundin Delia nicht angetroffen hatte. »Und die liebe Königin! Königin Lushfymi! Was für eine charmante Frau, und so vornehm! Ich muß gestehen, sie hat mich sehr für sich eingenommen. Dabei nennen die Dummköpfe sie Königin Lust. Unmöglich!«

Seg erkundigte sich beiläufig nach der Königin von Lome, und Thelda geriet sofort in Fahrt. »Schön, o ja! Sie strahlt förmlich! Und so kultiviert ist sie! Und reich. Lome ist nicht eben das größte Land von Pandahem, doch sein Reichtum ist atemberaubend. Was für Geschenke sie mitgebracht hat! Und wie lang die Prozession war – du hättest das alles sehen müssen! Du hättest deinen Spaß daran gehabt!«

»Sicher«, sagte Seg und sah mich an, ohne eine Miene zu verziehen.

Seg und Thelda liebten sich aus ganzem Herzen, und das freute mich sehr. Ihr ältester Sohn, der Dray hieß, war irgendwo unterwegs. Die Zwillinge waren in der Schule – nein, Thelda schürzte seltsam die Lippen, Silda war bei den Schwestern der Rose.

Als ich das hörte, richtete ich mich auf.

»Aber du gehörst doch den Schwestern der Geduld an, Thelda!«

»Das geht dich nichts an, mein lieber Dray, denn du bist ein Mann. Aber du hast recht. Silda hatte es aber dermaßen auf die Schwestern der Rose abgesehen, daß ich sie gehen lassen mußte. Ich gebe zu, die Sache verwundert mich.«

»Delia war ebenfalls verwundert«, sagte Seg.

Darin lag natürlich eine Erklärung für mich.

Unser Gespräch drehte sich oft um Königin Lushfymi, die Königin von Lome. Lome liegt im Nordwesten Pandahems, wo sich das lange Ost-West-Mittelgebirge nach Nordwesten schwingt und schließlich in der weiten Kette der Hoboling-Inseln endet. Lome ist nicht sonderlich groß, aber reich, es liegt links und rechts der Berge und grenzt an Iyam. Weiter östlich liegen Menaham und Tomboram, und die vorspringende Nordostecke Pandahems nimmt Jholaix ein, das Land mit den berühmten Weinen.

Nachdem die Vallianer nach der Schlacht von Jholaix die Hamaler aus Pandahem vertrieben hatten, versuchte der Herrscher nun mit zumindest einer weiteren pandahemischen Nation Freundschaft zu schließen, hatte doch die ganze Insel seit vielen Jahren mit Vallia beinahe im Kriegszustand gestanden. Ich begrüßte dieses Vorgehen. Darin lag ein staatsmännisches Denken, wie ich es mir vorstellte. Ich wünschte, daß auch Vallia und Pandahem sich in partnerschaftlichem Denken zusammenfanden, zuerst gegen Hamal und dann, was noch wichtiger war, als Partner anderer Länder Paz' gegen die Überfälle der Shanks von der Kontinentgruppe auf der anderen Seite Kregens.

Seg und ich ritten aus und jagten und unterhielten uns. Obwohl Seg ziemlich bedrückt wirkte, vermochte er sich ein wenig von seinen Sorgen zu lösen. Und er erledigte viel Arbeit. Wenn die bösartige Feindseligkeit der Bewohner von Falinur nicht gewesen wäre, hätte er ein perfekter Kov sein können.

Während meines Aufenthalts kam es nur zu zwei größeren Auseinandersetzungen, bei denen ich das Schwert gebrauchen mußte. Die eine ist nicht weiter wichtig, betraf sie doch Dinge, die außerhalb meines augenblicklichen Problemkreises lagen – sie bildeten aber die Grundlage für andere Probleme, die mich später plagen sollten, wie Sie hören werden.

Das zweite Ereignis wurde durch einen verwundeten Boten eingeleitet, der eines Abends durch das Tor wankte. Meldung war schnell erstattet – eine vertraute Geschichte. Während wir aufstiegen, unseren Tieren die Sporen gaben und in vollem Galopp durch das mächtige Tor der Burg ritten, wurde ich von einer qualvollen Unentschlossenheit ergriffen. Brachte ich es fertig, einen armen Ponshobauern niederzuschlagen, einen Chunkrahhirten, einen Voskzüchter – nur weil sie von dem teuflischen Makfaril und seinem Chyyanisten in die Irre geleitet worden waren? Wir ritten im Schein der rosagoldenen Monde durch die Nacht, und das Donnern der Hufe und das Knirschen und Klappern der Rüstungen war eine deutliche Warnung an alle, die in die Nacht lauschten.

Seg hatte einige Freunde in Vertrauensstellungen gesetzt, wobei er nach Möglichkeit Einheimische gewählt hatte. Hieraus ergab sich, daß diese Leute nun als unterer Adel verabscheut wurden. In einer Siedlung, die dreieinhalb Dwaburs entfernt an einem Nebenfluß des Großen Flusses lag, wurde Tarek Nalgre Lithisfer belagert und konnte nicht mehr lange durchhalten. Ein Tarek ist ein unterer Adelsrang, ein Titel, wie ihn ein Kov verleihen kann. Die Schwarzen Federn hatten sich offen gegen Tarek Nalgre erhoben, hatten die

Scheunen seiner Bauern verbrannt und Frauen und Kinder getötet.

Wir schafften es, die Belagerer zu zerstreuen. In mein Bedauern mischte sich die tröstliche Erkenntnis, daß der harte Kern der Angreifer aus mehreren Banden von Drikingern bestand, denen wir heftig zusetzten. Segs Bogenschützen ließen ihre fürchterlichen Pfeile fliegen, seine Pachaks wirbelten ihre Schwanzhände, und die Klingen schimmerten im Licht der Monde. Ja, wir hatten leichtes Spiel mit den Banditen, weil sie von den einfachen Landleuten sofort im Stich gelassen wurden, als wir herangaloppierten. Aber die Arbeit machte mir keinen Spaß. Ich schildere den Vorfall, um deutlich zu machen, wie sehr die Unzufriedenen das Land schon aufgestachelt und sich durch ihr Bündnis mit den Schwarzen Federn in den Augen der gewöhnlichen Leute eine Art Ehrbarkeit zugelegt hatten. So ist es ja oft, Banditen bedienen sich des Jargons einer neuen, eifrigen Glaubensgemeinschaft, eines idealistischen revolutionären Anspruchs, und gebrauchen die Ehrlichen für ihre düsteren Zwecke.

Wäre der Chyyanismus eine ehrliche Religion gewesen, und hätte Seg tyrannisch regiert, dann wäre die Situation ganz anders gewesen. Nun sah es zwar so aus, als kämpfte ich mit den Reichen gegen die Armen – doch lag die Wahrheit ganz anders.

Nachdem wir uns überzeugt hatten, daß Tarek Nalgre nichts geschehen war, kehrten wir nach Hause zurück, nicht ohne eine Wache zurückzulassen. Doch unser Zorn auf die Chyyanisten war geschürt. Der unmittelbare Anlaß für den Angriff war Tarek Nalgres Befehl gewesen, eine Sklavin freizulassen. Der Eigentürmer des Mädchens hatte sich an die hiesigen Anführer der Chyyanisten gewandt, was dann die Brandschatzung und Morde ausgelöst hatte. Ich war in ziemlich übler Stimmung, als wir nach Falangur, Segs Burg, zurückkehrten, die Rüstungen ablegten und unsere Wunden untersuchten.

»Dieser Tarek scheint mir ein guter Kämpfer zu sein«, sagte ich später zu Seg.

»Ja. Ein sehr mutiger Mann, ehrlich und loyal.«

»Ein passender Kandidat für den Orden.«

Diese Worte schienen Seg zu freuen, denn er nahm seine Stellung im Orden sehr ernst.

»Wir müssen mit erfahrenen Männern beginnen. Erst wenn wir

uns fest etabliert haben und eine Grundlage und den Beginn einer Tradition haben – wie können sich die Krozairs glücklich schätzen! –, erst dann können wir junge Burschen aufnehmen und ihnen die richtige Ausbildung zukommen lassen.«

»Wirst du denn überhaupt einen Krozairbruder finden, der bereit ist, den weiten Weg zurückzulegen und dann etwas zu tun, das er vielleicht als Bruch seines Eids ansieht?«

Über diese Frage hatte ich schon nachgedacht. »Es ist kein Verrat, wenn man jungen Männern beibringt, aufrecht und ehrlich zu sein und Respekt vor der eigenen Stärke zu haben. Auf Kregen wird viel zu sehr von den Starken auf die Schwachen eingeschlagen. Ich meine das allgemein. Ich glaube, wir sind beide zu zynisch für das reine Gerechtigkeitsdenken. Zuweilen muß ein Mann schon einen bösen Zug an sich haben, wenn er überleben will. Doch wenn mehr Leute mehr nachdächten und weniger zuschlügen, würde die Grundlage für viel Unzufriedenheit entfallen.«

Im Rückblick auf diese Worte muß ich mich töricht schelten. Selbst damals war ich in kregischen Angelegenheiten noch erschreckend jung, trotz der Erfahrung – einer Erfahrung, die allerdings mehr von den anderen herausgekehrt wurde.

Es kam der Tag, da ich mich von Seg und Thelda verabschieden mußte. »Ich kehre nach Vondium zurück«, sagte ich.

»Aber…«, begann Seg.

»Aber du bist verbannt!« warf Thelda ein. »Der Herrscher hat das entsprechende Edikt verkündet. Die liebe Königin hat es mir selbst gesagt. Wenn du dich in Vondium blicken läßt, greift man dich auf!«

»Mag sein. Vielleicht aber auch nicht. Ich dulde es jedenfalls nicht mehr, daß der Herrscher zwischen meinen eigenen schwachen Wünschen und dem steht, was ich tun muß. Bei Vox! Ich bin es leid, vorsichtig um den Brei herumzuschleichen.«

»Also geh nach Vondium, mein alter Dom!«

»Das werde ich tun! Und wenn der Herrscher oder einer seiner Leute mir in den Weg kommt, werde nicht *ich* das zu bereuen haben!«

17

Nun, das waren große, prahlerische Worte, die Ihnen sicher verraten, wie aufgebracht ich war. Wenn ich nur gewußt hätte, was Delia im Schild führte. Wenn ich nur sicher sein konnte, daß Dayra nicht in Gefahr war! Ich wollte also nach Vondium zurück, um dort diese Fragen zu klären.

Und wenn mir dabei ein heuchlerischer, gefährlicher chyyanistischer Priester mit seinen verdammten Schwarzen Federn in die Quere kam, sollte er lieber gut aufpassen!

Mit dieser typisch prescotschen Prahlerei kehrte ich in einem von Segs Flugbooten nach Vondium zurück. Ich wollte als Nath die Mücke oder Kadar der Hammer auftreten, je nachdem, wie sich die Situation entwickelte.

Das Funkeln Vondiums stieg vor uns auf, und das Flugboot setzte zur Landung an. Segs Pilot half mir dabei, die Zorca und den Pack-Preysany zu entladen, dann wünschte ich ihm Remberee. Anschließend zog ich meinen alten zerlumpten Mantel an, legte den Bambusstab über den Sattel und ritt langsam auf die Stadt zu, deren höchste Turmspitzen eben zu sehen waren.

Wenn mich schon die Veränderungen berührt hatten, die während meines einundzwanzigjährigen Aufenthalts auf der Erde in Vallia eingetreten waren, gefolgt von der Zeit am Auge der Welt, so konnte ich nur entsetzt sein über den Wandel, der sich während meiner letzten kurzen Reise ergeben hatte.

Mein erster Blick fiel auf einen Schrein am Wegrand, der früher einer der geduldeten kleineren vallianischen Religionen geweiht gewesen war. Aber die alte Statue war entfernt worden, und die Nische war angefüllt mit schwarzen Federn, darin die grob gehauene Darstellung eines Schwarzen Chyyans. Ich zog die Zügel an.

Eine zahnlose Greisin saß am Wegrand. »Der Tag komme, guter Herr, der Tag komme!«

Ich sagte nichts, sondern schüttelte Schnuppernases Zügel und ritt weiter.

Bei Zair! Unternahm der Herrscher – und der Adel – denn nichts dagegen?

Es machte keine Mühe, nach Vondium hineinzukommen. Es herrschte ein lebhaftes Treiben. Überall Vallianer. Die Wächter gönnten mir kaum einen Blick. Ich ritt hindurch und fand mich in einem Bienenstock der Gerüchte und Mutmaßungen und des Klatsches wieder. Die hellen Farben, die unruhigen Kolonnen der Calsanys, die Sänften, die hohen Räder der Zorcakutschen, die über die breiten Boulevards dahinfuhren, die gleichförmige Prozession schmaler Boote auf den Stichkanälen, die Rufe der Verkäufer – all das die Sinne berauschende Gewirr einer großen Stadt umschwirrte mich auf meinem Weg zur Unterkunft der Schmiede, einer Taverne, die der *Eiserne Amboß* hieß. Diesen Stadtteil kannte ich nicht besonders gut – schließlich waren wir nicht in Ruathytu –, doch nachdem ich mich erkundigt hatte, fand ich mein Ziel und sicherte mir mit Hilfe eines Goldtalens ein Zimmer. Von hier aus mußte ich meine Arbeit tun.

Meine Jagd begann an einem Krankenhaus für Sklaven, führte über eine Schule für die Kinder armer Mütter und durch eine Reihe anderer Einrichtungen bis zu diesem ruhigen, weißbemalten Haus auf dem Hügel von Tred'efir. Die Wächter ließen mich nur in den Außenhof, wo ich warten mußte. Diese Wächter waren junge, kräftige Mädchen. Sie waren gekleidet wie die Botin, die Delia mir geschickt hatte, Sosie ti Drakanium, und sie trugen ihr Rapier mit der Miene großer Erfahrung. Außerdem sah ich Mädchen in weiten bunten Roben, die zu einem Steingitter kamen, zu mir herausschauten und leise miteinander lachten.

Nach einiger Zeit kam eine Frau heraus, die ich nur Mutter Oberin nennen kann, obwohl das nun wirklich nicht ihr Rang war.

»Kadar der Schmied?«

»Kadar der Hammer, wenn es dir recht ist, Lady.«

Sie nickte und musterte mich. Ihr glattes Gesicht unter der roten Kappe verriet gelassenes Selbstvertrauen. Dieser Frau konnte ich vertrauen, so wie ein Mann überhaupt einer Frau vertrauen konnte. Ich teilte ihr meinen Wunsch mit. Sie lachte nicht, doch ihre Augenwinkel verrieten ihre Empfindung.

»Du weißt sicher, daß das unmöglich ist.«

»Ich möchte ja nur mit der Leiterin der Schwestern sprechen. Das ist alles. Wenn gewünscht, könnt ihr mir auch eine Augenbinde umlegen. Aber ich muß mit ihr sprechen. Es ist mir sehr wichtig.«

»Ist es auch für die Schwestern der Rose wichtig?«

»Das weiß ich nicht. Ich nehme es an.«

»Du bist wenigsten ehrlich. Aber ich kann dir deinen Wunsch nicht erfüllen. Jetzt geh in Frieden, Kadar der Schmied.«

»Kadar der Hammer. Also schön, ich gehe. Aber ich gebe nicht auf.«

Doch sie wandte sich ab und machte ein Zeichen, und schon richteten sich vier gespannte Metallbögen auf mich, gehalten von jungen Mädchenhänden, darin vier gefährlich schimmernde Stahlpfeile – ich verstand den Wink. Schließlich hätte ich wohl ähnlich reagiert, wenn eine wandernde Zigeunerin zu mir gekommen wäre und mich gebeten hätte, den Ersten Abt der Krozairs von Zy zu sprechen. Ich zog mich zurück.

Jetzt mußte ich meinen letzten Trumpf ausspielen. Ich hatte es nicht gewollt, denn Katrin Rashumin war zwar eine gute Freundin Delias gewesen und hatte im Hinblick auf ihr Inselkovnat Rahartdrin manchen guten Rat von uns bekommen, doch hatte ich sie aus den bekannten Gründen lange nicht mehr gesehen und wußte nicht, wie sie im Augenblick stand. Aber ich mußte es versuchen.

Eine kurze Rückfrage ergab die Information, daß die Kovneva von Rahartdrin sich in Vondium aufhielt.

Ich begab mich zu ihrer vornehmen Villa, deren Pförtner mich mißbilligend musterte.

»Verschwinde, Rast! Wir haben unseren eigenen Schmied, den jungen Bargon den Amboß! Der würde dich in Stücke reißen!« Ich seufzte und marschierte weiter.

Die Mauer des Anwesens verlief ein Stück weit parallel zur Straße und bog dann im rechten Winkel ab, um im Walde zu verschwinden. Weiter oben am Hang lag die verlassene Villa von Kov Mangar dem Abtrünnigen. Ich glitt zwischen den Bäumen hindurch und fand nach kurzer Zeit eine Stelle, an der ich hinüberklettern konnte. Das bereitete mir keine Mühe. Ohne offensichtliche Anzeichen der Eile wanderte ich schließlich durch einen großen Nutzgarten voller Salate und Gregarians und Squishes. Ich pflückte mir im Gehen eine Handvoll Palines.

Vor mir sah ich den Eingang zur Küche, und als ich eben eintreten wollte, kamen ein Brokelsh-Wächter und eine junge Brokelsh-Küchensklavin ins Freie. Der Mann, ein großer Bursche, über und über mit borstigem Haar bedeckt, ließ unter der Rüstung seine Brust anschwellen. Offensichtlich wollte er dem Mädchen etwas bieten.

»Was suchst du hier, Onker?«

Ich ging das Risiko ein und sagte: »Bei den Schwarzen Federn, Dom! Es freut mich, dich zu sehen! Wo liegen denn die Ställe?«

Bei diesen Worten beruhigte er sich sofort wieder. Meine Erleichterung über die Vermeidung der Auseinandersetzung wurde nur durch mein Unbehagen getrübt. Der Chyyanismus war schon bis in diese große Adelsvilla vorgedrungen! Der Tempel des Großen Chyyan hatte Vondium längst erreicht. Soviel zu den Wachsamkeitsversprechungen der Racter!

Ich ließ mir zeigen, wie ich zu den Ställen kam, und machte mich auf den Weg, bog dann nach rechts ab und fand eine schmalere Tür in der Nähe der Ställe. Der Zugang zur Villa war allerdings erst möglich, nachdem ich einen Fristlewächter in den Schlaf geschickt hatte; ich ließ ihn sanft zu Boden gleiten. Dann trat ich hastig ins Haus, ohne mich umzusehen, und begann nach Katrins Gemächern zu suchen. Ich wollte nicht zuviel Unruhe stiften, doch ganz ohne ging es nicht.

Ein stämmiger Womox, der seine mächtigen Hörner mit Golddraht umwunden hatte, bellte mich an, und ich mußte ihn anspringen und einschläfern. Seine Rüstung paßte mir mehr oder weniger. Sie hing locker um meine Hüfte, doch an der Schulter saß sie einigermaßen fest.

So setzte ich meinen Besuch als Wächter von Kovneva Katrin fort. Die Farben Rahartdrins sind Gelb und Grün, darüber ein schräger roter Doppelstreifen. Ich brauchte mich auf meinem Marsch um niemanden mehr zu kümmern, und niemand achtete auf mich, wie es in einem so großen Haushalt mit vielen Sklaven und Wächtern nur natürlich ist.

Zwei Pachaks hielten mich vor einer inneren Tür an. Sie kennen Pachaks. An den beiden kam ich mit schönen Worten nicht vorbei, und töten wollte ich sie nicht. So mußte ich den einen täuschen, den anderen niederschlagen und mich sofort um seinen Kameraden kümmern. Dies tat ich. Dann ging ich weiter, wobei ich den Elfenbeinstab eines der Pachaks als Zeichen eines höheren Wärteramtes an mich nahm.

Ich kam an einigen Sklavinnen und weibisch wirkenden Sklaven vorbei, bis ich schließlich am Duft, am Plätschern von Wasser und an einer angenehmen Wärme erkannte, daß ich mich hier in Bereichen befand, die kein Mann, und schon gar nicht ein Söldner, betreten durfte.

Sklavinnen wichen kreischend vor mir zu Seite, als ich purpurne Vorhänge öffnete. Parfüms und Seifen dufteten. Katrin nahm ein

Bad, und ein herrliches schwarzes Mädchen aus Xuntal ließ entsetzt den Schwamm fallen.

Ich wußte, ich hatte nur etwa zehn Murs, ehe die Wächter kamen.

Katrin drehte sich gelassen um, Seifenwasser lief über ihre schimmernde Schulter, und sie sah meine Beine, den unteren Teil meiner Uniform und den Kampfharnisch und sagte: »Du bist ein toter Mann, das weißt du hoffentlich!«

»Aber nur, wenn du den Befehl dazu gibst, Katrin«, gab ich zurück.

Entsetzt hob sie den Kopf, und das Blut stieg ihr ins Gesicht.

»Dray!«

»Richtig! Und nun schrei das nicht in der ganzen Villa herum, sonst...«

»Ja, ich weiß!« Sie stand auf, ohne auf ihre Nacktheit zu achten, und sagte zu ihrer Xuntalischen Zofe: »Meinen Mantel, Xiri!«

Das lotusgeblümte Gewand um sich gewickelt, eilte sie zur Tür und sprach zu jemandem draußen: »Niemand kommt zu mir, sonst ist er des Todes! Sag dem Pachak-Jiktar Bescheid! Beeil dich! Niemand, hörst du?«

Dann warf sie Xiri hinaus und knallte persönlich die Tür zu.

Endlich wandte sie sich zu mir um, und der Lotusmantel sank halb von einer Schulter. Das war keine Koketterie. Sie hatte es einmal bei mir versucht und wußte, was Delia mir bedeutete.

»Vielen Dank, Katrin. Ich habe keine Zeit. Der Herrscher...«

»Ich weiß nicht, ob er dich tötet, wenn er dich in Vondium findet, du dummer Woflo. Aber ich würde mich nicht auf seine Gnade verlassen.«

»Du weißt bestimmt, wo Delia ist.«

»Ah!«

Ich war mir nicht sicher. Wußte sie es?

Sie nahm die Badehaube ab und ließ das Haar herabfallen. Ihr Gesicht war im Laufe der Jahre etwas voller geworden, doch sie konnte noch immer so hochmütig dreinschaun wie eine der sagenumwobenen Königinnen des Schmerzes. Ihre ein wenig zu dünnen Lippen lächelten mich an, während sie sich mit einem gelb-grünen Handtuch abrieb.

»Ich bin mit Master Jork in zwei Glasen verabredet. Er ist ein Meisterjikaidast, und ich hoffe das Spiel von ihm zu lernen.«

»Ich spiele hier kein Spiel.«

»Du kannst dich nicht mit Delia treffen – hat sie dir das nicht gesagt?«

»Nur daß sie fort muß – und das merkte ich selbst.« Ich betrachtete Katrin Rashumin gelassen, denn ich kannte sie gut. »Ich bin in großer Eile. Ich muß mit der ersten Lady der Schwestern der Rose sprechen. Sie wird mir helfen. Ich bin sicher.«

»Der ersten Lady«, sagte Katrin lachend, und Spott lag in ihrer Stimme. »Es gibt wohl keinen Mann, der ihren Namen oder ihren Titel auch nur kennt.«

»Na und? Legt mir eine Augenbinde um, bringt mich in einen dunklen Raum. Ich muß die Mutter Oberin sprechen – ich kenne ihren Rang oder Namen nicht. Katrin! Hör zu, meine Tochter Dayra macht Ärger, und...«

»Ärger!« Katrin hielt sich im letzten Augenblick zurück, sonst wäre ihr ein Strom leidenschaftlicher Worte über die Lippen gekommen. Die Anstrengung färbte ihre Wangen wieder rot und führte dazu, daß sich ihre Hand um das grüne und gelbe Handtuch krampfte. Als sie sich wieder beruhigt hatte, sagte sie: »Ich will sehen, was ich tun kann, Dray, aus alter Freundschaft. Aber versprechen kann ich gar nichts.«

»Eine Nachricht für Kadar den Hammer im *Eisernen Amboß* wird mich erreichen. Aber beeil dich, Katrin!«

»Ich lasse dich aus der Villa schmuggeln. Gerede bringt heutzutage in Vondium eine Menge Ärger. Die Königin...« Und hier offenbarte Katrin den Unterschied zwischen sich und Thelda. »Die Königin ist ein liebes Wesen und hat überall ihre verdammten Spione sitzen!«

Meine Gelassenheit überraschte mich – sie mutete mich an wie die Ruhe vor dem Sturm auf dem Auge der Welt. Aber ich brachte hervor: »Königin Lushfymi – geht es mit der Allianz voran? Findet der Herrscher sie angenehm?«

»Oh, sehr angenehm. Königin Lust ist durch und durch Frau, das weiß ich wohl.« Katrin raffte ihr Gewand und zog es enger um sich. »Ich lasse dich hinausgeleiten. Auf Xiri kann ich mich verlassen, auch auf den Jiktar meiner Wache.«

»Ich kann dir nur danken, Katrin, und dich noch einmal bitten, dich sehr zu beeilen.«

»Die Schwestern der Rose haben durchaus Erfahrungen in Intrigen!« Sie rief: *»Xiri!«*

Ich wurde auf Umwegen ins Freie gebracht. Wie ich es ertragen sollte, auf Katrins Nachricht zu warten, wußte ich nicht. Oft habe ich in meinem Leben darauf gewartet, daß etwas passiert. Und jedesmal ist dieses Warten, so will mir scheinen, sehr unangenehm gewesen.

Geheimnisvolle Dinge gehen vor unter der äußeren Maske Kregens unter den Sonnen Scorpios, verstohlene und gefährliche Dinge. Ränke wurden in Vondium geschmiedet. Der größte Teil der Welt ist frei und hell, angefüllt mit dem Klappern von Schwertern und Speeren, dem hellen Klang der Kriegstrompeten, dem schnellen Vorstürmen gepanzerter Reiter und den Luftkämpfen der Flugboote hoch am Himmel; aber auch viel liegt im Dunkeln und Verborgenen, unterstützt durch Zauberkräfte, Geistermächte, aus den scheußlichen Abgründen der Zeit heraufbeschworen, magische Elemente, die durch schlechte Dünste das Antlitz der hellen Sonnen mit einem Angsthauch verdüstern; die heimliche Einflußnahme ehrgeiziger Männer und Frauen, die Herrscher stürzen und Macht an sich reißen und alles selbst beeinflussen wollen. Oh, Kregen ist auch eine geheimnisvolle Welt, bei aller Helligkeit und allem Glanz.

Draußen wanderte ich zunächst wie ein Blinder umher. Ich war eben über eine kleine steinerne Kanalbrücke gekommen, als vor mir ein Chaos losbrach. Eine Prozession bewegte sich den parallel verlaufenden Boulevard der Gregarians entlang. Die Teilnehmer waren bunt gekleidet und mit Blumen geschmückt und trugen Statuen und Flaggen; überall Blumen und Musik, und der ewige Singsang: »Oolie Opaz! Oolie Opaz!« Immer wieder dieselben Worte.

Die Leute in der Mitte der Prozession liefen abrupt auseinander. Einige fielen um und krümmten sich auf der Straße zusammen. Der Gesang erstarb, wurde wieder aufgenommen und verstummte endgültig. Ich sah erhobene Knüppel. Ich sah die verzerrten Gesichter von Männern und Frauen, die mit Bambusstöcken und Balassruten auf die Anbeter Opaz' einknüppelten und die Prozession im Nu in eine Masse kreischender, ziellos durcheinanderdrängender Menschen verwandelten. Und das war noch nicht alles. Ich sah außerdem die schwarzgefiederten Hüte. Ich sah schwarze Federn an den erhobenen Stöcken. Ich sah die hassenswerten Symbole einer neuen Glaubensrichtung offen zur Schau gestellt, jene niederschlagend, die an Opaz glaubten, die Manifestation der Unsichtbaren Zwillinge.

Alles ging in Geschrei und Durcheinander unter. Nun mochte mir der Bambusstab in meiner Hand von Nutzen sein. Ich lief von der kleinen Steinbrücke über den Boulevard der Gregarians und stürzte mich in die Reihen der Schwarzen Federn.

Die meisten Opaz-Anhänger flohen oder krochen mit blutenden Köpfen oder gebrochenen Gliedmaßen auf dem Boden herum. Ich ließ meinen Zorn an einigen Chyyanisten aus, die bewußtlos links und rechts von mir zu Boden sanken.

Irgend jemand brüllte etwas von Gardisten, und schon galoppierten die Wächter auf ihren Totrixes herbei und begannen mit langen Amtsstäben um sich zu schlagen. Die Menge verlief sich schnell, und ich rannte mit. Ich hatte keine Lust, vor einen hochmütigen Magistratsrichter oder engstirnigen Edelmann geführt und womöglich erkannt zu werden. Ich floh, und auf der Flucht teilte ich noch drei kräftige Hiebe aus, die auf schwarzgefiederte Kopfbedeckungen niedersausten. Ich versteckte mich in der blauen Kühle einer Seitengasse und lief dann weiter durch den Tunnel der Wonnen, bis ich den schimmernden Kyro des Allmächtigen Jaidur erreichte, über dem der Doppelschatten des Forlaini-Hügel-Aquädukts lag. Hier ging ich langsamer, und niemand achtete auf mich. Die Leute ringsum waren mit ihren eigenen Sorgen beschäftigt. Anscheinend waren solche Straßenschlachten seit der letzten großen Revolution wieder alltäglicher. Ich mußte an mich halten, um nicht zu zittern. Was mochte der Herrscher im Schilde führen? Was tat der alte Dummkopf dagegen? Wußte er nicht, daß der Chyyanismus die Bürger von Vondium schon so im Griff hatte, daß eine religiöse Prozession, eine der heiligsten Riten Opaz', von ein paar Rowdies überfallen und zerstreut werden konnte? Waren die Racter denn alle blind oder geblendet?

Warum durfte das hergelaufene sektiererische Gesindel von Chyyanisten das Stolze Vondium dermaßen besudeln?

18

Die erste Lady der Schwestern der Rose, deren Titel und Name mir niemals mitgeteilt werden sollte, ließ sich dazu herab, mir ein Gespräch zu gewähren. Die Nachricht erreichte mich im *Eisernen Amboß*. Ich saß in einer dunklen Ecke der Schänke und schärfte mein altes Messer. Die Schmiede sprachen über ihren Beruf und die schlechten Zeiten und die letzte Kupfersendung, die auf dem Großen Fluß eingetroffen war, und über die Zinnpreise. Die Bedienung, eine kleine Fristle-Fifi, flüsterte mir zu, daß Fremde mich zu sprechen wünschten. Im Hof erwarteten mich verhüllte Gestalten auf Zorcas. Ich bestieg das Tier, das man mir mitgebracht hatte, und ritt mit, nachdem man sich mit dem gebrummten Wort ›Rose!‹ identifiziert hatte.

Ich wurde waffenlos in einen Raum geführt, der nur von zwei Samphronöllampen erleuchtet wurde. Am Ende erhob sich ein durchbrochener Elfenbeinschirm.

Hinter dem Schirm raschelte weiche weibliche Kleidung, was mir anzeigte, daß die erste Lady keine Jagdkleidung oder gar Kampfrüstung trug, wie ich es bei vielen Angehörigen dieses Ordens gesehen hatte. Das erschien mir nur passend, denn immerhin waren die Schwestern der Rose ein Frauenorden, der es wahrlich nicht nötig hatte, den Männern in jeder Beziehung nachzueifern.

»Du wolltest mich sprechen, Kadar der Hammer. Deine Bitte erreichte mich mit größtem Nachdruck. Warum flehst du darum, mich zu sprechen?«

Ich sagte: »Ich glaube, Lady, du kennst meinen Namen.«

»Kadar der Hammer.« Ein perlendes Lachen. »Ist das deine Frage? Du hattest deinen Namen vergessen?«

»Den werde ich nie vergessen. Ich kenne deinen Namen nicht. Darin bist du mir überlegen, Lady.«

Das Lachen verstummte. Dann antwortete sie: »Ich kenne dich. Ich darf dir aber nichts sagen.«

»Das reicht mir nicht!« sagte ich aufbrausend. »Ich muß wissen, wo Delia ist! Geht es ihr gut? Und Dayra, ist sie in Sicherheit? Nur das muß ich wissen, damit mein Herz Ruhe findet.«

Wenn diese mächtige Frau den Entschluß faßte, den Befehl des Herrschers auszuführen und mich auszuliefern, gab es sicher ein paar gebrochene Schädel. Aber das war unwichtig.

»Ja, dein Herz! Nun, das Herz eines Mannes ist erstaunlich widerstandsfähig.«

»Ich bin nicht hier, um Wortspiele zu treiben. Sag es mir, um Opaz' willen!«

»Deine Dayra ist... sie verursacht...« Sie zögerte, dann fuhr die Frau in schärferem Tonfall fort:

»Deine Dayra erweist sich als die Tochter eines unberechenbaren Mannes.«

»Und wenn ich unberechenbar bin – na schön. Aber ihr habt Dayra erzogen! Ich bin fort gewesen, insoweit gestehe ich mein Versagen ein. Aber Dayra...«

»Suche die Schuld nicht nur bei den Schwestern der Rose! Wir lehren Reinheit und Ergebenheit und Stolz. Wir bringen einem Mädchen bei, daß sie ein Mädchen ist und daß sie in dieser Welt so gut sein muß wie ein Mann. Nicht besser. Nur so gut wie ein Mann. Im Angesicht Opaz', der Manifestation der Unsichtbaren Zwillinge, sind wir alle Menschen. Dayra könnte ohne einen Mann und eine Frau nicht existieren.«

»Und ich bin dieser Mann!« sagte ich heftig, obwohl ich mir das Versprechen gegeben hatte, mich zurückzuhalten. »Und ich erkundige mich nach der Frau!«

Jemand zog zischend den Atem ein. Würde man mich nun fortschicken? Würde die Spitze eines Pfeils mich treffen?

Dann hörte ich: »Ich kann dir sagen, Kadar der Hammer, daß die Frau, von der du sprichst, am Leben, bei bester Gesundheit und einigermaßen zufrieden ist. Sie begleitet ihre älteste Tochter auf der Suche nach ihrer unberechenbaren Tochter. Wenn sie Erfolg gehabt haben, kehren sie zurück.«

Das erklärte, warum nicht nur Dayra ihren Vater in Vondium nicht besucht hatte, sondern auch Lela. »Und wenn sie keinen Erfolg haben?«

»Das wäre durchaus möglich. Die Sache ist sehr schwierig. Aber Opaz ist weise. Wenn das ihr Wille ist, wird es so geschehen.« Natürlich konnte Opaz als Zwillings-Lebenskraft sowohl männlich als auch weiblich gesehen werden. »Wenn es dazu kommt, werden deine Frau und ihre älteste Tochter zurückkehren.«

»Und mehr willst du mir nicht sagen, Lady?«

»Mehr gibt es nicht zu sagen. Du kannst dich glücklich schätzen, überhaupt mit mir gesprochen zu haben, Kadar der Hammer. Der Herrscher sucht nach einem Schmied, der ihm die Schneide der Axt seines Henkers schärft.«

Eine klarere Warnung konnte ich mir nicht wünschen.

Das Rascheln von Stoff zeigte an, daß sie sich entfernte. Tausend Fragen gaukelten durch meinen schwerfälligen Kopf, doch ich brachte keine über die Lippen. Mädchen mit gespannten Bögen und blankgezogenen Rapiers führten mich ins Freie. Ein Kampf gegen sie hätte mir nichts genützt und schon gar nicht meine Delia näher zu mir gebracht.

Nur halb beruhigt durch das Zusammentreffen, das ich als Zurückweisung empfand, legte ich meine Waffen wieder an und wurde in die mondhelle Nacht entlassen. Ich sagte mir, daß Delia und meine beiden Töchter trotz allem wohl nicht in Lebensgefahr waren. Da ich auf keinen Fall an sie herankommen würde, konnte ich mich wohl nun weiter der Aufgabe widmen, die opazverfluchten Chyyanisten zu bekämpfen. Aber das war leichter gesagt als getan.

Ehe ich zu Natyzha Famphreon zurückkehrte und mir die Racter ein wenig näher ansah, mußte ich in den *Eisernen Amboß* zurück. Ich hatte keine Lust, die weitläufige Villa der Kovneva zu durchsuchen, solange ich nur mit einem Bambusstab bewaffnet war, auch wenn er eine scharfe Klinge enthielt.

»Bei Odifor!« fauchte ein Fristle, der eine gewaltige Last auf dem Kopf balancierte. Er torkelte gegen den Türrahmen eines Hauses mit vorspringendem Balkon. Ich erinnerte mich nicht, ihn angerempelt zu haben. »Sieh doch, wohin du trittst, du Apim-Rast!«

Ich wandte den Kopf ab und ging weiter. Es gab für mich an diesem Abend wichtigere Dinge, als eine dumme Auseinandersetzung mit einem katzenhaften Fristle. Ich sagte mir gerade, daß doch eigentlich ganz Vallia zu den Schwarzen Federn überlaufen konnte, solange Delia und den Mädchen nichts geschah. Aber das war nur eine halbe Wahrheit – als Geächteter durfte ich nicht immer den leichtesten Ausweg wählen.

Der Fristle fauchte ein Schimpfwort hinter mir her und zerrte an seinem Bündel; dabei riß eine Schnur, die Last platzte auf, und ein funkelnder Schauer kleiner Schmuckstücke und blitzender Kugeln und Ringe prasselte auf das Pflaster. Sofort kam es zu einem Menschenauflauf; praktisch aus dem Nichts erschien eine Flut von Kindern und stürzte sich auf die blitzenden Stücke. Mädchen und Jungen krabbelten durch die Gasse, rissen die rollenden Broschen und Ringe an sich, stopften sich die kleinen Schmuckfiguren in die Lendenschurze. Ich machte mir klar, daß ich auf meiner ziellosen Wanderung in die Gassen der Juweliere geraten war. Der Fristle versuchte seine Waren zu schützen, brüllte Drohungen, scheuchte die Kinder zurück. Doch ihm wurde ein Bein gestellt, und als er sich fluchend wieder aufrappelte, war die Gasse leer.

Er fand eine primitive kleine Statue Kyr Naths aus gegossenem Messing und schleuderte sie so heftig zu Boden, daß sie abprallte und einem lachenden Zuschauer ins Auge sprang. Das löste neuen Ärger aus. Ich schlenderte bewußt langsam weiter.

Und von solchen Kleinigkeiten hängt das Geschick ganzer Reiche ab.

Als letztes – das nahm ich jedenfalls an – hörte ich, wie ein dicker Apim mit einer Schürze losbrüllte: »Der Fristle hat das Zeug gestohlen! Dieb! Dieb!«

Der Fristle stieß einen Schrei aus und rannte los. Die Apims folgten ihm, und die Meute verschwand in einer Seitengasse. Ich schritt weiter und erreichte endlich den Pier der Silberschmiede an einem Kanal, der rosagolden im Mondlicht schimmerte. Ich sah den Fristle über eine Arkadenbrücke laufen. Er sah mich ebenfalls, war ich doch im Mondschein deutlich zu erkennen. Er würde mich wiedererkennen. Er verschwand in den Schatten. Ich schlug ihn mir aus dem Kopf – Diebe hatten es nicht besser verdient – und begab mich zum *Eisernen Amboß* im Viertel der Schmiede.

Meine Überraschung war groß, als ich feststellte, daß Khe-Hi-Bjanching, der ehrenwerte Zauberer aus Loh, in meinem Zimmer auf mich wartete. Als ich eintrat, zuckte der Stahl in meiner Hand an seine Kehle – aber dann erkannte ich ihn und zog die Spitze zurück.

»Du lebst gefährlich, San.«

Er lachte nervös und betastete seinen Hals.

»Schon gut, Turko.« Als er diese Worte ausgesprochen hatte, geriet der Vorhang am Fenster in Bewegung, und Turko der Schildträger kletterte herein, gefolgt von Balass dem Falken. Schließlich schwang sich Oby geschickt herein und steckte mit einem Ruck sein langes Messer in die Scheide.

Es stellte sich heraus, daß Khe-Hi ein Stück von meiner Haut haben wollte, dazu ein Haar und ein Stück von einem Fußnagel. Ich gebe solche Dinge ungern, denn obwohl dies nur ein dummer Aberglaube ist, habe ich keinen Zweifel an den Fähigkeiten der Zauberer von Loh.

»Phu-Si-Yantong ist auf der Suche nach dir, Prinz«, erklärte der Zauberer, der mir in mein Zimmer gefolgt war. »Ich muß eine neues und irgendwie anderes ... äh ... Arrangement schaffen, um ihn abzuwehren. Er hat dich aus seinem Gesichtskreis entschwinden lassen. Doch er ist in Lupu und hat in letzter Zeit viel herumspioniert. Ich glaube...« – Khe-Hi kicherte recht hämisch und nicht gerade wie ein Zauberer – »ich glaube wirklich, der alte Teufel macht sich Sorgen.«

»Darauf ein Amen!«

Khe-Hi brauchte für seinen neuen Versuch gewisse Zutaten, deretwegen er mich aufgesucht hatte. Die anderen hatten ihn nicht allein losziehen lassen. »Und woher wußtet ihr, wo ich bin und wie ich mich nenne?«

»Wir haben per Flugboot einen Brief von Seg aus Falinur bekommen, und...«

»Und von jetzt an bleibe ich, wohin ich gehöre«, sagte Turko der Schildträger nachdrücklich. »Bei Morro dem Muskel! An deiner Seite, mit erhobenem Schild!

»Das wäre in Vondium nicht besonders praktisch.«

»Nun, mein Langmesser wird keine ungebührlichen Bemerkungen auslösen«, stellte Oby fest.

»Ich weiß am meisten über die Schwarzen Federn!« schaltete sich Balass der Falke ein, »deshalb begleite *ich* den Prinzen.«

Die drei hätten sich am liebsten gestritten, doch ich sorgte gleich für klare Verhältnisse. »Niemand bleibt bei mir. Ich muß allein arbeiten. Balass, was ist mit den Schwarzen Federn?«

Sein Bericht bestätigte meine Beobachtungen. Jemand hatte in Vondium einen Tempel errichtet. Wanderpriester waren zusammengeströmt. Die Stadt war wie eine überreife Shonage-Frucht, die jeden Augenblick platzen konnte.

»Beim Messingschwert und Glasauge von Beng Thrax!« Balass gegenüber gebrauchte ich den alten Arenafluch. »Wann finden eure Spione den opazverfluchten Tempel? Bei Kaidun! Die Zeit wird gefährlich knapp!«

»Wir haben überall unsere Leute. Die Racter suchen ebenfalls.«

Da kam mir ein Gedanke, und ich wandte mich an Khe-Hi. »Wenn Phu-Si-Yantong mich sucht, könnte ihn nicht dein Besuch hier auf meine Spur bringen?«

»Nein, mein Prinz. Ich kann mich und meine Begleiter decken. Durch uns kann er dich nicht finden.«

»Das ist tröstlich. Aber wenn er wirklich mit Makfaril identisch ist – und dafür gibt es keinen Beweis –, wie stehen die Chancen, daß er dann persönlich nach Vondium kommt?«

Khe-Hi schürzte die Lippen. »Sehr schlecht. Er kann sein übles Werk auch durch Agenten verrichten.«

»Ganz recht. Nun, dann fort mit euch!«

Natürlich waren sie nicht damit einverstanden, doch ich ließ nicht mit mir reden. So stiegen sie beweglich wie Affen wieder durch das Fenster, sogar Khe-Hi.

Mit schnellen Bewegungen legte ich den alten roten Lendenschurz an und schnallte alle meine Waffen um. Um sicherzugehen, zog ich diesmal noch ein engsitzendes Kettenhemd an, das mir Delia geschenkt hatte, eine hervorragende Arbeit aus dem Dämmerungsland am Nebelmeer in Havilfar. Der Wert dieses Stücks hätte einem reichen Mann den Atem verschlagen. Über alles wirbelte ich den weiten braunen Mantel, hängte mir diesmal aber das Krozair-Langschwert an die linke Hüfte. Eben hatte ich nach dem Bambusstab gegriffen und wollte ihn in den Schrank legen, als die verflixten Fristles eintrafen und mein Vorhaben zunichtemachten.

Der Fristledieb hatte offensichtlich ein paar Freunde zu Hilfe gerufen. Krachend prallte die Tür auf, und Gestalten stürmten ins Zimmer. Einen Sekundenbruchteil lang hielt ich sie für meine Freunde, die zurückgekommen waren, um mich doch zu begleiten. Dann sah ich die zornig fauchenden Katzengesichter, die hochgestellten spitzen Ohren, die schräg zulaufenden Wangenknochen, das Fell auf den Wangen und Armen.

Die Angreifer waren mit Langmessern und Hakenmessern bewaffnet, und zwei besaßen auch lange Stangen mit Bronzespitzen. Mein Bambusstab zuckte hoch, lenkte den ersten Stab ab, prallte vom Kopf seines Eigentümers ab und bohrte sich dann tief in einen pelzigen Unterleib. Zwei Fristles verabschiedeten sich torkelnd vom Schlachtfeld. Aber die anderen, drei oder vier Kämpfer, ließen sich nicht beirren. Ein Wurfmesser schwirrte an meinem Kopf vorbei und bohrte sich in das Hornfenster. Ein Stab zuckte herab, und ich duckte mich und trat zurück, ohne mit dem Bambus zuzuschlagen. Ich war wütend und wußte nicht recht, ob ich die Burschen mit dem Bambus niederschlagen oder Rapier oder Djangir ziehen und die Sache ein für allemal klären sollte.

So wich ich zurück, trat auf eine vergessene Gregarian-Frucht und rutschte aus. Mit den Armen rudernd rutschte ich über den Boden und fiel nach hinten.

Mit einem freudigen katzenhaften Fauchen warfen sich die Fristles auf mich. Sie hatten keine Skrupel. Der Dieb hatte seine nächtliche Beute verloren und wollte seine Rache an mir auslassen.

Ich rollte mich herum, bereit aufzuspringen und alle zurückzuschlagen, doch plötzlich dröhnte eine mächtige Numimstimme freudig auf: »Na, bei Vox! Was für eine schöne Keilerei!«

Rafik Avandil erschien und bearbeitete mit seinem Clanxer geschickt die Schädel der Fristle und streckte erst einen, dann einen zweiten nieder. Die anderen Fristles schrien auf, und ihre Stimmen klangen nun ganz und gar nicht mehr freudig.

»Wenn ich mir das zur Gewohnheit werden lasse, Nath die Mücke, so hast du dir das selbst zuzuschreiben!«

Freudig erledigte Rafik Avandil, der goldene Numim, den nächsten Fristle und beförderte den letzten mit einem mächtigen Fußtritt zur Tür hinaus und die Hintertreppe hinab.

19

Die Art und Weise, wie ich mich aus meiner Klemme wand, amüsierte mich damals – immerhin hätte der Numim das Waffenarsenal entdecken können, das ich mir umgebunden hatte, während er mich doch für einen einfachen Wanderarbeiter hielt. Später hätte ich gern anders gehandelt, doch nicht umsonst heißt es, daß niemand, der von Opaz geboren ist, alle Geheimnisse Imriens kennen kann. So gähnte ich nur gewaltig und sagte: »Verzeih, Koter Avandil, ich muß ins Bett. Ich habe einen anstrengenden Tag hinter mir. Wie hast du mich gefunden?«

Wenn er meinte, ich hätte die letzte Frage ein wenig zu scharf gestellt, ließ er es sich nicht anmerken. »Ich habe den Lärm gehört und hoffte auf ein wenig Abwechslung. Anscheinend bin ich gerade mal wieder rechtzeitig gekommen.«

»Und ich bin dir sehr verpflichtet, Koter Avandil. Was gedenkst du mit den herumliegenden Fristles zu tun?«

»Der Wirt wird sich um sie kümmern. Komm, hier kannst du nicht mehr bleiben.«

Sein Vorschlag schmeckte mir gar nicht. Ich hob die Hand und berührte den Bogen. Er nickte und setzte ein leichtes Lächeln auf.

»Wie ich sehe, hast du dir mit dem erworbenen Geld einen Bogen gekauft, der zu deiner Zorca paßt. Dinge zu kaufen, mit denen man nicht umgehen kann, ist ein gefährlicher Zeitvertreib.«

»Ja«, sagte ich und gab mich etwas eingeschüchtert, »Koter.«

Wieder stimmte er sein mächtiges Numimlachen an. »Ich möchte wetten, der Bursche, dem du wegen des Geldes die Kehle durchgeschnitten hast, wäre jetzt wohl auch lieber hier, anstatt in einem Graben zu verrotten.«

»Wenn du das annimmst, warum zerbrichst du dir meinetwegen den Kopf?«

»Nath die Mücke, du stellst Fragen, die dir nicht zustehen.«

»Verzeih. Aber der Wirt wird die Cramphs hinausschaffen, dann kann ich schlafen.«

Als er seine Einladung wiederholte, lehnte ich erneut ab, und er zog sich endlich zurück. Ich überlegte. Würde ein Tag Verzögerung wirklich einen Unterschied machen? Ich konnte auch nach dem Schlafen zu Natyzha Famphreon gehen. Ja, das war die Lösung. Irgendwie gefiel mir der Gedanke nicht, aus dem Fenster zu steigen und Rafik Avandil lächelnd unten stehen zu sehen.

Vor Morgengrauen erwachte ich mit Unterstützung meiner alten Seemannsgabe, die Stunde des Erwachens im voraus festzusetzen. Ich bestellte mir ein opulentes Frühstück, das ich in kurzer Zeit hinabschlang.

Das Schicksal ganzer Reiche hängt zuweilen an einem dünnen Faden.

Wären die Fristles nicht dazwischengekommen, hätte ich die Racter längst aufgesucht. Wäre die alte Frau, die mir das Frühstück servierte, nicht von civrel befallen gewesen, einer rätselhaften Krankheit, die auf Kregen ähnlich unerforscht ist wie der Krebs auf der Erde – dann hätte ich mich nun auch viel früher auf den Weg gemacht. So half ich ihr, das Tablett zu beladen und hob es für sie an, damit sie die Tür öffnen konnte. Ich wollte sie eben wieder zumachen, als die gespenstischen Umrisse Khe-Hi-Bjanchings auf der anderen Seite der Kammer sichtbar wurden. Er starrte mich aus zusammengekniffenen Augen an, als wäre sein Lupu-Trancezustand nicht perfekt. Dann festigte sich der nebelhafte Körper. Es sah schließlich so aus, als stünde der Zauberer dicht neben mir.

Nie zuvor hatte ich die lupale Projektion Phu-Si-Yantongs so deutlich gesehen wie nun Khe-Si. Er hielt mir ein Stück Papier hin. Wie eine Onker streckte ich die Hand aus, um es zu ergreifen. Meine

Finger fuhren natürlich prompt durch das gelbe Papier hindurch. Ich fluchte. Khe-Hi deutete mit dem Finger darauf. So neigte ich den Kopf und las, was er mir aufgeschrieben hatte.

Famphreons Villa wird von den Spionen des Herrschers beobachtet.

Als ich diesen Satz gelesen hatte, verschwamm die lupale Projektion meines Zauberers von Loh, flackerte und verschwand. Ich trat einen Schritt zurück. Bei Krun! Sollte ich mich durch eine Horde elender Spione des Herrschers zurückhalten lassen?

Ich überlegte.

Ich spürte heiße Dankbarkeit gegenüber meinen Freunden, die die Information beschafft und sie mir so schnell wie möglich übermittelt hatten; mir ging auf, daß sie sich schlecht belohnt sehen würden, wenn ich trotzdem blindlings losstürmte. Bedenken Sie bitte, sie waren bei Dray Prescot solches dümmliche Barbarengehabe halbwegs gewohnt. Aber Intrigen bringen nur neue Intrigen hervor, Verschwörungen führen zu Gegenverschwörungen.

Nein, beim Schwarzen Chunkrah! Diese Sache wollte ich kühl angehen – wie ein Kriegerprinz und nicht wie ein nackter, haariger, heulender Barbar.

Im nächsten Augenblick ging die Tür auf, und ich fuhr herum. Rafik Avandil zuckte zurück.

»Nath! Du siehst aus ...«

»Koter«, sagte ich und entspannte mich mit Anstrengung. Rafik Avandil schob den halb gezogenen Clanxer wieder in die Scheide. Sein Rapier hatte er nicht angefaßt. Beide Schwerter trug er tief an der linken Hüfte.

Er sagte, er sei gekommen, um zu sehen, ob mit mir alles in Ordnung sei.

»Du zeigst große Fürsorge für einen einfachen Arbeiter.«

»Ich lasse mich ein wenig treiben. Du lieferst mir anscheinend immer wieder Gelegenheit, mich ein bißchen auszutoben, damit ich in Übung bleibe. Komm, wir wollen uns eine Gartentaverne suchen, Sazz trinken und die Mädchen beobachten.«

»Gern, Koter«, sagte ich.

Doch bei der ersten Gelegenheit, an der Kreuzung einer breiten Straße voller Zorcakutschen und Leute, die trotz der frühen Stunde ihren Geschäften nachgingen, schüttelte ich ihn ab. Ich eilte auf der anderen Seite in eine Gasse und sah, wie er verwirrt die große Straße entlanglief. Numims, daß wußte ich von meinem Freund Rees, haben ein großzügiges Herz. Nun ja, jedenfalls einige.

So verbrachte ich den Tag mit Nachforschungen. In meiner schäbigen Verkleidung, das erwies sich bald, konnte ich an Orte vordringen, die anderen, Höhergestellten, verschlossen blieben. In Vallia waren die Gesellschaftsstrukturen anders als etwa in Hamal mit den Guls und Clums. So kam es, daß ich nach einer gewissen Zeit die Schwarze Feder ergreifen und in meinen Fingern rollen konnte. Ich musterte den dicken Apim mit den schweißfeuchten Wangen und kleinen voskähnlichen Augen und sagte: »Dann heute nacht, Dom. Ich werde kommen, zum Ruhme des Großen Chyyan.«

Unser Gespräch fand in einer Dopaschänke statt. Als ich wieder ins Freie trat, atmete ich erleichtert die frische Luft ein, obwohl sie vom nahen Fischerhafen herüberwehte. Meine Suche hatte nicht übermäßig lange gedauert. Ich überlegte.

Wenn ich das Risiko einging und Natyzha Famphreon besuchte und von den Spionen des Herrschers aufgegriffen wurde, steckte der alte Teufel in der Klemme. Würde er mir den Kopf abschlagen? Oder würde er an seine Tochter denken? Die Racter und ihre Pläne mußten warten. Die Schwarzen Federn waren die größere Gefahr.

Die ganze Stadt mutete wie eine gewaltige Frucht an, die bald aufplatzen und das Übel freigeben würde – die Vorstellung bedrückte mich. Schwarze Federn waren überall zu sehen; sie wurden so viel getragen wie zuvor die Farben der vallianischen Häuser. Mein häßliches Gesicht nahm einen grimmigen Ausdruck an. Unbeherrscht und geradeheraus wie ich bin, zwang ich mich, diese unangenehmen Signale des Bösen zu ignorieren und auf die Zusammenkunft des Abends zu warten.

Ich dachte an Delia. Ich hatte bewußt davon abgesehen, Khe-Hi in Lupu gehen und nach ihr suchen zu lassen. Das hätte das Vertrauen zwischen uns erschüttert und womöglich auch ihre Selbständigkeit als Frau in Frage gestellt. Die Erste Lady der Schwestern der Rose hatte mir gesagt, Delia drohe keine Gefahr. Daran glaubte ich inbrünstig.

Stimmen sangen ›Oolie Opaz‹ und kündeten eine neue blumengeschmückte Prozession an. Passanten gingen den Gläubigen respektvoll aus dem Weg. Ich begann der singenden Kolonne unauffällig zu folgen, den Bambusstab umklammernd, gefaßt auf einen gemeinen Angriff der fanatischen Anhänger der Schwarzen Federn.

Nein, ich war nicht nur darauf gefaßt, ich sehnte mir einen solchen Zwischenfall sogar herbei.

Im nächsten Augenblick stürmte eine Gruppe in normaler, einfacher Kleidung aus einer Nebenstraße. Sie strömte auf den Boulevard. Schwarze Federn wehten. Ich sprang vor, als ich in dem kreischenden Mob ein bestimmtes Gesicht erblickte. Das Gesicht eines Mannes, der den Angriff anführte, der wild vor Zorn die Arme schwenkte, der schreiend seine Anhänger aufforderte zuzuschlagen und zu vernichten.

Himet der Mak!

»Ah, du Cramph!« brüllte ich. »Dich hole ich mir!«

Törichter Dummkopf, Dray Pescot, Krozair von Zy, Lord von Strombor, verwickelt in eine Straßenschlacht. Wie tief war ich gesunken!

Ehe ich mich durch den aufgebrachten Mob drängen konnte, trafen die Gardisten auf ihren Totrixes ein und schlugen mit ihren langen Knüppeln um sich. Ich duckte mich unter einem Hieb hindurch. Himet hatte die Flucht ergriffen. Ich sah, daß er die Gardisten in verwirrter Wut ansah. Er verschwand in einer Gasse zwischen einer Taverne und der Privatvilla eines reichen Koter. Ich folgte ihm. Männer und Frauen liefen neben mir.

Die fliehende Menge ergoß sich auf den benachbarten Platz. Einige Gruppen verschwanden in den Nebenstraßen. Ich hielt mich an eine Horde, die mich besonders interessierte. Die Männer waren zwar wie einfache Arbeiter gekleidet, benahmen sich aber diszipliniert wie Soldaten. Sie blieben zusammen und setzten sich geschickt ab. Wenn sie in einer Schänke wohnten, hatte ich dort vielleicht Gelegenheit, mehr über sie zu erfahren. Vermutlich handelte es sich um Masichieri, einfache Söldner, wie sie von den Priestern des Großen Chyyan angeworben worden waren. Ich hatte keine Sorge, daß jemand mich erkennen würde – in dieser Hinsicht war Himet als einziger gefährlich –, und während des Laufs behielt ich ihn aufmerksam im Auge.

Dies war die große Chance für mich, und ich wollte sie nutzen. Nach kurzer Zeit erschienen vor uns die Umrisse eines halb eingestürzten Turms, ein einsames Bauwerk auf einer verlassenen Insel zwischen zwei Kanälen. So wenig ich über Vondium wußte, so war mir doch bekannt, daß der zerstörte Tempel der kleinen Religion Jhemur-Geburs sich hier befinden mußte. Die Chyyanisten blieben also bei ihrer alten Formel, kleine oder entehrte Heiligtümer anderer Religionen zu übernehmen. Die Masichieri trabten in Gruppen über eine hölzerne Kanalbrücke und hielten auf den Turm zu. Graues Gestein war zwischen den bunten Blumen sichtbar. Verfolger waren nicht mehr zu sehen. Wir betraten den Turm als geordnete Gruppe. Niemand befragte mich wegen meines Hierseins. Es gab zahlreiche Gruppen von Masichieri, von denen sich viele untereinander fremd sein mußten.

Ein überwachsener und von Vogelkot befleckter großer Stein wurde an klirrenden Ketten von kräftigen Muskeln angehoben. Jeweils zu zweit ließen wir uns in das schwarze Loch fallen, das der Stein freigab, und stiegen vorsichtig die glatten Stufen hinab. Phosphoreszierende Flechten wuchsen hier. Immer tiefer ging es hinab, die gigantische Wendeltreppe nahm kein Ende. Unheimliche Echos waren zu hören. Rötliche Fackeln spendeten ein unsicheres Licht und zeigten uns Wasser in der Tiefe und einen glatten Tunnel. In diesen Tunnel stiegen wir ein, immer zu zweit, und niemand sagte ein Wort.

So armselig diese Söldner auch sein mochten, sie waren gut gedrillt. Niemand sprach, bis wir durch eine alte Tür geschritten waren, die verrottenden Pfosten bedeckt mit Flechten und Schwammbewuchs. Eine neue Welt tat sich dahinter auf; in der tiefsten Krypta dieses verlassenen Tempels hatte man Soldatenunterkünfte eingerichtet. Kojen, Waffenregale, die Koch- und Toiletteneinrichtungen – alles von bester Qualität. Kaum waren alle durch die Tür herein – insgesamt sechzig oder siebzig Mann –, gab es ein großes Geschrei.

Alle redeten und brüllten durcheinander, schilderten prahlend ihre Heldentaten, wie sie eine alte Frau umgerannt oder einen jungen Opaz-Gläubigen in den Sack getreten hatten. Man beklagte sich bitterlich über das vorzeitige Eintreffen der Wache. Damit hatte niemand gerechnet.

Himet der Mak stand auf, und die Menge beruhigte sich. Er stieg am anderen Ende des Raums auf eine Plattform.

»Ruht euch aus und eßt, meine mutigen Masichieri. Dann greifen wir wieder an und zeigen den opazverfluchten Cramphs noch einmal, was sie zu erwarten haben!«

»Aye!« brüllte die Menge. Ich behielt den Kopf unten.

Vier oder fünf andere Priester, die offensichtlich im gleichen Rang standen wie Himet, begannen auf die Masichieri einzureden und Überfälle zu planen. Dann setzten wir uns an schmale Tische, die beladen waren mit einfacher, aber ausreichender Kost. Ich aß mit.

Zwischen den Kojen und an den Wänden zwischen den Waffenregalen hingen Uniformen, schwarze Lederanzüge mit Bronzeharnischen und schwarzen Lederhelmen, ausnahmslos mit schwarzen Federn gekennzeichnet. Auch Parierstöcke entdeckte ich, dazu ovale Schilde mit der Darstellung eines Chyyan.

Während des Essens hielt ich mir eine Hand vor die Stirn. Mein Blick war auf Himet den Mak gerichtet, der nun eine weite schwarze Robe mit aufgestickten goldenen Chyyans trug. Er lachte viel und war ziemlich aufgekratzt.

Vermutlich würde ich ihn mir schnappen und mitzerren müssen. Über einen Fluchtweg hatte ich mir allerdings noch keine Gedanken gemacht. Soviel zu den kühlen Überlegungen eines Kriegerprinzen! Hier hatte ich wieder einmal auf meine natürliche barbarische Weise gehandelt, in unüberlegtem Zorn, ohne an die Folgen zu denken.

Nach dem Essen gingen die Masichieri der Freizeitbeschäftigung aller Swods nach. Sie tranken ein wenig, spielten Jikalla oder würfelten – anscheinend waren sie schon eine Zeitlang hier untergebracht.

Nach einiger Zeit löste ich mich von der Hauptgruppe und verschwand in einem Gang, den die Priester benutzt hatten. Am Ende standen uniformierte Wächter vor einer morschen Tür. Es dauerte nicht lange, bis ich sie in den Schlaf versetzt hatte. Ich lehnte sie an die Wand, öffnete die Tür, trat vorsichtig wie ein Leem hindurch und schloß die Tür wieder.

Der Korridor führte weiter, unheildrohend, still, erfüllt vom Geruch brennender Öllampen.

Ich schlich weiter und lauschte an den geschlossenen Türen links und rechts.

Nichts war zu hören. Der Korridor führte in ein weites dunkles Areal, notdürftig erhellt durch vage Lichtstreifen, die von einer hohen Decke ausgingen. Lampen und Fackeln leuchteten an den Wänden. Ein Kreis mächtiger Steinsäulen stützte das Dach der Höhle. Über diesem Dach gingen die Vondianer ihren Geschäften nach, ohne von dem Abgrund unter ihren Füßen zu ahnen – oder von dem gedrungenen, scheußlichen Götzenbild, das sich in der Mitte über einem schwarzen Podest erhob.

Es war ein Krötenwesen, riesig, geduckt, bösartig wirkend. Aber die Augenhöhlen gähnten leer, die Juwelen, die sich darin befunden hatten, waren längst herausgestemmt worden. Die Steinstatue war alt und gesprungen, und eine der Vorderklauen lag abgetrennt auf einem Schutthaufen. Dies also war der Pseudogott Hjemur. Kein Wunder, daß die ehrlichen Menschen sich von ihm abgewandt hatten!

Von den Priestern keine Spur. Ich schlich weiter.

Nach einiger Zeit machte ich vor mir dunkle Umrisse auf. Eine kleine Gruppe Masichieri wanderte unbehaglich an meinem Versteck vorbei. Ich ließ sie ziehen. Es waren einfache Söldner; mir lag an dem hageren Hals ihres Zahlmeisters, den wollte ich zwischen die Finger bekommen.

Ein plötzlicher Aufschrei weiter vorn ließ erneut meine Schritte stocken. Schlurfende Schritte waren zu hören, das Ächzen kämpfender Männer. Ich blieb unberührt. Im nächsten Augenblick gellte wie ein Schock der gellende Schrei einer Frau durch die scheußliche Höhle. Da konnte ich nicht mehr an mich halten. In meiner Torheit rannte ich durch die roten und braunen Schatten, zog das Schwert aus der Bambushülse und – und fand nichts. Keine Spur von kämpfenden Männern und Frauen. Hatte ich das vage Echo eines bösen Zaubers aus uralter Zeit vernommen? Strahlten die hier begangenen üblen Taten noch ihre Vibrationen aus?

Der Fackelschein nahe der Krötenstatue hatte mir dunkle Streifen offenbart, die an dem schwarzen Podest herabgelaufen waren. Diese dunklen Blutspuren sahen noch erschreckend frisch aus; trotzdem mochte der eben gehörte Schrei tausend Jahre alt sein.

Auf meiner Wanderung durch die mächtige Höhle entdeckte ich scheußliche Dinge, die im hellen Licht Zims und Genodras' keine Daseinsberechtigung hatten. Ein seltsames Klicken lenkte meine Aufmerksamkeit auf eine Art Nebenraum – das Wort ›Kapelle‹ fällt mir in diesem Zusammenhang schwer –, und ich entdeckte eine Strickleiter, die aus der Dunkelheit herabhing. An ihrem Ende stand ein Mann, der daran schüttelte. Die Holzsprossen klickten gegen Steinvorsprünge.

Der Mann drehte sich etwas zur Seite, und ich erkannte ihn. Er hielt den Clanxer in der rechten Hand, und seine linke hatte die Leiter losgelassen.

Ich wollte eben vortreten und fragen: »Und was führt dich hierher, Rafik, Avendil?«, als ich schleichende Schatten hinter ihm entdeckte, die sich zwischen den Lichtpfützen der Fackeln abzeichneten. »Hinter dir, Rafik! Vorsicht!« brüllte ich.

Der gewaltige Löwenmann fuhr herum und empfing den ersten springenden Schatten mit einem mächtigen Schwerthieb. Die anderen Gegner wichen sofort zurück. Sie sammelten sich. Ohne darüber nachzudenken, sprang ich vor und stand Rücken an Rücken mit Rafik Avendil. Eine Schlinge legte sich um mein Bein und ich stürzte zu Boden.

Eine Gestalt beugte sich über mich. Hände legten sich um meine Kehle. Eine rauhe, heisere Stimme sagte: »Kein Wort mehr, Dom!«

Ich konnte nichts sagen. Ich stemmte mich hoch, Hände drückten mich nieder. Ich wurde wie ein Baumstamm angehoben. Wie in einer Vision sah ich Rafik an blasphemischen Statuen vorbeilaufen – mit einem Aufblitzen der Rüstung verschwand er in den Schatten. In meiner Nähe das keuchende Atmen von Männern, dann ein Ausruf.

Ein scharfes Messer legte sich unter mein Kinn. Ich vermochte die Klinge schwach zu erkennen. Es war ein dickes, schweres Langmesser, mit dem man keine Mühe gehabt hätte, mir die Kehle durchzuschneiden.

»Halt!« Die Männer, die mich festhielten, stellten mich mit einem Ruck auf. Ich zerrte den rechten Mann herum, ließ ihn gegen den anderen prallen, doch aus dem Nichts zuckte eine sehr harte, sehr scharfe Spitze und legte sich mir an den Hals.

»Stillstehen, Prinz! Bei Vox! Dein Betragen führt dazu, daß wir noch alle umkommen!«

Ich starrte verständnislos in die Runde.

In der exotischen Beleuchtung sah ich Naghan Vanki vor mir stehen, dermaßen erzürnt, daß sein Gesicht fast bis ins Unkenntliche verzerrt war. Bisher war er mir stets aalglatt und gefaßt begegnet.

»Der Cramph ist entkommen, Jen«, sagte einer seiner Männer. Sie trugen alle Schwarz und Silber, geschmeidiges Leder, abgesetzt mit Stahlbändern. Vanki nahm die Spitze seines Rapiers nicht von meinem Hals.

»Sei still, Prinz. Darf ich dir etwas sagen? Du bist ein toter Mann, wenn du nicht ...«

»Ich dachte, du wärst den Ractern verbunden, Vanki. Weißt du nicht, daß sie sich inzwischen mit mir verbündet haben?« Ich versuchte ihn zu täuschen.

Er fuhr zusammen, dann nahm sein Gesicht wieder den gewohnten gleichgültigen Ausdruck an. Er war der Mann, von dem ich vermutete, daß er mich betäubt und in den Unwirtlichen Gebieten abgesetzt hatte. Ich mußte wissen, ob ich jetzt sterben sollte, und fragte ihn danach.

»Du magst jetzt ein Prinz sein, aber damals warst du ein wilder Klansmann mit Vorstellungen, die weit über deine Stellung hinausgingen. Niemand wollte, daß du die Prinzessin Majestrix heiratest.«

»Das ist eine Lüge, Vanki. Die Prinzessin Majestrix wünschte es sich aus vollem Herzen. Und sie hat kein Hehl daraus gemacht.«

»Das ist richtig! Und deshalb habe ich mich jetzt für Mäßigung entschieden, als die anderen dir die Kehle durchschneiden wollten. Du schuldest mir dein Leben, Prinz.«

»Allein in den Unwirtlichen Gebieten, die Klackadrin vor mir?«

»Du bist jetzt hier – und am Leben.«

»Und wie lange noch? Wieviel zahlt dir Makfaril ...?« Ich hielt inne. Dann zog ich keuchend den Atem ein, eine Reaktion, die eigentlich nicht so auffällig ausfallen sollte. »Du *bist* Makfaril, Naghan Vanki!«

Ohne daß sich sein Gesichtsausdruck veränderte, sagte er: »Du bist ein Prinz – aber trotzdem bist du noch ein Klansmann, jawohl, und einfältig wie ein Onker!«

»Es kommt jemand!« flüsterte einer seiner Männer aus den Schatten. Wir duckten uns in die Dunkelheit hinter der säulengesäumten Kapelle. Schwarzsilberne Kleidung, schwarz und weiß für die Racter, schwarze Federn für die Chyyanisten. Wenn Naghan Vanki nicht Makfaril selbst war, mußte er in der Hierarchie zumindest einen ziemlich hohen Posten bekleiden und auf jeden Fall wissen, wer der Anführer der Chyyanisten war.

Es war sinnlos, einen Ruf auszustoßen. Die Masichieri wären noch viel weniger rücksichtsvoll gegen mich gewesen als Naghan Vanki. Doch ich ging ein anderes Risiko ein. Wortlos unterlief ich die Rapierspitze und versetzte jedem der beiden Wichte, die mich festhielten, einen fürchterlichen Stoß mit dem Knie. Dann lief ich leichtfüßig in die Dunkelheit der Höhle der Scheußlichkeiten.

In dem Gewirr des eingestürzten Mauerwerks und der herumliegenden Brocken, der Säulenkapellen und halb eingefallenen Räume, die dahinter lagen, bestand kaum die Gefahr, daß Naghan Vanki und seine Leute oder die Masichieri mich fanden. Doch gleichermaßen unwahrscheinlich kam es mir nun vor, Himet den Mak oder einen anderen Priester der Schwarzen Federn zu finden.

Es wäre vernünftig gewesen, mir einen Weg ins Freie zu suchen, eine große Abteilung loyaler Soldaten zu alarmieren – bei Natyzha, beim Herrscher oder bei meinen Valkaniern – und mit Fackeln und Schwertern hierher zurückzukehren.

Doch in solchen Dingen fehlt mir oft die Vernunft. Das getreue Bambusschwert besaß ich nicht mehr, doch hatten mir die Rasts mein Seemannsmesser nicht abgenommen, das ich nun zog und vor mich hielt, während ich durch das Halbdunkel schlich. Die Lichtstreifen von oben stammten vermutlich aus einer höherliegenden Höhle, deren Boden mit Feuerglas-Kristall versehen war. Wie hoch diese obere Etage lag, wußte ich nicht, doch waren wir ziemlich tief ins Innere Kregens vorgedrungen. Ich hatte jedenfalls keine Lust, ohne einen Priester des Großen Chyyan an die Oberfläche zurückzukehren. Die grotesk geformte Säule, um die ich mich schob, versperrte mir den Ausblick. Ich kam um die Ecke...

Die Masichieri waren überrascht und sprangen im Fackelschein auf. Mir blieb nur noch ein Ausweg; ich stürmte auf die Männer zu, brüllte: »Hai!« und versuchte mir mit erhobenem Messer den nötigen Platz zu schaffen.

Ich sah den Mann mit der Schleuder zu spät. Ich rutschte auf losem Geröll aus, versuchte mich noch zu ducken, und dann... Der Stein mußte mich genau zwischen den Augen getroffen haben. Mit dem Kopf voran stürzte ich in den schwarzen Mantel Notor Zans.

20

Aus großer Entfernung sagte jemand: »Der Yetch ist Prinz Majister von Allia! Stell dir das vor!« Es wollte mir scheinen, als summten die Worte an- und abschwellend in einer gewaltigen Muschel. »Was hatte der denn hier unten herumzuschleichen?«

»Bei den Schwarzen Federn! Was immer es war, jetzt ist es zu spät für ihn, Makfaril hat seine Hinrichtung angeordnet.«

Ich öffnete die Augen. Nun, Zellen sind Zellen. Diese Zelle war aus dem Gestein herausgehauen worden und hatte ein Gitterfenster, durch das Fackelschein hereinleuchtete.

»Ach, wenn der Schwarze Tag erst heran ist, wie werden da alle Prinzen und Prinzessinnen baumeln!«

Die beiden sprachen wie Masichieri. In meinem Kopf läuteten die Glocken von Beng-Kiski, und mir war ziemlich übel. Doch ich mußte sofort einen Fluchtversuch unternehmen. Ich versuchte aufzustehen und mußte mich dabei an der Wand abstützen.

»Ja, ehe ich nach Hause zurückkehre, die Taschen voller Gold, will ich aber mal auf einem Thron sitzen, das lasse ich mir nicht nehmen, bei Havil!«

Die Burschen schienen aus Havilfar zu stammen. Vermutlich Hamal.

»Sobald die heutige Versammlung vorbei ist, können die Priester die gute Botschaft verkünden. Ich bin das Warten leid. Mein Schwert will endlich Blut trinken!«

Meine Knie fühlten sich weich an. Ich atmete schwer. Der Stein mußte an meiner Stirn Schlimmes angerichtet haben. Wenn das Blut getrocknet war, wollte ich den Schorf nicht wieder aufreißen. Mein dicker alter Voskschädel schien mich wieder einmal gerettet zu haben – und natürlich das Bad im Taufteich von Aphrasöe.

»...hübsches Ding. Schade, daß sie zuerst geopfert werden soll.«

»Einer der beiden ist entwischt. Aber der Mann ist uns sicher.«

»Die verflixten Frauen! Warum können sie sich nicht um Weiberdinge kümmern und die anderen Angelegenheiten uns überlassen?«

Gott sei Dank, sagte ich mir, waren Delia und Dayra und Lela viele Dwaburs von hier entfernt und in Sicherheit. Obwohl nichts darüber gesagt worden war, wo sie sich befanden, nahm ich an, daß sie sich irgendwo im Norden Vallias aufhielten.

Nun, so kam ich nicht weiter. So wenig ich über die beiden Masichieri vor meiner Zelle wußte, mußte ich doch damit rechnen, daß sie ihren Beruf verstanden. Wenn ich auch nur einen Fehler machte, würden sie nicht auf Makfarils ausdrücklichen Befehl warten, mir den Garaus zu machen.

Bis auf den roten Lendenschurz war ich nackt. Ich mußte mir etwas Einfaches überlegen. Die Einfachheit eines Plans vermag sich oft gegen die größte Schlauheit erfahrener Professioneller durchzusetzen.

Ich lehnte mich gegen die Tür und sprach durch die Gitterstäbe: »Sagt Makfaril, daß ich wichtige Informationen für ihn habe. Schnell!«

Wenn Makfaril kam, wollte ich alles auf einen wilden Sprung setzen, mit dem ich den Cramph hoffentlich erledigen konnte.

Die beiden Wächter aber schienen doch gewitzter als ich dachte. Einer blickte durch das Gitter und fragte: »Woher sollen wir wissen, daß du die Wahrheit sagst?«

»Holt Makfaril, dann werdet ihr es sehen.«

Da öffneten die armen Dummköpfe die Tür, um sich meiner zu vergewissern. Sie waren bewaffnet, ich war nackt. Es machte keinen großen Unterschied.

Ich stand auf und zog den Thraxter aus der Scheide. Dem anderen Wächter nahm ich den Bogen und den Köcher mit Pfeilen ab und streifte beides über die Schulter. Ein Messer konnte mir noch nützlich sein... Die beiden Masichieri schlummerten am Boden. Ich schloß hinter mir die Zellentür und verriegelte sie sicherheitshalber.

Ein kurzer Korridor führte zu einem breiten Zellenblock. Vermutlich waren früher hier die für Opferungen vorgesehenen Gefangenen festgehalten worden. Als ich die Ecke erreicht hatte, ertönte ein metallisches Kreischen, und ich hielt inne. Vorsichtig blickte ich um den Vorsprung.

Die Szene war faszinierend, und ehe ich im schwachen Licht Genaueres erkennen konnte, war alles vorbei.

Ein Wächter schrie und wirbelte von einer Tür weg. Ich sah, wie ein Mädchen ihm einen langen dünnen Dolch in den Nacken stieß, sah sie als dahinhuschende schwarzgekleidete Gestalt, die herrlich geformten Beine in eleganter Bewegung. Ihr schimmerndes schwarzes Lederwams hob sich von der weißen Haut ab. Ihr brauner Haarschopf verdeckte das Gesicht, doch sie war nicht Delia. Mit flinken Fingern öffnete sie die Tür, und ein Mann torkelte heraus, blutüberströmt und mit gebrochenem Arm, der schief herabhing. Das katzenhafte Mädchen zog den Zögernden mit, und gleich darauf verschwanden die beiden um eine Ecke.

Ich trabte den Korridor entlang und blickte ihnen nach. Vor mir erstreckte sich leer und dunkel die nächste Reihe Zellen; von dem

Panthermädchen und dem Befreiten blieben nur die Spuren im Staub.

Ich wünschte ihr alles Gute. Doch ich mußte meinen eigenen Zhantil satteln.

Nach oben, ich mußte mich nach oben durchschlagen. Zweifellos lagen diese Zellen in den untersten Bereichen des elenden Höhlensystems. So machte ich mich auf die Suche nach Treppen und nach oben führenden Korridoren.

Am Ende eines langen Korridors, der mir mit seiner Breite und Höhe anzeigte, daß ich die untersten Gehege wohl verlassen hatte, bewegte sich ein Mädchen quer über den Gang. Im ersten Augenblick hielt ich sie für die Kämpferin, die den blutüberströmten Gefangenen befreit hatte. Dieses Mädchen aber trug am ganzen Körper schwarze Federn und hielt in den Händen eine große Silberschale, in der duftendes Wasser dampfte. Sie verschwand, und ich schlich weiter wie ein Leem im Panshogehege.

Erst nach einiger Zeit kam mir zu Bewußtsein, daß es viel später sein mußte, als ich erwartet hatte – es waren viel zu wenige Leute zu sehen. Die verlassenen Steinkorridore, die öde Stille überzeugten mich, daß die erste große Zusammenkunft schon im Gange war.

Die anderen Zusammenkünfte – zu einer von ihnen hatte ich gehen wollen und alles Nötige schon arrangiert – bedeuteten nun nichts mehr. Die Versammlung hier an diesem Ort war die entscheidende. Denn Makfaril würde den versammelten Priestern das Datum des Tages der Schwarzen Federn verkünden. Die Priester würden zu ihren Gemeinden in ganz Vallia zurückkehren. Sie würden sich wie eine abscheuliche Pest über die ganze Insel ausbreiten und ihre Gefolgsleute vorbereiten – und am Schwarzen Tage würden sie zuschlagen!

Schließlich wies mir ein langes jammerndes Stöhnen den Weg, eine Art bedrückender Gesang, der aus einer Folge unheimlicher Kadenzen bestand. Vorsichtig betrat ich einen hochliegenden Felsvorsprung, der im Schatten lag, und vermochte in die fackelhelle Tiefe der Höhle hinabzuschauen, in der der groteske Krötengötze auf dem unheimlichen Podest saß. Der schwarze Steinaltar, den die eingetrockneten Blutbahnen in Streifen zu schneiden schienen, war mit einem weiten Mantel aus schwarzen Federn bedeckt. Dieser Mantel war in die Form der vier Flügel eines Chyyans gelegt und bedeckte den ganzen Altar und etwas, das darauf lag.

Als ich in Autonne in ähnlicher Situation einen Gottesdienst des Schwarzen Chyyan beobachtete, hatte ich eine Vorahnung gehabt. Hier nun war die Wirklichkeit. Diese Versammlung hatte mit der ersten nicht mehr viel zu tun. Hier sangen die langen Reihen der schwarzgefiederten Priester in vollkommenem Rhythmus ihre bösen Lieder. Hohe Kerzen flackerten zwischen den Fackeln und erzeugten Spiegelungen auf Waffen und Rüstungen. Schwarze Arme hoben sich in rituellen Gesten. Eine Gruppe Hohepriester auf einem umgestürzten Steinblock an der Seite führte den Gesang an. Ich blickte über die Szene und nahm dabei eigentlich nur eines wahr – die riesige Gestalt eines Chyyan, der mit silbernen Ketten festgehalten war und seine vier Flügel über der Krötenstatue schüttelte.

Ein echter Chyyan. Die struppigen schwarzen Federn offenbarten den wahren Schrecken der Situation; das Tier bewegte die Flügel und zischte bösartig, den roten Schnabel geöffnet, die roten Klauen heftig durch die Luft bewegend. Und der Schrecken lag in der Frage, wie ein vernünftiger Mensch diesen Himmelsmörder als Gott verehren konnte. Welcher Unterschied bestand zwischen dem lebendigen und atmenden Chyyan und dem verfallenen Stein-Götzenbild des Krötenwesens?

Halbnackte Mädchen, zum Teil mit schwarzen Federn bedeckt, tanzten wild und wirbelten schwarzgefiederte Fächer. Weihrauch stieg auf und verwirrte die Sinne. Die Priester priesen den Großen Chyyan in endlosen Gesängen, priesen seine unsterbliche Verbindung zu Makfaril. Übelkeit wallte in mir empor.

Der Chyyan schlug mit den Flügeln und versuchte sich von der Kette zu befreien, die um seinen Hals lag. Die Kette führte zu einer kleinen Winde, die im Steinboden befestigt war. Der Chyyan war gefangen – ja! –, aber nur gebunden an den zweifelhaften Willen Makfarils.

An den Wänden standen Masichieri, wachsam, aufmerksam, angespannt. Wozu sie hier in den übelriechenden Tiefen unter Vondium aufgezogen waren, wußte ich nicht; jedenfalls waren sie in voller Rüstung und trugen Thraxter, ovale Schilde und Bögen.

Als der Gesang zu Ende ging, trat ein Hohepriester auf das Podest unterhalb der Statue. Er hob die Arme. Der Chyyan über ihm fauchte und spuckte und hieb mit kräftiger Bewegung nach unten, und sein roter Schnabel zuckte dicht an dem Kopf des Priesters vorbei.

Himet der Mak und die anderen Hohepriester standen in einem seitlichen Schatten. Der Hohepriester vor der Versammlung begann mit schriller Stimme eine zornbebende Predigt, in der er den Anwesenden versprach, Vallia werde der Plünderung offenstehen, Makfaril würde aus allen neue Männer und Frauen machen.

»Der Schwarze Tag zieht herauf! Makfaril, der Geliebte Freund des Großen Chyyan, wird uns den erwählten Tag verkünden! Auf die Knie, erweist unserem Anführer die Ehrerbietung, dem Zwillingsgeist des Großen Chyyan! Makfaril! *Makfaril!*«

Federn raschelten, als sich die ganze Gemeinde zu Boden warf. Fasziniert verfolgte ich das Schauspiel. Hier wurde Macht ausgeübt, eine Macht, die ich verstand, eine Macht, gegen die ich immer wieder gekämpft hatte.

Der scheußliche Kopf des Krötenwesens bewegte sich, hob sich. Das steinerne Maul klaffte immer weiter auf. Der Kopf fuhr hoch, und das Maul öffnete sich, und ein Strahl goldenen Lichts schoß aus der Öffnung. Vor dieser Strahlung zeichnete sich eine Gestalt ab, eine große kräftige Gestalt, die nur eine Silhouette war.

»Erhebt euch, mein Volk und dankt dem Großen Chyyan!«

Die Stimme dröhnte und rollte in unheimlichen Echos durch die weite Höhle.

Der Mann trat aus dem scheußlichen Maul der Kröte. Über und über in schwarze Federn gekleidet, die ihm das Aussehen eines Chyyans geben sollten, war nun Makfaril im goldenen Licht deutlich zu erkennen.

»Da soll mich doch Zim-Zair holen!« flüsterte ich und nahm den Bogen zur Hand. »Dich spieße ich auf, du Rast, mit einem Pfeil, der deine eigenen Schwarzen Federn trägt!«

Der kurze Bogen, eine zusammengeleimte Konstruktion aus Holz und Horn, mit Sehnen verstärkt, hatte nicht die kraftvolle Reichweite eines Langbogens, würde aber hier genügen. Ich zog einen Pfeil heraus und legte ihn auf. Den Rast wollte ich geradewegs ins Herz treffen. Wenn es Naghan Vanki war, würde ich damit seinen Verrat in den Unwirtlichen Gebieten rächen, obwohl das im Augenblick meine geringste Sorge war.

Ich hob den Bogen.

Dann zögerte ich. Es mochte noch mehr zu erfahren geben, wenn der Rast zu seinen schwarzen Priestern sprach.

Die Rede war von gewaltigen Gesten begleitet. »Der Schwarze

Tag zieht herauf!« brüllte Makfaril. »Der Tag der Schwarzen Federn ist gekommen! Lange, sehr lange haben wir gewartet! Um nun unseren Vertrag zu besiegeln, um dem Großen Chyyan unsere Liebe und Ergebenheit zu beweisen, bieten wir ihm ein Opfer dar. Wir geben ein Leben in die Obhut des Großen Chyyan! Wir werden zuschlagen! Rot soll das Blut fließen. Und alles wird uns gehören!«

Auf ein Zeichen hin traten Priester vor, darunter auch Himet der Mak. Sie zerrten den schwarzgefiederten Mantel von der Plattform und enthüllten das Opfer, das dort ausgebreitet lag.

Ich riß entsetzt die Augen auf.

Nackt und an Hand- und Fußgelenken gefesselt, und doch mit unbändigem Trotz um sich blickend, lag Delia auf dem Opferstein.

Brausende Röte fiel über mich herein, die sich mit unbeschreiblicher Schwärze abwechselte. Schon wurde die Kette verkürzt, schon wurde der heftig strampelnde Chyyan am Hals hinabgezogen. Der rote Schnabel zuckte über dem Altar durch die Luft, über dem Opferstein. Die roten Augen musterten das wehrlose Opfer, und das Wesen kämpfte nicht mehr gegen die Kette an. Hungrig senkte es den Schnabel, um an dem süßen Fleisch zu reißen und sich daran gütlich zu tun.

Der Boden sirrte.

Der Pfeil fand sein Ziel. Die Spitze bohrte sich tief in ein rotes Auge. Der Chyyan flatterte kreischend auf und riß strampelnd an der Kette. Makfaril brachte sich mit einem mächtigen Satz in Sicherheit, ehe im nächsten Sekundenbruchteil der zweite Pfeil am Krötenwesen zerschellte, wo er eben noch gestanden hatte.

Im Sprung löste sich der mächtige schwarze Chyyanmantel von ihm. Die schwarzen Federn schwebten zur Seite. Und so stand Makfaril in seiner schimmernden Rüstung vor der Gemeinde, mit Thraxter und Rapier und Parierstab, ein prachtvoller goldener Numim, mächtig, wild, Befehle brüllend.

»Bei Vox – Rafik!« sagte ich und sprang los.

Kopfüber hechtete ich von dem hohen Felsabsatz und landete auf den Köpfen der Priester. Sie stoben auseinander, und ich spürte Knochen brechen. Im nächsten Augenblick sprang ich auf und stürmte vor, und das Schwert in meiner Faust hieb nach links und rechts und hinterließ eine blutige Gasse, und ich achtete kaum darauf, was ich tat. Ich sah nur eines. Wie ein Verrückter tobte ich durch das Gedränge, bis ich den schwarzen Opferstein erreicht hatte.

Geschrei gellte durch die Höhle. Pfeile zersplitterten rings um mich. Ich streckte zwei Priester nieder, sah Himet schreiend fliehen und erstieg das Steinpodest.

Vier schnelle, sichere Schnitte, und Delia war frei. Das gestaute Blut mußte sie peinigen, doch sie zwang sich hoch und stand neben mir. Masichieri liefen herbei. Wenn wir hier sterben sollten, würden wir es tun. Wie wir starben, ging allein uns etwas an. In diesen hektischen Sekunden vergaß ich auch meine Tochter Velia nicht. Ich war nicht immun gegen den Tod, das wußte ich.

»Mein Herz!«

»Man hat mir gesagt, du wärst in Sicherheit!«

»Das stimmt auch – bis Melow verwundet wurde.«

Ich hieb den ersten Masichieri nieder. Wenn ich trunken war von dem blutroten Zorn des Kampfes – ich will es gern eingestehen. Ich kämpfte. Mein Lendenschurz fühlte sich feucht von Blut an, mein besudelter Körper schimmerte. Doch bis jetzt war nichts von dem Blut von mir. Delia hatte der abgetrennten Hand eines Söldners einen Dolch entrissen. Gleich darauf hatte sie einen Thraxter an sich gebracht. Wir kämpften auf dem Podest und wichen hinter das Krötenwesen zurück. Ein Pfeil streifte meine linke Schulter. Ich torkelte zurück und hieb nach einem Priester, stach im Moment darauf an dem ovalen Schild eines Masichieri vorbei und traf ihn in den Hals. Delia kämpfte mir den Rücken frei, und ich zog mich weiter zurück, wirbelte herum und erledigte einen Mann, der Delia umbringen wollte.

Wir stachen und hieben uns wie zwei blutbespritzte Phantome dem hinteren Teil der Statue entgegen. So konnte es nicht weitergehen. Die Feinde waren zu übermächtig.

Schwarze Federn wirbelten rings um mich. Die auf Schilder gemalten schwarzen Chyyans drängten immer näher heran.

Hinter den Masichieri funkelte eine goldene Rüstung.

Eine laute Numimstimme bellte: »Tötet ihn nicht!«

Genausogut hätte er versuchen können, Jagdhunde von dem gestellten Wild zurückzurufen, wenn der Blutdurst sie gepackt hat.

Ich hieb die vorzuckenden Klingen zur Seite. Delia kämpfte agil und geschickt. Ich konnte keinen zusammenhängenden Gedanken mehr fassen. Mich erfüllte nur der Wunsch, Makfaril zu töten und auf diese Weise unseren Tod zu rächen...

Durch das Brausen in meinem Schädel hörte ich Delias Schrei: »Dray! Zieh den Kopf ein!«

Obwohl ich nicht begriff, was das sollte, ließ ich mich fallen, drehte mich herum, und Delia lag keuchend und lachend an meiner Seite. Ein Masicheri fiel auf uns. Ein langer Pfeil hatte ihn durchbohrt.

Entsetztes Geschrei gellte auf.

Von den Wänden, aus den Nischen, vor denen verfallene Götzenbilder standen, füllten die Roten Bogenschützen aus Loh methodisch die ganze Höhle mit ihrem Pfeilsturm. Der tödliche Schauer durchbohrte Helme und Lederrüstungen und machte auch nicht vor Kettenhemden oder ovalen Schilden halt. Zwischen den Roten Bogenschützen bemerkte ich geschmeidige Mädchengestalten in rosa Tuniken, die nicht weniger geschickt und zielsicher vorgingen als die Männer.

»Die Schwestern haben mich also doch nicht vergessen!«

Ich hielt in dem Getümmel nach Seg Ausschau, sah ihn aber nicht. Dies war das Werk des Herrschers. Die Roten Bogenschützen aus Loh und die Schwestern der Rose waren uns zu Hilfe gekommen.

Das Geschrei wurde zu stöhnendem Geflüster, und nach kurzer Zeit senkte sich eine unheimliche Stille über die Höhle des Todes. Langsam standen Delia und ich auf. Ich warf ein schwarzgefiedertes Cape um ihren blutbefleckten nackten Körper, und so warteten wir, bis Naghan Vanki sich durch die Toten einen Weg zu uns gebahnt hatte. Die Bogenschützen hatten keinen der Priester oder Masichieri am Leben gelassen.

»Du warst also nicht Makfaril«, sagte ich zu Vanki.

Sein gefaßtes bleiches Gesicht war ausdruckslos wie eh und je. »Wäre ich es gewesen, wärst du nicht mehr am Leben, Prinz.«

Mit kühler Gelassenheit wandte er sich dann an Delia und verneigte sich tief vor ihr. »Prinzessin Majestrix«, sagte er. »Mein Herr, der Herrscher, wird sich freuen, daß du am Leben bist.«

Delia fand schnell in ihre Rolle als Prinzessin zurück. »Vielen Dank, Naghan. Du hast dich heute als loyaler Diener meines Vaters erwiesen – und auch als der meine.«

»Und Makfaril?« warf ich ein.

»Er ist durch das Götzenbild Hjemurs geflohen«, sagte Vanki und fügte ätzend hinzu: »Ich hatte angenommen, du würdest ihn aufhalten, Prinz.«

Seine Frechheit vermochte mich nicht mehr zu erzürnen, eher fand ich sie amüsant. Er diente dem Herrscher, er war der Spion des Herrschers.

Als wir für Delia etwas anzuziehen gefunden hatten, näherten wir uns dem Ausgang. Ich erblickte den kommandierenden Jiktar, der sich ein wenig hilflos umblickte, nachdem Naghan Vanki das Interesse an dem Mann verloren hatte.

»Jiktar!« sagte ich. »Sammle alle Pfeile ein! Laß die Tunnel von Trupps durchsuchen. Die Toten müssen fortgeschafft und Überlebende verhört werden. Überprüfe alle Zellen.« Dann erinnerte ich mich daran, daß ich ja Prinz Majister war und daß in dieser Stellung solche Dinge von mir erwartet wurden. »Außerdem möchte ich dich und deine Männer beglückwünschen. Ihr habt euch eurem Ruf würdig erwiesen.« Ich verzichtete darauf, von einem Jikai zu sprechen, denn das war es dann doch nicht gewesen.

Naghan Vanki und ein Vortrupp waren die Strickleiter hinabgestiegen. Makfaril – Rafik Avandil – hatte die Leiter entdeckt, doch ich hatte seine sofortige Verhaftung verhindert.

Vanki war darüber ziemlich aufgebracht. »Dieser Rafik ist dir stets nahe gewesen, Prinz. Er hat uns zu dir geführt. Warum er dich dermaßen aus der Nähe beobachten wollte, wissen wir nicht. Doch wenn er gefunden wird, werden wir ihn danach fragen.«

Naghan Vanki, Spion des Herrschers, wußte es nicht. Doch ich wußte Bescheid. Als mein Zauberer Khe-Hi seine magischen Störungen begann und verhinderte, daß der wahnsinnige Zauberer Phu-Si-Yantong mich weiter bespitzelte, hatte dieser Verbrecher seinen Helfer zu mir geschickt, damit er über mich berichtete. Yantong wollte durch mich über ganz Vallia herrschen. Nun, seine üblen Machtpläne waren heute durchkreuzt worden.

»Und ihr hattet Avandil von Anfang an in Verdacht?«

»Seit er hier aus Hamal eintraf und sich als loyaler, fröhlicher Koter ausgab. Die Agenten des Herrschers schlafen nicht. Wir waren ihm auf der Spur. Allerdings überraschte es uns, daß er sich als Makfaril entpuppte.«

»Und der Herrscher hat von allem gewußt?«

Ein Ausdruck kalter Härte ging über Vankis bleiches Gesicht.

»Der Herrscher, möge er ewig leben, weiß, daß wir ihm nach besten Kräften helfen. Er muß sich mit anderen Problemen herumschlagen.« Vanki musterte mich mit der abweisenden Direktheit eines loyalen, klugen Mannes, der nicht nur seine eigene Macht begreift, sondern auch seine Grenzen. »Die Racter ... du mußt wissen, Prinz, wieviel mächtiger sie jetzt sind. Hätte man gesehen, daß du sie besuchst, hätte man dich aufgegriffen.«

»Das gilt doch wohl nicht mehr, Naghan«, sagte Delia lächelnd und hängte sich bei mir ein.

»Diese Nacht müssen wir noch überstehen.«

Ich deutete auf vier Bogenschützen, die im Gleichschritt eine Last herbeischleppten, an Armen und Beinen, dazwischen das goldene Schimmern einer Rüstung.

»Du wirst Makfaril nichts mehr fragen können, Vanki«, sagte ich.

Wir blickten auf die Leiche des Numim Rafik Avandil hinab, der als Makfaril das Werkzeug Phu-Si-Yantongs gewesen war. In seinem Hals steckte ein langer, schmaler Dolch. Ich zog die Waffe heraus. Die Edelsteine auf dem Griff waren rot von Blut und bildeten den Umriß einer Rose.

»Mein Dolch«, sagte Delia. »Aber wie ...«

»Viel wichtiger scheint mir die Frage, mein Schatz, wie du überhaupt hierhergekommen bist.«

Sie zog mich ein Stück zur Seite. »Ich kann dir nicht viel sagen, das wirst du verstehen. Melow wurde verwundet, und ich brachte sie in unsere delphondische Villa hier in Vondium. Dann setzte ich die Angelegenheit fort, wegen der ich überhaupt unterwegs war – vielleicht kann ich dir später davon erzählen. In irgendeiner Schänke wurde ich betäubt – und dann weiß ich nichts mehr bis zu dem Augenblick, da man das schwarze Tuch von mir riß, und ich die Augen aufmachte ...« Delia erschauderte, und ich legte den Arm um sie. »Scheußlich! Ich dachte schon ...«

Wir schritten durch die Tunnel, durch die Schlafsäle und die glitschige Wendeltreppe hinauf, und unterwegs berichtete sie mir, daß Dayra und Lela ihres Wissens viele Dwaburs entfernt waren, in einer Angelegenheit der Schwestern unterwegs. Sie würden mich bestimmt bald besuchen kommen. Sie erholte sich langsam und begann auch wieder zu lächeln, doch ihre Erschöpfung war groß. Sie hatte Schlimmes durchgemacht, und auch ich mußte mich noch von dem Schock erholen, meine Delia auf dem Opferstein zu entdecken.

Ganz sicher steckte die Teufelshand von Yantong hinter allem. Die Opferung der Prinzessin Majestrix wäre auf eine Weise ausgewertet worden, die sich meinem Verstehen entzog. Nun aber war es mit dem Chyyanismus vorbei. Alle Priester, die das Wort vom Tag des Aufstands hätten verbreiten können, waren tot. Makfaril ebenfalls. Der Tag der Schwarzen Federn würde über Vallia niemals heraufziehen.

Die einfachen Leute, die man in die Irre geleitet hatte, würden warten und dann unruhig werden. Wenn sie dann doch rebellierten, würden ihre Aktionen unkoordiniert, vereinzelt, örtlich begrenzt erfolgen und konnten sicher abgebogen werden. Die Leute würden der Sache überdrüssig werden, ihren Glauben verlieren und schließlich den Großen Chyyan und seinen Zwillingsgeist Makfaril verfluchen.

»Traurig, daß Leute wie die Racter triumphiert haben«, sagte ich, als wir unsere valkanische Villa erreicht hatten. »Aber besser so, als ein Sieg des Großen Chyyan.«

»Die Racter sind ihren negativen Zügen gegenüber blind, das wissen wir. Die meisten sind durch Reichtum und Macht korrumpiert. Aber Makfaril war nun doch nicht Phu-Si-Yantong persönlich. Und Naghan Vanki, der ungemein klug ist, hat mir gesagt, der Numim sei immer dicht bei dir gewesen.«

»Ja! Zu dicht, meine ich.« Phu-Si-Yantong hatte mich in Delias Tempel beobachtet. Da er aber wußte, daß mein Zauberer seine lupalen Projektionen unterbinden konnte, hatte er seine armen Rapa-Masichieri losgeschickt, und Avandil, ebenfalls sein Werkzeug, hatte sie umgebracht, um so zu tun, als rette er mich, und um auf diese Weise mein Vertrauen zu erringen. In Avandil steckte ein Element des Bösen, wie ich es oft auf Kregen gefunden habe. »Aber der Numim ist tot«, sagte ich zu Delia und schloß die Tür unseres Gemachs hinter uns. »Und in der nächsten Zeit kann Yantong seine Pläne nicht verwirklichen.«

»Dafür habe ich den Eindruck, als wären die Racter stärker geworden. Und mein Vater? Sie werden wohl noch rücksichtsloser versuchen, ihn für ihre Ziele zu mißbrauchen.«

»Sie glauben, sie hätten einen Vertrag mit mir. Das läßt sich zum Vorteil deines Vaters ausnutzen«

»Aber er hat dich aus Vondium verbannt.«

Ich blickte aus dem Fenster. Die Frau der Schleier verbreitete ihr goldenes Licht, durchsetzt mit einem Hauch von Rosa. Die Jungfrau mit dem Vielfältigen Lächeln glitt sanft über die phantastische Silhouette Vondiums und überschüttete die Dächer und Turmspitzen mit ihrem rosa Schimmer. Die Sterne Kregens funkelten in ihren seltsamen Konstellationen. Ich drehte mich zu dem luxuriös eingerichteten Zimmer um. Gewiß, das Leben auf Kregen ist ein ewiges Auf und Ab. Aber wer wollte es schon anders haben?

»Dein Vater ist schon sehr lange Herrscher. Jetzt macht ihm die Königin Lust aus Lome Sorgen, wie auch die neuen Parteien, die ihn stürzen wollen. Ich muß darauf hinwirken, daß er Vernunft annimmt.«

»Und wenn er das nicht tut? Du hast ihn einen Onker genannt, das wird er dir nicht vergessen. Er ist mein Vater, und in seinem Zorn ist er fürchterlich, ein wahrer Herrscher.«

»Onker war vielleicht zu grob – für deinen Vater. Nicht für einen Herrscher.« Ich gähnte. »Heute abend möchte ich aber nicht mehr daran denken. Ich nehme ein Neunfaches Bad. Dann esse ich ausgiebig. Und dann schlafe ich bis morgen früh.«

»Das, mein Schatz«, sagte Delia, Delia von Delphond, Delia von den Blauen Bergen, »das denkst du!«